怒海戰艦

GREYHOUND

C. S. Forester

C.S. 福里斯特——著　牛世竣——譯

第一章

低垂的天空和黯淡大海相互融為一色；頂上沉重的雲層愈來愈厚，慢慢擴散，它並沒有明顯的界線，而是單純兩種天色逐漸混雜。在那低矮天空下，船艦需要保護的範圍並不大。從船隊中心往外，大海向四面八方延伸了一千海里，底下的海深也有兩千海里；在資料數據上是如此，但若親眼見識，那景象必定更加難以想像。海底的兩里距離，遠比最長的人工隧道中央還黑❶，其壓力也是任何人造工廠和實驗室無法模擬出來的；一個不為人知的海底世界，人類無法下去一窺究竟；但也許人類的確可以——困在被擊沉的鋼鐵船艦裡時，隨著葬送自己的鐵棺材一起下沉。對比渺小的人類來說，這些船艦十分巨大且堅固；它們一樣會埋入黑暗冰冷的海底淤泥中，除了慢慢落在船底的鏽斑外，從此不再有任何紛擾。

海平面上擠滿了船艦。來自東北方永無休止的海波，如長長滾筒般不斷在海面上翻滾，每一波都展現無窮的力量。每一波到達後，船艏便鞠躬行禮，隨著波濤往後移，又再次揚起爬向天空，下一波很久才到，現在換船艏下傾、船艉上揚，從巨大的海面斜坡滑溜而下，然後迎接下一個揚首、上攀、下傾；海面上眾多船隻成行成列，海波迎來的方向和它們的航道斜斜交錯，以斜四十五度的方向，從陣隊底下經過——船隻在波峰起，波谷落，只有在桅頂的瞭望員不會被海波

❶文中所指的隧道內沒有燈光，唯一的光源來自隧道兩端，因此在隧道中央是最黑的。

擋住，一邊的船隻左舷波盪，另一邊的右舷顛簸，一波接一波，一日復一日的枯燥景色。

每艘船隻的動態皆有不同——船隻有大有小，有吊桿也有起重機支臂，貨輪、油輪以及新舊船參雜。它們萬眾一心，勇往直前航向東方。行經之處短暫留下平行的船跡；但若是觀察夠久，會發現在不特定的期間內，各船隻的航道會有不同程度的變化。微微往左或是往右，後方的船也跟著前面隊伍一起改變方向。但儘管有這樣的變化，仍能看出這一大批船隊堅定不移地往東航行，不管他們最後的目的地是什麼，在武力護衛之下，已經往東方的目的地行駛了好幾千海里。每艘皆抱著同樣的精神。

然而，再觀察細一點，會發現這樣的精神並無法保證最後一定能抵達，這些船隻不是什麼完美的機器。在這多達三十七艘船隻中，想在轉向時不發生危險，可不是容易的事。有經驗的觀察者可能會發現，就算這些船隻不是需要人類操控的機器，它們在舵的反應上亦略有不同，受到海浪的影響也不一；海浪會從不同的方向打在船上，從正面打向船艏或是橫向打來。海風對它們的影響也都不一樣。這些船隻很少在同一方向連續行駛超過半海里，但彼此之間的間距也很少拉開超過四分之一海里，這些改變航道上的操作，對每艘船隻而言會有微小差異，這也會慢慢累積成重大安全問題。

即使每艘都像剛出廠的全新船艦也一樣，更何況這些船隻離全新狀態已有不小差距。所有引擎全力運轉著，仍沒辦法全都保持同樣的輸出，更何況它們燃料使用的效率也不同；隨著時間過去，也許汽門會有些阻塞，可能會卡住，讓船外的螺旋槳跟著停止，或是轉速不一。羅盤可能不完全準確。燃料的消耗和存量亦不盡相同，隨著螺旋槳更換不同的維修部件會帶來不同的輸出效果——雖然它們近乎奇蹟地達到了相同的轉向速度。

這些各式各樣的變數，在一分鐘內就能改變船艦之間幾英尺的相對位置，然而，像這樣如此緊湊的船隊，光是幾英尺的差距，就有可能在二十分鐘內釀成巨大的災難。

除了這些機器上的變數外，更重要的變數是人。畢竟船舵由人掌控，人的眼睛注視著儀表，技巧性地讓羅經盤的指針維持在同一指向。人的變數又是千奇百怪，有反應遲鈍和反應快的、有謹慎和魯莽的，還有老手跟菜鳥；人跟人之間的變異比船體來得更大。船隻的差異能在二十分鐘內造成災難——可是粗心命令、聽錯命令、轉錯方向或計算出錯，都有可能在二十秒內發生船難。中間縱隊領頭的船隻負責指揮轉向；它會謹慎地從吊索上拉下信號旗，要在精準的時間點對其他船隻發出轉向指揮，而每一次的轉向，都是在幾天前就預定好的。要轉向錯誤十分容易：懷疑前方的訊號是否正確，或是旁邊的船隻能否照著號誌轉。比較謹慎的人，會稍微等一下看看其他人的反應後才下令轉向，但這樣的延遲，就會讓旁邊的船艏往自己船中心撞來。只要一接觸，就意味著死亡。

跟底下的大海相比，船隊渺小得微不足道；要橫跨大自然無窮盡的力量，可說是一大奇蹟。因為人類的文明，讓這一切成為可能；第一塊打火石擦出了火花、第一個文字符號被畫出來，此後知識和經驗慢慢累積。然後，也正是因為這些智慧和聰明，反而讓我們作繭自縛陷入危險之中。這低沉的天空和巨浪背後，隱藏了虎視眈眈的惡意；儘管如此，船隊依然不斷複雜地調度，也仍維持可能釀災般的緊密，如髮絲般的距離，要是不這麼做，將會有更大的厄運降臨。

在幾千里外，人們正期盼著船隊到來，男男女女，還有孩子們；雖然不知道船隊距離多遠，也不知道這些船艦或是船員們的名字——他們跟冰冷大海只隔著四分之三英寸厚的鐵板。要是船隊也跟其他數以千計不知名的船隻一樣，無法抵達目的地；那麼翹首等待物資的男女老少將會挨餓、受凍，飽受疾病之苦。船隊可能會被敵軍炸個粉粹。若是如此，人們只得迎接更悲慘的命運——這殘酷的命運早在幾十年前就註定，也許比想像中的更糟；被殘忍的外國獨裁者統治，不再擁有自由，而且要是這樣的話——不需思考，單憑直覺就能知道——不只他們，全世界命運都會相同：世界上再無自由人。

船上許多人深知這點，只是忙於不斷調整和維持航線，以及控制船速，所以暫時沒去深思；當然，也有不少人完全沒想過這些。有人為了其他理由來冒險犯難，也或者根本沒有特別原因；有人渴望金錢、酒、女人，或是想用錢買到安全保障；有的人想要忘掉過去，也有人只是呆頭呆腦什麼也不知道；有人是為了孩子、養家活口，也有人是因為有太多無法面對的麻煩。

這些人的工作十分繁忙，有人負責保持螺旋槳持續轉動，或是維護船隻，讓這鐵塊能漂浮在海面上，也有的負責維護工作站，讓它能正常運作，還有人餵飽前述這些工作人員的肚子。當他們履行職責時，不管動機是崇高、卑鄙或是根本沒有，他們不過是船艦的一部分——但人們之間的變異性，並不像鋼鐵製造的機器一樣可被測量。這些船艦（不分船體還是船員），是為了戰鬥而前進，所做的事不是保護己方，就是摧毀對方。最後的結果也不外乎是成功護送抵達，抑或葬身大海。

第二章

星期三・上午更[2]：0800-1200

船隊裡有將近兩千多人；負責保衛船隊的護衛隊人數約為八百，難以估算整體船隊價值多少，也無法測量。近三千人的性命和約五千萬美元的硬體設備，由美國海軍指揮官喬治・克勞斯負責帶領。克勞斯四十二歲，身高一百七十五公分，體重七十公斤，膚色略深，灰色眼眸；他不只是護衛隊的指揮官，還是基林驅逐艦的艦長，基林號是馬漢級驅逐艦，一千五百噸的排水量，一九三八年開始服役。

這些都是帳面上的資訊，意義不大。比方說船隊裡有艘叫亨德力森的油輪，它在公司登記的帳簿上，價值二十五萬美元，裡面運輸的油量，價值也是二十五萬美元，但這一點都不重要。這數字沒什麼意義；因為要是亨德力森能抵達英國，它裝載運輸的貨品，能讓整個英國海軍所有引擎運轉一個小時，這才是真正的重點——我們無法估算為全世界帶來一小時的自由該怎麼計價，就像口袋裡的鈔票對沙漠中快渴死的人不具任何意義一樣。

❷ 海事系統中的輪班制，分別是頭更（2000-2400）、午夜更（2400-0400）、晨更（0400-0800）、上午更（0800-1200）、下午更（1200-1600）、暮更（1600-2000）。

在這樣的情況下，反而指揮官克勞斯把刻度傾斜到一百五十五度角一舉，還更有意義，這個舉動會直接影響到發生緊急情況後，克勞斯從船艄衝到艦橋的速度，還有一旦到艦橋後，是否能鎮定地穩住身體殘留的緊繃感。這可比亨德力森在帳面上值多少錢、船主是誰更重要（雖然亨德力森的船主可能不這麼想）。也或許有人從來沒聽過美國海軍指揮官喬治．克勞斯，對此人不感興趣；不知道他父親是路德教派的牧師、不知道他是虔誠的信徒，對聖經非常熟悉。但這些都有著決定性的影響——戰爭中指揮官性格和抉擇的影響，遠遠大過軍事設備或武器。

他在自己的船艙中，從淋浴間走出，正擦乾身體。這是他三十六小時以來第一次洗澡，不知道下次會是多久後。這是一個神聖的時刻，剛解除總動員警報❸，能稍事喘息，迎接剛到來的天光。他穿上厚羊毛內衣、襯衫、長褲和鞋襪。隨興地用鼠灰色短毛刷梳理完頭髮。對鏡檢查鬍子，看是否有修成他想要的樣子。他灰色的眼眸（比一般的灰還朦朧，更像是岩石般的灰色）看著鏡中另一對瞳孔的倒影，沒有流露半點情感，像在注視一個陌生人——對克勞斯來說，眼前的確是陌生人，對一個得要顧全大局的人而言，就該有這樣的眼神。他獻身於職責和使命。

處於戰爭的非常時期，像這樣的梳洗和日常作息並無常規；他在早上一個小時內，洗好澡，梳理完畢，換上乾淨的衣服，準備迎接這一天的挑戰。克勞斯已經連續站了三個小時。不久前天還未亮，他到了艦橋，總動員警報還沒響起，他已準備好黎明時刻可能會出現的各種危機，看著漆黑夜幕慢慢轉成灰色黎明，他和他的船員也都挺起胸膛準備隨時行動。等到天空都亮了——如果這灰色的天空能稱得上「亮」——船艦剛從總動員狀態解除，克勞斯閱讀通訊官拿來的簡報，從這些累積的報告中，在大腦裡建構出目前的情況，然後輔以雙筒望遠鏡視察周圍，受他指揮的軍艦分別布置在左右兩側，所護衛的船隊保持一定距離地跟在後方。黎明後的一小時，一般來說是一天中最安全的時刻，克勞斯得以暫時休息並跪下禱告。

吃完早餐，再來就是洗澡更衣，雖然普遍來講梳洗時間不在這時段，這不是常人迎接新一天的方式。

他看著鏡子裡的陌生人，確認鬍子刮得很整齊後轉身。克勞斯一動不動地站著，手放在椅背上，視線往下望著甲板。

「昨日、今日、一直到永遠❹。」他自言自語，像在自我審查一樣。這是《希伯來書》第十三章的一段話；標示著他正踏上新的旅程，遊歷過短暫的此生，走向墳墓，邁向永生。他專注在思考，身體會自動保持平衡，船身不停搖晃、傾斜、顛簸，這些同樣出現在驅逐艦上——它在過去幾天裡也不停搖晃。甲板在他腳下起起落落，或前或後急遽傾斜，有時會突然改變方向；在螺旋槳的驅動下還會突然震動，船艙內為數不多的陳設，因此敲擊出不規則的節奏聲響。

自克勞斯從安納波利斯畢業後，已經過了二十年，他有十三年都是在海上度過，大部分是在驅逐艦上，身體早已記住了怎麼在船隻的橫搖中找到平衡，即便思緒專注在永恆的靈魂和無常的人生也一樣。

克勞斯抬眼，正往毛衣伸手，指尖還沒碰到，艙壁上傳聲筒就發出響亮的鈴聲，卡林上尉的

❸ 總動員讓所有人就戰鬥位置，發揮最大戰力。

❹ 出自聖經《希伯來書》第十三章。

聲音傳了出來。在非總動員時間裡，他負責在甲板上指揮。

「艦長請到艦橋，」卡林說，「艦長請到艦橋。」

語氣中帶著急迫。克勞斯的手改變了目標，突然一轉，目標不是毛衣，而是掛在衣架上的制服外套。一手把玻璃纖維材質的門簾往旁一撥，另一隻袖子只穿到一半，他把它穿好，衝向艦橋。從鈴聲響起到克勞斯進入操舵室，已經過了七秒。沒有再多一秒可以環顧四周。

「哈利聲納有反應，長官。」卡林說。

克勞斯立刻接起「艦艇間傳話通訊系統」。

「喬治呼叫哈利、喬治呼叫哈利。已聽到呼叫，請說。」

他邊說邊往左轉過身，凝視著洶湧的大海。在基林左舷三海里半，是一艘波蘭籍的驅逐艦，維克多，代稱老鷹；艉後的三海里半，是英國皇家軍艦，詹姆士號，位於維克多的斜後方，而且有相當的距離；從操舵室只能看到船頂的一角，以此距離，只要它跟基林都在浪的波谷，大多時候是看不到它的。現在它要離開原本的航道往北去，大概是要處理剛才探測到的東西。剛才通話中的「哈利」就是詹姆士號。克勞斯看著它，艦間傳話系統又再次響起。不管通訊品質再怎麼差，也影響不了這濃濃的英國口音。

「遠方有探測反應，長官。方位355[5]。請求攻擊許可。」

二十個字，也許有漏聽；它背後的問題相當巨大且複雜，其中各種因素相互關聯——有時候得要在幾秒內找到解決方法。克勞斯眼睛看著羅經複示器，他早已被訓練得能在瞬間把複雜問題簡化。方向355有探測反應，在目前彎彎曲曲之字形的航道上[6]，差不多是左前方的位置。詹姆士在四艘護衛艦當中負責側翼守衛，在船隊左側三海里處。雖然目前未確認，但若是發現了敵方的U型潛艦，那就代表它棲息在離船隊幾海里外，就在船隊左前方不遠處。瞄一眼時鐘，再十四分鐘就到了該轉向的時間。預定要往右轉，這樣一來船隊一定會遠離U型潛艦。可以把敵人單獨留下，這點倒是有利因素。

還有其他因素有利「單獨留下敵人」這個選項。螢幕上有四艘軍艦，只有當它們都待在陣隊位置時，聲納搜尋才有辦法涵蓋前方整片海域。若有一兩艘分離，搜尋範圍就會出現空隙，也許會有其他的U型潛艦趁虛而入。這雖是主要的原因，但還有另一個重要考量——就是燃料消耗問題。自從出航以來，這是所有海軍軍官都會面臨的沉重負擔。轉彎時詹姆士得全速前進；不然很有可能脫隊。它可能在該海域搜尋幾個小時，但不管搜尋結果如何，都得重新加入隊伍，否則會離船隊愈來愈遠。高速航行一兩小時，甚至三小時，意味著額外消耗幾噸的燃料。雖有備用，但確實有限；可說是十分勉強。以當下情況來看，任務前期就開始使用備用燃料，是否不智？克勞斯一生接受的訓練中，沒什麼是比保留備用燃料更重要的事了，所有聰明的軍官都懂得這個道理，為了能應付關鍵時刻的戰鬥。這個決定需要點掙扎——謹慎地考量得失。

另一方面，要是已經有探測反應。這也意味著「有可能」會被U型潛艦擊沉。如果能擊沉一艘U型潛艦，本身就是個巨大的戰績。尤其能根除它的後續影響。要是不理會，讓那潛艦安然地

❺ 方位用以辨別目標位置，以正北為000，正南180，一圈共有三百六十度。
❻ 二戰時，船隻為了躲避魚雷，會採取不規則的之字形航線。

離開，日後它可能會浮上水面，用無線電通知德軍潛艦總部：此時此刻大西洋上有同盟國的運輸船，然後船隊會變成U型潛艦的魚雷目標。此外，那艘U型潛艦至少還能這麼做：浮出水面，利用水面航行速度較快的優勢，以船艦的兩倍速度跟在後面觀察，就算德軍總部沒下達命令，它也會視航線而定召集其他潛艦，形成狼群戰術，攔截船隊並發動大型攻擊。若現在摧毀它，那這一切就都不會發生；或是它沒有浮上來，在水底下待了一兩個小時，而船隊又全速逃離，如此一來，對德軍來講，要重新搜尋到船隊，會隨著時間的過去變得難上加難。

「聲納反應仍在，長官。」對講機發出聲音。

克勞斯進到艦橋上已經過二十四秒，思考這複雜的問題就花了他十五秒。好在，不管是待在艦橋內的那幾小時，還是回到船艙裡，克勞斯都對類似問題思考過。只是再多的考慮也沒辦法窮盡所有情況；就目前來講，敵方的位置、燃料消耗考量、船隊位置，還有一天下來何時容易遇到敵人，都有成千上萬的可能。克勞斯還考量到額外的其他因素：他是一名美國軍官，被交付指揮其他盟軍船艦的責任。

船隊成員們的戰鬥資歷都十分顯赫，現在全聽他指揮。克勞斯從來沒聽過半點戰時炮火聲，但這些他國的年輕海軍艦長，早在三十個月前就投入戰爭了。這狀況顯示出某些十分重要的因素，和懷疑油耗的正確計算無關——而是在得知探測反應後的應對方針是否會受譴責。倘若不讓詹姆士發動攻擊，詹姆士的艦長會怎麼看他？要是派詹姆士去追擊，結果讓其他U型潛艦從聲納縫隙中趁虛而入，那別的護衛艦艦長又會怎麼看他？當報導出來後，會不會讓其中一方的政府跟另一方抱怨，指責他決策過於魯莽？還是認為他太過膽怯？海軍裡會有人對他搖頭，覺得可惜嗎？或是站在克勞斯那邊的海軍軍官，是否真心覺得他沒做錯？

軍隊裡，流言蜚語傳得很快；船員們在戰時照樣八卦，日後也會傳到美國或英國國會議員的耳裡。同盟軍隊之間的往來關係，某程度上也取決於他的決定；良好的國際互動會影響戰爭最後的勝利，有助贏得全世界的自由，克勞斯同樣曾設想過這些問題，但在目前情況下，他不會把這些因素納入決策考量。這只是提醒自己，他的決定有多重要，加重了肩上的重擔。

「允許攻擊。」他說。

「是的，長官。」對講機裡傳來回應。

但艦間傳話系統又馬上響起。

「老鷹呼叫喬治，」對講機發出聲音，「請求協助哈利許可。」

老鷹是波蘭的驅逐艦，維克多號，它在基林的左舷方位，它就在詹姆士和基林的中間，艦間傳話系統裡的聲音是名年輕的英國軍官。

「准許。」克勞斯說。

「是的，長官。」

話音剛落，克勞斯看到維克多立馬轉向，船艏撞上海波，激起浪花，俯衝向上，邊轉向邊揚起船艉，加速追上詹姆士的陣營。維克多和詹姆士在之前的船隊中，有很好的默契，對敵時擊沉率很高。詹姆士有新的聲頻測距儀，並跟維克多發展出相互配合的對敵戰術。這兩艘軍艦是搭檔；克勞斯在接到詹姆士的報告時，就已經知道這一點，要是他派出詹姆士，最好也讓維克多跟過去，這樣擊沉敵方的機率會更大。

從克勞斯被叫離船艙後，過了五十九秒；不到一分鐘的時間內，就做出了重大決定，並且轉化命令為行動。現在剩下美軍的基林號和英國皇家軍艦道奇號，道奇在基林的右舷艉部；得要想如何部署剩下兩艘軍艦，以發揮最大的效益，好保護後面的三十七艘船隻。船隊佔了四平方海里的海域，這是一個巨大的目標，四十海里範圍的半圓內，任何一處都可能有魚雷對準這「船群」過來。最好讓兩艘軍艦護衛範圍涵蓋那半圓，這並非什麼最佳方案，但也強過束手待斃。克勞斯再次對著對講機發話。

「喬治呼叫迪奇。」

「是，長官！」對方馬上回應。道奇號的船長，迪奇一定在等他下令。

「往船隊右邊縱隊，移動到帶頭船隻的前方三海里處。」

克勞斯的語調十分克制，這是口頭命令必需的語調；要讓人注意放在傳達的內容，而不是發話者的抑揚頓挫。

「船隊右縱隊，帶頭船隻的前方三海里。」對方複誦，「是的，長官。」

口音是加拿大人，語調和節奏都比英國人更自然。不至於會讓人聽錯。克勞斯看了看羅經複示器，然後轉頭看值更官❼。

「卡林先生，航向005。」

「是的，長官。」卡林回答，然後對身旁操舵手說：「左標準舵❽，轉向航向005。」

「左標準舵。」舵手複誦並轉動船舵，「航向005。」

說話的是派克，三等舵手，二十二歲，已婚，不太可靠。卡林也知道這點，他正看著羅經複示器。

「航速十八節[9]，卡林先生。」克勞斯說。

「是的，長官。」卡林回答，並下達命令。

「十八節速度轉彎。」對方對著傳聲器重複命令內容。

基林配合舵輪的轉動；轉向時的震動透過甲板傳到克勞斯雙腳。

「機艙回報，船速十八節。」機艙那裡俥鐘[10]的數值顯示當下船速。他是新來的船員，從雷克雅維克[11]調來的，這是他服役的第二艘船。兩年前在休假時他曾和一般民眾發生車禍糾紛，肇事逃逸。克勞斯忘了他的名字，但這件事還得記得。

「穩舵，航向005。」派克說，語調中帶有一絲不經意的輕浮，讓克勞斯感到不悅，暗示了此人並不可靠。現在沒什麼要做的；他把一些瑣事記在心內。

「表上顯示船速十八節，長官。」卡林報告。

「很好。」那是水壓計程儀[12]上的讀數。還有更多的命令要下。

---

❼ 協助和代理艦長部分職務，也是未來艦長的後備軍力。

❽ 標準舵的角度大約是十五度。

❾ 船隻的速度是以「節」來算，一節是每小時一海里（6,080英尺）。

❿ 控制船速的設備。

⓫ 冰島首都。

⓬ 航海用的儀器，透過船體外的水流壓力，來估算船隻的航速。

「卡林先生，航向船隊左縱隊，移動到帶頭船隻的前方三海里處。」

「航向船隊左縱隊，移動到帶頭船隻的前方三海里處。好的，長官。」

克勞斯下達到新位置的最直接航向，現在基林正要從船隊前方橫越，正是檢查船隊狀況的時機。但克勞斯還有時間穿上外套；他一手還沒從襯衫袖裡伸出，外套拿在另一隻手裡。手滑進去，伸直手臂時不小心戳到身旁的通話員。

「對不起。」克勞斯說。

「沒事的，長官。」通話員小聲地說。

卡林把手放在警報拉桿上，望向艦長等著他下令。

「不用。」克勞斯說。

總動員的戰備警報一響，會把所有船員叫到戰鬥位置。不管正在用餐，還是休息，船上的日常作息會完全停止。船員會變得疲憊、飢餓；為了要讓船隻能以正常效率運作，有五十多項日常維護需要進行，它們全數被迫暫時停擺，因為每個人都得就戰鬥位置。這種狀態不能長期維持——必得留待關鍵時刻，到真正戰鬥時用。

還有一點，要是沒有明顯理由，三不五時做出要他們繃緊神經的特殊要求，有些人……或是許多人，會在崗位上變得鬆懈。克勞斯在經驗中觀察到了這點，以前讀過的軍事教科書上也提到；就像合格的醫生透過學習和觀察，可以醫治自己未曾患過的疾病一樣，克勞斯得考慮他的手下也是人，所有人類都有弱點和疏忽。如果是二級警報[13]的部署，會有一半的人員就戰鬥位置——這也會打亂艦艇的日常保養維護。二級警報意味沒有人負責維護，但再怎樣也比總動員好，可以用這狀態連續撐個幾天。

詹姆士有探測反應，維克多前往協助迎敵，它們離船隊有一段距離，尚不足發布總動員警報；在護衛艦完成任務之前，這樣的情況可能會發生十幾次。因此，克勞斯以「不用」來回應卡林無聲的詢問。光是這快速一瞥、做出決定、重複命令內容，不過是兩三秒，但要克勞斯口頭說明其中理由，得花上好幾分鐘——而且在開口前還要先花上一兩分鐘想想該怎麼表達。有了過去的訓練和習慣，對他來說，要下達正確指令已不是什麼難事；長期不斷地沙盤推演，也讓克勞斯對各種會碰到的特殊情況做好心理準備。

他還同時在心裡默默記下（雖然這件事沒什麼大不了，不久就會被拋諸腦後），對卡林準備拉下警報一事，克勞斯暗自做出評估。這可能會微微影響卡林值更官的能力評量。說不定會在最後的「適任報告」中提到；從航行中，克勞斯和卡林的共事期間（假設兩人都有辦法活到寫報告那時），會對卡林在不同方面做出簡短評價，像是在「是否適合擔任艦長職務」中的評語，一段從千萬個複雜因素中出現的小小評語。

克勞斯拿起雙筒望遠鏡，把它掛在脖子上，往船隊的方向望去。在擁擠的操舵室什麼都看不到，他走出艦橋往左舷方向看去。這調度帶來的變化巨大且驚人。新的航向，使東北風幾乎改變成從船艄吹來，並圍繞在他身邊呼嘯著。他把望遠鏡舉高到眼睛上，右臂感受到了刺骨的寒風。他應該穿上毛衣和大衣的，要是在船艙的時間能多個一分鐘，他一定會這麼做。

⓭ 二級警報，只動員一半的人員，一半的武力，另一半的人在休息。

他們正經過船隊裡的旗艦，那是艘老舊的客運船，水線以上的船體構造明顯比其他船隻大得多。負責指揮船隊的是英國退休准將，也是前艦隊司令，船艦上還飄揚著舊時的英國艦旗。他自願從退休生活重新回到海上，盡一份力，甘願做著這枯燥、危險又無法贏得掌聲的事；當這個機會一出現，他便感到責任感召喚，即便得聽從其他國家的年輕指揮官命令也在所不辭。他的職責是盡可能使船隊保持整齊，讓護衛艦能更有效地護衛它們。

在旗艦之後的其他船隻，不規則地排成一列；克勞斯用雙筒望遠鏡察看它們四周。還是有些不整齊，但比起黎明第一道曙光來臨前，他在深夜視察時所看到的已經好多了。從右舷算起第三縱隊，變成了兩隊。那一縱隊有五艘，比起其他縱隊多了一艘，之前最後三艘脫了隊，被遠遠甩在其後，排列得有點亂。但現在這差距已經快消失了。可能是之前的第三艘，挪威・孔古斯塔夫的機輪室出了些狀況，導致在夜裡航行速度落後；由於無線電靜默的規範[14]，加上夜裡視線不清，才沒辦法跟其他船隻溝通自己的狀況，嚴重脫隊，導致身後的船也一起慢了下來。顯然，這點問題已經彌補了，孔古斯塔夫和其後的船也慢慢跟上。克勞斯天一亮就查了船隻名單，知道跟在孔古斯塔夫後面的是南國號。南國號的煙冒得非常厲害，有可能是為了趕上隊伍而硬擠出額外半節速度的關係，還有其他船隻煙冒得特別嚴重。好在，前方風颳得很大，很快就把濃煙吹散。不然在風平浪靜時，船隊的煙在天空聚集成雲，會讓它們在五十海里外就被看見。指揮的旗艦也一定拉起不少次指令旗，那是每個海軍早就看過不知道多少次的指令：控制煙量。

平心而論，船隊的情況還算好，只有三艘脫隊，煙量也在可接受範圍。現在還有點時間，可以趁機檢查一下基林號；克勞斯首要任務是顧好船隊，次要任務是顧好自己的船。他放下望遠鏡，轉身看向前，風撲打在臉上，船艏那零星的浪花被風吹得飛向船艉。船艦上方，有個長得像彈簧床內部鐵架般的東西，那是雷達天線，規律地旋轉著；隨著海面不斷橫搖和浮仰的塔狀天線杆，其輪廓像個圓錐體般，從頂點往下愈來愈寬。七位瞭望員在各自的崗位上，他們都穿著極地禦寒衣，靜靜地拿著雙筒望遠鏡放在眼前視察，慢慢左右來回掃視自己負責觀察的區域，但每掃視一次，就得擦拭望遠鏡，因為船艏飛濺來的水花會模糊鏡片。克勞斯看了瞭望員一會兒；卡林現在一心只想照命令把船隻帶到它的位置上，無心管瞭望員的狀況。他們看起來工作得十分認真，當然也希望能得到人們的尊敬，尤其在這無聊單調的工作中，很容易疲累；就算他們換班的頻率十分頻繁也沒辦法改善，因為這項工作得盡最大的努力和忍耐力，一刻也不容間斷。U型潛艦浮出海面長度不會超過兩英尺，時間也不會超過半分鐘。對海面的觀察不能中斷，視察時得十分規律，才能增加發現敵人的機率，有探測反應那一刻，靠的可不是僥倖。望遠鏡要是能多看一秒鐘，說不定就決定了船艦的命運。比方說，要是看到魚雷掠過的水痕，並馬上報告，就有機會避免被擊沉。

克勞斯到艦橋外側面的看台吹風；他現在有一半的軍力往左舷方向迎敵——不久前，維克多已經離開護衛隊去協助詹姆士——如果有必要，他會用艦間傳話系統召回它們。年輕的哈特正在靠近啞羅經[15]左側，替卡林盯著轉向時的方位。克勞斯對他點點頭，回到了操舵室。室內的相對

[14] 因為擔心被敵方潛艦發現位置，同盟軍在海上禁止主動發射長距無線電。

[15] 啞羅經，用來測量方位的設備，但本身沒有能指向北方的磁心，需配合其他設備使用。

溫暖也提醒了他，剛才短暫待在戶外時沒穿毛衣，也沒穿海軍大衣，現在又濕又冷。他走到對講機前；裡面嗡嗡地傳來對話聲。他無意間聽到詹姆士號上一位英國軍官和維克多之間的對話。

「方位360。」英國腔調。

「老兄，沒辦法抓出大概範圍嗎？」另一個聲音說。

「該死的，沒辦法。訊號太微弱了。你什麼都沒發現嗎？」

「還沒有，這區域我們已經掃過兩次了。」

「就在正前方，慢慢來。」

從克勞斯的位置來看，詹姆士的船身跟海平面上的水氣幾乎無法分辨。詹姆士的船體並不大，甲板上的構造物也不怎麼高。維克多大得多了，相對更靠近；所以仍在視線範圍內，但輪廓已經不清楚了。由於能見度太低，加上船隻又快速遠離，很快就看不到了，只有雷達上仍能清楚地看見一個小點。卡林的聲音突然浮現，他剛才應該在下舵令，只是克勞斯把注意力都放在艦間傳話系統裡的內容，所以沒有注意他是否有講話，再說，其內容和手邊問題無關。

「右標準舵。航向079。」卡林說。

「右標準舵。航向079。」派克重複了一遍。

基林看來已到了它新的位置，或是在那附近。

船身一轉，艉部對著維克多，跟維克多之間的距離會更快被拉開。基林的船體突然在右舷處抬升了一下；他在操舵室裡滑了一跤，雙手迅速抓住東西。船體轉向，進入下一海波的波谷，久久沒機會抬升。基林在那裡平躺了很長一段時間，然後船體橫搖，左舷突然升起，海波從基林下經過，傾斜方向跟剛才相反，卡林滑倒，撞到克勞斯。

「對不起，長官。」卡林說。

「沒關係。」

「穩舵，079。」派克大聲說。

「很好。」卡林回，然後對著克勞斯說：「下次預定的轉向，再五分鐘後執行，長官。」

「很好。」克勞斯邊轉身邊回應。這是一般常規命令：之字航行中，在改變航向前五分鐘提醒他。這一轉，船艉會正對著維克多跟詹姆士。詹姆士離開隊伍已經有九分鐘了，估算距離一定超過三海里，每增加一分鐘就會再增加四分之一或是半海里。它在大海上的航速最快不會超過十六節。重新召回來的話，需要花半小時——而且還是最大油耗——才能回到它本來的位置。現在每拖延一分鐘，就意味著要多花五分鐘才能追上；換言之，把詹姆士留在那裡六分鐘，那就得花上一小時才能歸隊。又是該下決定的時候了。

「喬治呼叫哈利。」他對著艦間傳話系統說。

「接收到了，喬治。」

「那裡敵人情況怎麼樣了？」

「不太好，長官。」

聲納多不可靠眾所皆知。詹姆士探測到的可能是潛艇之外的東西。比方說是魚群，或是帶有溫差、密度不一的冷水層，因為相同方向的聲納探測，維克多所探察到的反應和詹姆士並不一致。

「有繼續探察的價值嗎？」

「長官，我認為有。」

如果真的有U型潛艦，那德軍艦長一定知道自己被發現了，他必然會不斷改變航向，像魚一樣來回搖擺，頻繁改變下潛深度；這會很大程度擾亂我方視聽。德國有一種新裝置，可以在潛艦後留下一個大氣泡，讓聲納員錯亂，產生誤判。說不定還有其他更難處理的新技術發明。也可能根本沒有潛艇在那。

就算真的有，在詹姆士和維克多被召回後，U型潛艦幾分鐘後浮出水面，會弄不清船隊航行的方向，船隊可以藉機遠離它；潛艦在水面上的船速不會超過十六節。幾分鐘的海域搜尋，大大降低了事後被它追擊的可能。如此一來，這樣的決策，會對他的英國和波蘭部下產生什麼影響呢？他們可能會因被取消擊沉敵軍的機會而心生不滿，或許會在未來某個場合爆發，但後者的可能性很小，因為英國人不會在意這種事。

「現在最好放棄搜捕，哈利。」克勞斯刻意用不帶起伏的語氣表示反對。

「是的，長官。」他用自己平時的語調回應。

「老鷹、哈利，重返艦隊，回到陣隊位置。」

「是的，長官。」

不知道這個決定是否埋下了怨恨的種子。

「長官，准將發出了改變航向的信號。」卡林報告。

「很好。」

這批行進緩慢的船隊，並沒有像其他快速航行的船艦頻繁轉換航向，如若不然，抵達時間會無限期延後。它們改變航向的時間間隔相當長，也無法讓民間商船船長指揮船隊，尤其這種航行方式——光是保持隊形就已十分困難。每一次的航向改變（才十或十五度角），都更顯船隊笨重。這是他們主要的工作：其中一側保持速度，另一側要降低速度。領頭船在往右時不能太劇烈，只是後方的船隻好像永遠學不會慢慢轉，船隻轉向時，反應總不是立即的；倘若轉得太猛，會發現自己跑到前方船隻的右舷，可能會撞到右方另一縱隊的船隻；若是轉得太慢了，又會在左舷跟其他船隻相撞。不管怎樣，有技巧地讓自己保持在適中的位置，可不是件容易的事。

而且在轉向的過程中，外側船隻勢必比內側來得快得多，這也就意味著外側船隻會冒更多的煙，內側則要減速。為了應付這些，在出航之前就發給每艘船隻的船長油印小冊，裡面對照了每一縱隊航速要如何按比例降速的標準，但為了要遵守這指示，就得三不五時匆匆查閱，找到正確的對應位置和速度。就算確認了正確航速，也很難讓一個未受訓練的機艙人員精準降速；再加上每艘船隻對舵的靈敏度各有不同，轉向角度也得各別調整。

船隊的每一次轉向，都會造成一陣混亂。倘若拉大船隊之間的距離，那勢必會增加護衛艦守衛的區域，總會出現掉隊的船隻，就長期的經驗來看，離開隊伍的船隻，幾乎意味著葬身海底。克勞斯走到艦橋右側，用望遠鏡對著船隊。看旗艦的吊索降下了旗。

「要執行轉向了，長官。」卡林報告。

「很好。」

雖然克勞斯也知道該轉向，但在此時做口頭報告是卡林的職責；現在該轉向了，船舵開始轉動。他在耳邊聽到卡林下達轉向的指令，眼前的雙筒望遠鏡也不得不跟著平移。六海里外，右舷縱隊的帶頭船隻，在轉向過程裡，船體在視覺上拉長了；在望遠鏡裡看到船隻如「柱狀」的上層構造，變成了三座「小島」，因為它現在幾乎是側面對著克勞斯。一波大浪，把它從望遠鏡的視野中掃了出去；他發現自己看到的只是一片大海，只好重新對準望遠鏡，在橫搖中保持平衡，以觀察船隊轉向的情況。船隊幾乎立刻出現混亂。本來井然有序的隊伍成了一堆雜點，有的偏離航線，有的正努力想維持在適中位置，本來的一縱隊成了兩縱隊，後面的船隻擠到了前面來。

儘管天候不佳，很難看到最遠的船隻，但克勞斯仍盡可能讓每艘都在視線範圍內；要是發生碰撞，他得立刻採取行動。他未必真能盡收眼底，但船隊在轉向過程一定有某個時刻是特別緊張的。

隨著分分秒秒過去。每縱隊第一艘船隻，排得參差不齊。看起來不像是有九縱隊，而是有十、十一……不對，是十二縱隊。准將的船在右舷艉，這時一艘船隻突然出現，正面對著它。船隻的混亂早已預期，有船從右舷超越了前方的。只要有一艘命令遵守得不完全、沒在時間點上減速，或是太快太慢，就會有十艘船隻被迫離開位置，不然勢必相撞。克勞斯看著最遠的一艘正在轉向，船艉正對著他。有的船隻不得已，只好大膽地離開隊伍，在外圍繞一大圈；然後再想辦法擠回它本來的位置。在海平面下，可能埋伏著一艘U型潛艦，艦長正虎視眈眈地在船隊周圍梭巡。像這樣落單的船隻很可能會因離開護衛艦的保護，而成為魚雷的犧牲品。務要謹守，警醒。

因為你們的仇敵魔鬼，如同吼叫的獅子，遍地遊行，尋找可吞吃的人。[16]

准將的旗艦又升起旗幟，幾乎可預期這次的旗令會是「整頓隊伍」。不過一些經驗不足的菜鳥仍會在晃個不停的船上，拿起破舊的望遠鏡想看清那指揮旗。克勞斯轉過身來檢查基林左舷艉的縱隊。一如所料，同樣產生了些許混亂，克勞斯在遠處看著。遠處的海霧中，還能看到海平面上隱約有一個黑點。那是維克多，正以最快的進度回到陣隊位置——相對而言，那可憐的詹姆士，一定在更後方以十六節的速度追趕。

克勞斯轉過身來重新注視船隊，一系列明亮的閃光吸引了他目光，是准將發出來的。船上正用探照燈對準了基林，閃出一連串訊號。應該是有事要跟他說：P……L……E……他來不及解讀，因為閃太快了。他抬頭看了看號誌員，他們輕鬆地接收訊息並轉譯，一個人接收訊號，另一個人解碼。這訊息不短，但不會是什麼緊急的事——如果是緊急事件，會用更直接的通訊方法。接收完後，他們也閃了閃燈，表示收到。

「是給您的訊息，長官。」號誌員拿著板子，走上前來。

「唸給我聽。」

「船隊致護衛隊，請您指派艦艇到右舷處，協助整隊時的安全，不勝感激。」

「回覆內容：『護衛隊致船隊，將派遣船艦協助。』」

「『護衛隊致船隊，將派遣船艦協助。』好的，長官。」

感覺上，船隊發這樣的訊息，不像是上級對下級發出命令，更像是跟同事請求協助。你的言語要寡少，聖經《傳道書》裡是這樣寫的；起草命令的軍官心中也得記住這項原則，但傳達報告

⑯ 出自聖經《彼得前書》第五章。

的軍官，反而要像聖經《詩篇》裡寫的，口如奶油光滑。

克勞斯回到了操舵室，走到艦間傳話系統旁。

「喬治呼叫迪奇，」他用平淡而清晰的口吻。對方也立刻回覆；道奇仍保有足夠的警覺心。

「移動到目標位置，」他命令，「去——」他自我檢查了一下，然後想起要溝通的對象是加拿大船隻，不會像詹姆士或維克多號那樣容易被誤解；他接著說：

「護衛船隊的右側。」

「護衛船隊的右側。是的，長官。」

「留意准將的指令旗，」克勞斯接著說，「協防船隻整隊。」

「是的，長官。」

「聲納對準右舷方索敵。目前那區域最危險。」

「是的，長官。」

我對這個說「去」，他就去；對另一個說「來」，他就來[17]。但是百夫長聽從指令的這麼大的信心[18]是什麼呢？道奇已經為了執行命令在轉向。目前還有很多事要做。船隊此刻前方毫無防備，幾乎全暴露在攻擊中。還得下一連串的命令，才能操作基林在整個船隊前方巡邏，那裡大約有五海里的範圍，基林的聲納從一側掃到另一側，往南方來回偵察，負責整個船隊寬敞正面防護；道奇則負責右側的防護，道奇船長粗啞的嗓音透過擴音器罵那些慢吞吞的人——智慧人的言語好像刺棍[19]——同時道奇的聲納也會持續看顧基林後方看不到的危險。我為瞎子的眼，瘸子的腳[20]。

基林再次轉向時，克勞斯從船的右舷走到左舷。他想盯著船隊；心裡判斷道奇會花多久時間執行完任務、維克多何時能趕過來協助巡邏護航前方。就算他正待在艦橋的一側，吹著海風想事情，仍意識得到機器正發出乒乒乒的聲音，對著毫無反應的水裡發出主動聲納。只要在海上，這聲音就會日夜不停，直到耳朵和腦袋都習慣了，除非特別注意才會意識到。

准將的燈又對著他閃爍，另一則消息傳來。他抬頭看了眼正在接收訊息的號誌員。聽到號誌員開關著閃燈的百葉扇，發出嘎嘎聲響回訊，表示他不理解，請求對方重發；他克制著自己的憤怒，因為說不定准將用了什麼冗長的英語問候語，超出了號誌員的理解能力。但就它閃爍的時間來看，訊息內容並不是很長。

「給你的訊息，長官。」

「幫我唸。」

這位號誌員像之前一樣，手裡拿著板子，但顯猶豫的樣子。

「『船隊致護衛隊，』長官……『哈夫．達夫——』。」

號誌員口氣裡有一絲不確定的語氣，停頓了一秒。

「你沒唸錯，『哈夫．達夫』，是高頻無線測向儀。」克勞斯有點不耐。高頻無線測向儀，

---

⑰ 出自聖經《馬太福音》第八章。
⑱ 出自聖經《馬太福音》第九章。
⑲ 出自聖經《傳道書》第十二章。
⑳ 出自聖經《約伯記》第二十九章。

他的號誌員第一次聽到這東西。

「『高頻無線測向儀報告，有其他外語訊息傳送，方位087，範圍十五到二十海里。』長官。」

方位087。那幾乎是在船隊的航道上。「其他外部訊息傳送」；在大西洋上只有一種可能；十五到二十海里外處，有一艘U型潛艦。利維坦[21]，那頭陰狠狡詐的海怪。這比詹姆士有探測反應的報告更加可信。得立刻做出決定，得有許多客觀因素作為決策依據。

「回覆內容：『護衛隊致船隊，我們會把它擊沉。』」

「『護衛隊致船隊，我們會把它擊沉』，是的，長官。」

「等等，『我們會把它擊沉，謝謝您。』」

「『我們會把它擊沉，謝謝您。』是的，長官。」

克勞斯三步併作兩步走進了操舵室。

「我來指揮駕駛，卡林先生。」

「是的，長官。」

「右舵急轉，目標航向087。」

「右舵急轉，目標航向087。」

「所有引擎戰鬥速率，二十二節全速轉向。」

「所有引擎戰鬥速率。二十二節全速轉向。」

「卡林先生，發布總動員警報。」

「總動員警報，是的，長官。」

卡林壓下把柄，船上響起警報號角；一陣連死人都能吵醒的嘈雜聲音，喚起了下面甲板睡眼惺忪的船員，每個人都得就戰鬥位置，船內樓梯頓時一陣混亂。衣服被拖在地上，寫到一半的信扔到一旁，手邊的東西也都放下。在喧囂中，傳來報告，「機艙回報，已經在戰鬥速率，長官。」基林因轉向而傾斜；無怪人們總是暱稱它「傾斜基林」，基林只要一轉向，傾斜角會特別大。

「穩舵，航向087。」派克說道。

「很好。哈特先生，離准將提供的方位還有多少？」

哈特少尉馬上跑到啞羅經那裡。

「266度，長官。」他叫道。

幾乎在正後方。高頻測向的方向本身就夠精準了。不需要再調整航向來估計U型潛艦的可能位置。

操舵室擠滿了剛進來的人，一群群戴著頭盔的通話員、傳訊員。還有很多事要做，克勞斯走向艦間傳話系統。

「老鷹，高頻測向，方位087。」

「087，是的，長官。」

「盡快接替我位置，守護船隊前方海域安全。」

㉑ 聖經裡的怪獸，強大得能和撒旦相提並論。

「是的，長官。」

「你聽到了嗎，哈利？」

「我聽到了，喬治。」

「掩護左側。」

「掩護左側，是的，長官。我們在最後一艘船後方四海里處，長官。」

「我知道。」

詹姆士仍需半個多小時才能就定位；維克多差不多要十五分鐘。這期間內，除了右側的道奇外，船隊完全沒有防禦。當准將傳訊來後，要如何平衡風險是克勞斯下決定的客觀依據。另一項依據則是敵人明確的方位，就在正前方——高頻測向不會出錯——等到基林到該區域開始雷達掃描時，海霧將使能見度變低。必須讓潛艦葬身海底，必須大開殺戒。就算遠在前方二十海里，也仍在基林的守衛範圍內。

華森上尉來了，報到後將接替卡林值更官的崗位。克勞斯答禮後，簡要地說明情況。

「是的，長官。」

華森帥氣的藍色眼眸，在鋼盔的影子下顯得炯炯有神。

「華森先生，我現在負責指揮。」

「是的，長官。」

「訊息官，拿頭盔來。」

克勞斯戴上它。事實上，這純粹是為了體面，但當克勞斯看到對方穿著厚厚的衣服，想起自己穿著單薄，剛才在艦橋外側的露台已讓他感到寒冷。

「去我船艙，把羊皮大衣找來。」

「是的，長官。」

執行官在下面的海圖室，透過船內傳聲筒報告。底下是臨時的戰鬥資訊中心，若是在比較大的軍艦，會有更完備的戰鬥中心在。基林號下水時，聲納技術才剛剛開始發展，那時沒人想過會有雷達。少校柯爾是他的老友；克勞斯跟他說明了情況。

「現在潛艦隨時可能出現在雷達上，查理。」

「是的，長官。」

基林幾乎是用盡所有馬力追上去，船身像快散了，不斷傾斜、搖晃、震動，一波剛形成的海浪打在前面水手艙上。浪的衝擊很有規律，高高抬升的海面足以讓船隻保持戰鬥速率前進。十八海里左右會有艘U型潛艦浮出水面；操舵室上方的雷達天線隨時會發現它；警報讓所有人員就戰鬥位置。那些從睡夢中被叫醒、扔下日常維護工作，被緊急召集來的軍士，還不知道這警報是怎麼回事。機艙下一定很多人好奇需要戰鬥速率的理由；在大炮或是深水炸彈投放架旁的船員，也隨時準備好開火。克勞斯心想，得花個一兩秒來跟所有人說明。他走向擴音器，一旁的水手長看到他來了，把手放在廣播開關上，就等他點頭。船上再次響起鈴聲。

「各單位注意，各單位注意。」

「這裡是艦長。」

一直以來的訓練和長久的自我控制，使他的語調在此時能保持平穩；沒人能從他低沉的話語中聽出內心的激動和興奮，要是他不自我控制，便會被這種情緒掌握。

「我們正在獵殺一艘U型潛艦，全員做好立刻行動的準備。」

這沸騰的消息一廣播出去，整個基林號像活過來般激動地顫抖。克勞斯宣布完，轉過身發現擁擠的操舵室裡每雙眼都在盯著他。空氣裡瀰漫著緊張、嗜血的氣氛。這些人正航向殺戮；也有可能失敗送命——雖然在場大部分的人都沒想過現在基林所航向的到底是成功還是失敗。

某個東西吸引了克勞斯注意，那位年輕的傳訊員幫他拿來了羊皮大衣，克勞斯正要伸手去拿——

「艦長！」

克勞斯閃電般跑到傳聲筒那頭。

「目標方位092，距離十五海里。」

查理．柯爾語氣平穩。他說話的方式，像是體貼的父母對著激動不已的孩子，引導他冷靜下來；當然，這並不表示他認為克勞斯是個激動的孩子。

「右舵，急轉向，目標航向092。」

現在操舵的，是一等舵手麥卡利斯特，是個瘦小的德州人；克勞斯以前在甘布爾號軍艦時曾是他的長官。要不是在三〇年代時，麥卡利斯特在聖佩德羅發生幾起鬥毆事件，不然他早就升士官長了。看他死板僵化重複命令的模樣，沒人想像得到，此人一喝酒就會開始打架鬧事。

「穩舵，092。」麥卡利斯特說，眼睛沒離開過羅經複示器。

「很好。」

克勞斯轉身走到傳聲筒處。

「報告目標。」

「在正前方，長官。精確位置不清楚。」查理說。

被稱為「甜心查理」（SC）的雷達系統不怎麼可靠。克勞斯聽過另一套叫「甜心喬治」（SG）的雷達[22]，他雖沒見過，但真心希望基林號上也能裝一套。

「很微弱。」查理·柯爾說道，「在淺水處。」

一定是U型潛艦，基林正以二十二節的速度往它那裡衝。我們與死亡立約，與陰間結盟。[23]護衛隊的雷達得要有夠好的訊號強度，才能精確估算距離。

「方位有點變化，」查理說，「093……不對……093.5。距離十四海里。」一定是兩邊的航向相互補償的關係。

在一分十六秒內距離減少了一海里。依查理的報告，U型潛艦一定也對著基林前進，迎面而來。你下到陰間，陰間就因你震動來迎接你。[24]再五海里，再過七分鐘——時間已變成不到七分鐘——就會進入五吋雙炮的距離內。但基林正前方只有兩管炮。最好不要在太極端的距離開火。在海上高速移動的前提下，雷達的距離會持續改變，測距也會失準，兩發都擊中對方的可能性不

[22]「甜心查理」（Sugar Charlie）是對SC搜索雷達的稱呼；「甜心喬治」（Sugar George）是對SG雷達的稱呼，避免只叫字母出現誤聽的情況。

[23]出自聖經《以賽亞書》第二十八章。

[24]出自聖經《以賽亞書》第十四章。

大。最好再等一下；堅持下去，期望基林能突破迷霧，找到更容易擊發的距離。

「距離十三海里。」查理報告，「方位094。」

「右舷急轉，」克勞斯說，「目標航向098。」

這艘U型潛艦明顯不打算改變方向。往右舷轉可以橫向攔截它，讓目標暴露在正前方，不如暴露在左舷，這樣就沒問題了；左舷發射完，還能再轉向，讓船艉炮有機會發射。

「穩舵，098。」麥卡利斯特說。

「很好。」

「別吵！」華森咆哮，他的聲音刺破了緊張的氣氛。他對一名十九歲的實習通話員怒吼，因為通話員在話筒旁邊小聲吹著口哨。那名通話員馬上感到自責，顯然他並沒意識到自己在做什麼。但華森的聲音，像是對著充滿緊張氣氛的操舵室開了一槍。

「距離十二海里。」查理說，「方向094。」

克勞斯對著通訊員說：

「艦長呼叫槍炮官，除非敵人出現在眼前，否則沒我命令不要開火。」

通訊官按下了通訊鍵，重複了剛才的命令，克勞斯在一旁仔細聽著。這不是什麼好的指令，卻是當下最實際的做法，只希望菲普勒能理解他的用意。

「槍炮官回應：『是的，長官。』」通訊員回覆。

「很好。」

這男孩是軍中的新血，剛完成新兵訓練，負責傳遞訊息。他負責傳達的內容，說不定正維繫著戰爭的結果。驅逐艦上每個崗位都對戰局有相當的影響力，就算這艘軍艦上有著七十五名新兵，也仍得前往戰線。這男孩在中學讀了兩年，到了他負責崗位的學歷門檻。其他的東西只有在經驗中，才知道此人是否有額外特質：即使四周都是死傷同袍，就算身陷戰火和毀滅，仍能持續流暢又清楚地傳達每一個字。

「距離兩萬。」通訊員說，「方位094。」

這代表一個重要時刻，現在距離單位已換成碼，表示敵人即將進到射程之內；一萬八千碼是五吋炮擊發的最遠距離。克勞斯可以看到炮口正在瞄準，隨時準備開火。查理正透過載波電話和炮塔控制溝通。方位沒有改變；基林正朝著與U型潛艦相交錯的航道上前進。接觸時機就快到了。

能見度有多少？七海里？一萬兩千碼？應該差不多。這樣估計不見得可靠；那裡也許視線清楚，也或許有著厚厚海霧。潛艦可能隨時會出現在炮口所指方向的視線範圍內。然後炮彈會飛向目標。在潛艦再次下潛之前必須擊中。潛艦船員會看見基林號正往上方衝來，立刻躲回大海水牆下，那是炮彈穿越不了的厚度，接著消失得無影無蹤，在那之前得把它炸個粉碎。也或者，它會躲藏起來，靜待危機過去。

「距離19000。方位固定，094。」通訊員說。

始終如一的方位。U型潛艦和驅逐艦之間的距離快速拉近。克勞斯環顧擁擠的操舵室，頭盔也藏不住大家緊張的神情。沉默和站得直挺的身軀代表著良好軍紀。艦橋前方，他能看到右舷處，其中一位負責四十毫米口徑大炮的船員，正盯著五吋炮瞄準的位置看。基林船艏衝破的巨大浪花，現在都打在他們身上，但他們並沒有避開，也沒有澆息胸中的火熱激昂。

「距離18500，方位固定在094。」

沉默的時刻讓人印象深刻，這是三十六小時以來，聲納的乒乓聲第一次停止。聲納沒辦法在二十二節的航速下發揮作用。

「距離18000，方位固定在094。」

進入可以開炮的距離。五吋炮的炮口上揚，指著遠方灰色的海平面。只要一句話，他們就會把炮彈送上天；其中一枚有機會擊中U型潛艦，一枚就夠了。克勞斯緊握良機，然而，沒擊中的責任也會在他身上。

「距離17500，方位固定094。」

潛艦艦橋上會有一兩名軍官，炮彈讓他們眼前一黑；前一秒還活著，後一秒就死去，連發生了什麼事都不知道。但在下面操控室裡的德國人會驚慌失措，受到重傷，重摔向艙壁而死；其他艙室裡的船員，會聽到撞擊聲，嚇一大跳，然後隨著船身搖晃無法站穩，驚恐地看到海水湧進，在死亡的前幾秒，會看到船體被水壓擠出巨大的泡泡，冒向水面。

「距離17000，方位固定094。」

不過，結果也可能是齊射的炮彈以半海里的差距，跟潛艦錯身而過，那麼就只會看到垂直拋向空中的水柱。在下一次雙炮齊射前，U型潛艦會滑到水面下，不但沒擊沉它，反而讓它變得非常致命。開火前最好能再確認一下，克勞斯思考著，現在只能依賴甜心查理。

「距離16500，方位固定094。」

隨時可以動手。任何時候。瞭望員確實盡責了嗎？

「目標消失。」通訊員回報。

克勞斯看著他；有幾秒像聽不懂他在說什麼。但那男孩毫不退縮地跟他四目相對。他很清楚自己傳達的內容是什麼意思，絲毫沒有扭曲原意。克勞斯衝到話筒旁。

「搞什麼，查理？」

「恐怕它潛下去了，長官。雷達上的光點消失了。」

「雷達沒有出問題嗎？」

「沒有問題，長官。狀況好得很。」

「很好。」

克勞斯離開傳聲筒。操舵室的人戴著鋼盔面面相覷。雖然每個人衣物都包得厚厚的，但也掩不住他們失望的神情。厚重的大衣下，他們似乎垂下肩膀。現在所有人目光望向他。過去的兩分半，他一直有機會對水面上的U型潛艦開火；每位美國海軍軍官都渴望這樣的機會，而克勞斯卻沒把握住。現在不是後悔，也不是該保護自尊的時候，更不是在意是否受到眾人責難的時候。該做的事多到像山一樣高，他必須做出下一個決定。

克勞斯抬頭看了看鐘。基林現在大概在船隊正前方約七海里的位置。本來的位置現在是維克多，它的聲納可以搜尋前方五海里範圍。護衛隊隨時待命，右側的道奇正全力對右舷執行反潛任務，左側的詹姆士不久也會就位。與此同時，基林正以二十二節的速度駛離它們。那敵人呢？敵人在幹什麼？它為什麼會潛下去？在艦橋上的軍官華森，大膽地發表了看法。

「它不可能發現我們，長官。不然它不會這麼輕易現身。」

「很難說。」克勞斯說。

基林的瞭望員據守在船頂；如果潛艦出現在可見範圍內，絕對會是他們最先看到。然而「看不看得見」是一種機率問題。還是有很小的可能，在A地的人看得到B地，B地卻看不見A；潛艦有可能在基林的瞭望員沒看到他們之前就先看到了基林。但若是如此，它應該會更早潛入水中。

不過，仍有無限的可能性。說不定U型潛艦也開始能裝雷達了——這在科技發展的預料之內，也許正是現在。可以對海軍情報局發出報告，再好好討論這樣的可能性。也或許潛艦已被告知船隊的位置和航向，它只是正對著船隊航道等著——湊巧到了要下潛埋伏的時機。這是在戰術上的可能性，也是機率最高的。但還有其他的可能，比方說例行性的下潛——或許正在讓船員練習操作。也許是其他小事，例如此時正值潛艦的用餐時間，廚師可能在抱怨，晃個不停的海浪讓他沒辦法好好備餐，艦長也許會為此命令下潛。任何事都有可能；最好對這情況的解釋保持開放態度，只要記得前方大約八海里處有艘潛艦在水下，然後盡快決定下一步。

首先，最重要的，得讓基林接近潛艦，讓它進到聲納範圍內，所以仍需戰鬥速率。目前已知潛艦下潛。從這時間點來看，克勞斯會下令以二節、四節或是八節的速度移動。基林的聲納範圍會像石頭投進水裡的漣漪，一點一點往外擴。這漣漪的圓內，就是潛艦可能所在的位置。十分鐘內，聲納範圍可以移動一海里，一海里為半徑的圓，面積會超過三平方海里。徹底搜索三平方海里會花一小時，但一小時，這個圓會擴大到一百平方海里。

這艘U型潛艦不可能在下潛處停留太久。它會朝某一個方向前進。最合理的假設，是它會維持往下潛前的方向繼續航行。就算潛艦在北大西洋四處巡邏尋找獵物，也不會漫無目的地遊蕩。它會選定方向搜尋，結束後再改變方向。如若它為了瑣碎小事而下潛，那航向很可能不會改變；如果它潛入水中是為了準備攻擊，更是會保持航向——因為這航向正對準它的獵物。要是轉往別的航線，光用一艘驅逐艦不可能找到；「不可能」，對，是這個字眼，而不是「很困難」或「很危險」，而是「幾乎不可能」。

那是否值得試著再次索敵？如果敵我雙方都保持航向，基林會在十分鐘後越過潛艦，到它船艉；而其他護衛隊幾乎就在後方。基林可以指揮其他軍艦搜尋，在不離得太遠的情況下，回到自己本來的位置。另一個選項是繼續發動進攻，掉頭往後，然後希望U型潛艦在準備伏擊時會又出現在螢幕上。該進攻還是防守？前進還是掉頭？在軍事上，這是永遠要面臨的抉擇。繼續追擊值得一試；值得繼續索敵；克勞斯冷靜地下了決定，操舵室裡所有人都望著他。凡祈求的，就得著[25]。

「假設目標以六節速度保持航行，找出攔截航向。」他對著傳聲筒說。

「是的，長官。」

這和目前航向幾乎沒什麼不同；如果沒下潛的話，潛艦一定是以十二節速度前進。他可以在腦中估算出一個近似值。話筒傳來聲音。

[25] 出自聖經《馬太福音》第七章。

方向有些微的不同，但以目前速度航行十分鐘左右，所在位置的差距就會相當明顯。他轉身對著操舵手下令，然後又回到話筒旁。

「航行兩海里後通知我。」他說。

「是的，長官。」

「穩舵，航向096。」麥卡利斯特說。

「航向096。」回覆道。

「很好。」

差不多是九分鐘位置差距就會拉大；最好通知下面船員目前情況。他再次走向廣播。

「U型潛艦已下潛，」克勞斯以單向廣播發話，「看起來似乎如此。我們要繼續追擊。」

如果此時有個比克勞斯更敏感的人在，像是能感應聽眾情緒的演說家之類的，就會發現克勞斯廣播結束後，整艘船上瀰漫著失望的氛圍。他又看了看鐘，大步走出艦橋，到側面看台。那裡風很大，加上基林二十二節的速度，東北風更強勁了。噴濺的水花霧氣，寒冷入骨。他望向船艉，看到守在放置深水炸彈架子旁的船員，正蜷縮著身體找東西擋風；這仍是正常的，就算進入總動員的備戰狀態也不會要求他們無時無刻都緊繃著。他舉起望遠鏡，在這一片陰鬱的天候下，視線非常模糊，維克多獨特的灰色前桅上，有著深淺不一的點點斑駁。當基林像現在這樣被海浪推著起伏，噴濺水花，便無法再看得更清楚，他沿著船艉的水平線看往其他地方，什麼也看不見。雷達上顯示出船隊的位置，但這不是他要的。他想親眼看到，要是好運再次來臨，那艘U型潛艦會出現在基林和維克多之間，那麼，開火的話戰況將會如何？他再次轉身，橫掃水平面；一樣無法看清，水天交界糊成一片。要是有艘U型潛艦出現在四十毫米口徑炮的距離內，船上的瞭望員、炮手還有槍炮官應該能看到。

他回到操舵室，眼睛盯著時鐘。通訊員立刻上前，他仍抱著之前受命帶來的羊皮大衣。到底是多久前的事了?也沒真的很久，不過是以「分鐘」來當計量單位內的時間。克勞斯的手伸進衣服裡，身上壓著厚重大衣。身體很冷，衣服更冷，被四十節的冷風吹到了結冰點。他的身體一接觸衣物，就不由得發抖，幾乎忍受不了。手、四肢跟軀幹都凍僵了，牙齒顫抖。沒穿好防寒衣就走到艦橋外愚蠢至極；克勞斯的軍服下甚至連毛衣都沒穿。如果是哈特少尉做這種蠢事的話，克勞斯早就會把他罵走。回頭想想自己，就算是現在，克勞斯也算不上做好保暖措施——沒有毛衣、手套，也沒有圍巾。

克勞斯控制牙齒停止顫抖，在相對溫暖的操舵室裡，雙手抱著大衣，盡可能減少寒風的接觸，讓體內的溫暖慢慢爬到皮膚上，滲入厚厚的大衣裡。他很快會再叫人把其他的衣物送上。此時傳聲筒召喚他過去。

「兩海里了，長官。」

「很好。」他轉過來，太冷了，沒辦法用更長的句子表達，「標準速度。」

克勞斯又對著通訊器重複了一次。「標準速度。」

「機艙回報，航速為標準速度。」

這點就算不用報告也感覺得出來。船身的震動馬上消失，取而代之的是一種更為精準的節奏，跟之前的相比，溫和許多，也不再將海波撞出碎浪，而是順著海波起伏，爬上灰色的長長斜坡一路攀到頂端，動力模式平和多了。

「開啟聲納。」克勞斯下令。在第一聲「乒」完全消失前，第二聲規律地響起，然後一聲一聲持續接連著。若非操舵室裡的人，都正全神貫注聆聽是否有敵方蹤跡，這種單調的聲音很快就會被自動忽略。每一聲毫無起伏的「乒」，都是對黑暗的海中搜索，尋找藏匿其中、偷偷前進的敵人；它持續不斷、慢慢地從左搜到右。這就是聖經《箴言》第二十章裡提到的能聽的耳；現在它取代了雷達能看的眼。

這次的乒跟前一次相比，聽起來不一樣嗎？顯然一樣，因為聲納員沒有發出報告。下面負責的雷達兵，是一等兵湯姆．艾里斯，畢業於基韋斯特的桑德中學，自戰爭爆發以來，就一直在船上工作；他剛來時應該很稱職，在這幾個月裡，他一直在聽「乒乒乒」的聲音，從基林下水後就一直聽到現在。這也許不表示他比畢業時更具經驗、能力更強，說不定剛好相反。在基韋斯特時，他只做了幾次匆忙的練習。利用同盟軍的潛艦練習聽讀聲納，學習潛艦在水下改變航向、俯仰角度改變的回聲，聽出它的方位，並估計航向；就這樣匆匆上了幾堂應敵的課，然後便被派到海上當聲納員。從那以後，他再也沒聽過一次潛艦回彈的聲納，不管是友軍還是敵人的；艾里斯的訓練沒經過複訓，而且也確定他沒有跟以命相搏的敵人玩捉迷藏過。現在他就算聽到了，很可能會認不出來；他說不定已沒辦法從回聲中做出正確判斷，並讓船艦對敵人發動攻擊。以二十碼的距離投入深水炸彈有著極高命中率；但到了三十碼就幾乎意味著不可能命中。二十碼和三十碼之間的差距，就是熟練聲納員和反應遲緩聲納員之間的區別。

這還尚未考慮艾里斯的精神狀況；目前為止，尚不知道艾里斯是緊張抑或冷靜，這點跟他勇不勇敢無關。有的人不需要長官或是艦長非難，光是想到「失誤」，就會慌了手腳。他們的手指會變得像腳趾一樣不靈活，腦袋遲鈍。就因為工作上極度依賴精準操作和靈敏的思維，艾里斯不可能不知道目前的成敗關鍵都取決於自己，取決於轉動錶盤的精細度，取決於他從回聲的細微變化中做出判斷。這種緊張焦慮說不定會讓他變笨或是反應遲鈍，也或是兩者都有。克勞斯知道，「失敗」就表示會有一枚魚雷撞上基林的一側，當然艾里斯和他的聲納器材也會炸個粉碎。

但這已不重要了。單純因膽小無法發揮能力的人，比真正能力不足的來得多；就跟匹夫之勇，也比神經兮兮容易緊張的人更常見一樣。克勞斯想起艾里斯是誰了，頭髮像海灘那樣的黃，除了右眼有一點點朝外的斜視，其他跟一般年輕人沒兩樣。克勞斯和他私下講過幾句話。簡短的幾句交談和數面之緣，幾乎觀察不出任何情報。這位立正站好的年輕水兵，看起來和其他人毫無二致，而現在整艘船的命運都仰賴在他身上。

幾秒鐘過去了，基林在海面上橫搖、傾斜、搖擺前進；克勞斯站在起伏的甲板上保持平衡，在操舵室裡默默無語——外面卻是吵雜的風聲和水聲。通訊員率先開口打破沉默。

「聲納報告，有探測反應，長官。」

說話的人體型矮胖，鼻子不正；加上頭上那頂過大的頭盔，連他戴著的耳機都罩住了，活像個地精。

「很好。」

操舵室裡聽到這個消息，每個人都加倍緊張。華森往前邁出一步；其他人坐立難安。不要急著問艾里斯目前的狀況；因為此時的打擾可能會讓他慌亂。克勞斯預想艾里斯知道下一步該怎麼做，確認聲納中的敵人在哪裡。

「有探測反應，方位090。」通訊員說。看來艾里斯通過第一項考驗。「距離不確定。」

「很好。」

克勞斯目前已講不出更多字詞。他跟其他人一樣緊張，聽得到自己心跳，也感覺到口乾舌燥。他看了華森一眼，豎起大拇指；克勞斯知道要是不刻意控制，手一定會抖。不會錯的，這就是所謂新手獵鹿人碰到獵物時的狂喜。華森邁向羅經複示器，命令麥卡利斯特緊盯著複示器。

「聲納反應，方位正前方，長官。」通訊員說，「距離，仍不清楚。」

「很好。」

這位通訊員十分盡責，每一個字都不帶情緒，毫無差別。就像一個小學生在反覆背誦文章，但對內容卻一點都不了解。事實上，帶有情緒的語調反而是不及格的表現。

「聲納反應，方向正前方，長官。」通訊員又說了一次，「距離2000。」

「很好。」

他們正面朝潛艦航行。克勞斯拿起手上的錶；試著讀他另一隻手上的數值。

「距離1900碼。」

一千九百碼？基林十二節的速度，十四秒就拉近一百碼？這個數字有點不可思議。基林剛好航行一百碼，所以U型潛艦幾乎沒動。任何其他數值都更有可能。這距離的估算完全取決於艾里斯耳朵的準確性，有可能完全估錯了。

「距離1800碼。」

「很好。」

「失去目標，長官。敵人消失。」

「很好。」

可想而知，通訊員只是逐字逐句在重複下面艾里斯的話。依此判斷，可以假定艾里斯沒有慌亂，至少現在還沒有。

「艦長呼叫聲納，往右舷方向搜索。」

通訊員釋放按鈕後回應，「聲納回覆：是的，長官。」

「很好。」

聲納回彈的東西到底是什麼？會是冷水團造成的鬼影現象嗎？還是U型潛艦聲納干擾器[26]釋放的氣泡？抑或真的搜尋到了敵人，但是受到了其他因素的影響？但重要的是，若之前從雷達位置判斷正確，現在搜索到的就是敵人所在位置。潛艦的航向和基林的只偏了一點，偏左或偏右。最有可能的情況，是它釋放了干擾器，然後自身仍向前航行，但也有可能它在基林船艏前移動得十分緩慢——慢到在這期間內看起來沒在移動——然後又突然行動，往下潛更深或是轉向，但會是往哪裡轉？聲納單調的乒乓聲，寶貴的幾分鐘又過去了。五分鐘，代表它離基林所搜索到的位置，已移動了半海里或更遠的距離。也可能意味著，它已經用魚雷瞄準，準備奪取基林全員的性命。

[26] 一種小型裝置，在水裡會放出大量氣泡，用來欺騙聲納。

「聲納報告有探測反應，長官。左舷，距離不確定。」

所以他猜錯了，以為它會繼續往右舷前進；但沒多餘時間去檢討這個。

「左滿舵[27]。」

「左滿舵。」麥卡利斯特重複說。

他內心是想加快船速；他想讓基林轉向，追著有探測反應的方向前進，但這是不智的抉擇，現在這龜速已經是聲納能作用的最高速了。

「現在把所有方向報告改為相對方位。」克勞斯下令。

「有探測反應，方位左舷五十度。」

「很好。」

基林還在轉，收到聲納回彈時它轉得還不夠，還沒轉到前一個方位位置。

「有探測反應，右舷五度，距離1200碼。」

非常好。基林的速度可能是龜速，但下面的U型潛艦速度更慢。

「有探測反應，右舷十度，距離1200碼。」

U型潛艦也在轉彎。它的迴轉半徑會比基林小得多。

「右滿舵。」

「右滿舵。」

這是海面上速度優勢跟海面下機動優勢的對決。滿舵角的基林會慢下來；雙方速度相同。在急轉彎的過程，浪花覆蓋基林側面。

「有探測反應，右舷十度。距離維持1200碼。」

「很好。」

速度完全一致。翻騰的海波減少基林的機動性；如果能有一時片刻的風平浪靜就能轉得更快；但也得要有那機會才行。

「距離1100碼。」

他們正在拉近和U型潛艦的距離。

「方位？」克勞斯才脫口而出，馬上就後悔了。通訊官只能複誦他耳朵聽到的東西。

「相對方位右舷十度。」

「很好。」

方位不變，距離拉近。基林的速度快過轉彎半徑更小的U型潛艦。隨著時間過去，基林會追上潛艦，經過它上頭，然後摧毀它。

「有探測反應，方位右舷五度。距離1000。」

更靠近了！幾乎就在前面！基林的舵一定更靈敏。勝利也比想像的更接近。基林在水面滑出一道白白的水痕。它正跟自己的航跡交錯，船隻轉了整整一圈。

「有探測反應，方位左舷五度，距離1100碼。拉開距離了，長官。」

「左滿舵！」克勞斯怒吼。

㉗滿舵舵角比平常角度更大，大約三十度左右，迴轉半徑會更小。

那艘潛艦愚弄了他，在上次方向報告的那一刻，它就往另一個方向轉去。現在它已經航向完全不同的航道，基林正在遠離它。它已經拉開之前失去的一百碼，等基林轉到正確方位前，拉開的距離會更多。麥卡利斯特瘋狂地轉動船舵。基林遠遠被甩在後，陷在另一片海域中，笨重地搖晃。

「有探測反應，方位左舷十度。距離1200碼。」

U型潛艦可能就這樣一溜煙消失。它發揮自己超高的機動性，充分利用敵人聲納探測的間距，抓準時間轉向。基林得到資訊的速度太慢了；資訊中推論的結果很可能是錯的，我們只能知道一部分，另一部分得用猜的；潛艦艦長知道基林的侷限所在。

「有探測反應，方位左舷十五度，距離不確定。」

「很好。」

很明顯，這艘U型潛艦耍了他。潛艦現在已離得很遠，無法估算出距離。三分鐘前克勞斯還很慶幸自己一直在接近它，現在開始怕它逃走。基林橫擺得十分激烈。

「有探測反應，方位左舷十五度，距離不確定。」

「很好。」

左滿舵，現在基林要往反方向追著它尾巴。從表面上看來，會覺得這船隻在海面上轉圈圈，像小貓一樣在玩耍，殊不知它正在跟看不見的敵人做生死鬥。

「有探測反應，方位左舷十五度，距離1200碼。」

這就是克勞斯用來衡量自己失去多少的標準。要是再被愚弄個幾次，很可能又會發現自己跟潛艦的方向相反，然後它再轉向個幾次就能逃離這裡。這時通訊員打了個噴嚏，一次，兩次。現在每個人都在看他。整個戰爭的勝負可能就取決於是否能克制自己的衝動；說不定一個船員的噴嚏就足以改變帝國的命運。他挺直身子，按下通話鈕。

「再報告一次。」

每個人都在等他再次開口。

「有探測反應，方位左舷十三度，距離1100碼。」

基林正在收復失地。

「你還想打噴嚏嗎？」克勞斯問。

「不會了，長官。我覺得不會。長官。」

他從包得緊緊的衣服裡拿出手帕，但嘴邊還夾著通訊設備，暫不打算使用。如果通訊員仍是如此，他最好換班。克勞斯決定賭一賭。

「有探測反應，方位左舷十一度。距離1000。」

「很好。」

U型潛艦也有其限制。因為跟基林的距離拉開，反而讓基林可以走更外圍的圈子，這樣基林得跟著它一起轉，慢慢接近，直到它們的距離達到一種平衡，就像行星和衛星一樣相互盤旋。這樣的平衡有可能被打破，要是潛艦夠好運的話，有機會脫離基林的索敵範圍；或是被基林艦上的良好指揮打破平衡，讓這距離變得更靠近。時間因素對誰有利還很難說。如果纏鬥得夠久，潛艇裡的電力和氧氣會耗盡，但也有可能反而是基林發現自己離開船隊太久，最後不得不回去。一場鬼抓人的遊戲、一場捉迷藏的遊戲；但賭注卻一點一點堆高。

「有探測反應，方位左舷十一度，距離1000碼。」

「很好。」

驅逐艦和潛艇互相盤旋。以這種情況繼續下去，基林就會佔上風。現在時間是站在基林那邊；U型潛艦電池總有耗盡時，保持這種情況，潛艦只能不斷逃跑。就像上一個圈圈一樣，但U型潛艦得想辦法打破現況。

「有探測反應，方位左舷十一度。距離保持在1000。」

「很好。」

克勞斯突然做了個決定。

「右滿舵。」

麥卡利斯特遲疑了五分之一秒；重複命令時語氣略微尖銳，帶了幾分驚訝和抗議的語氣。好像基林號放棄纏鬥的感覺。麥卡利斯特順時鐘轉著船舵；基林號也跟著橫搖，撥開了一百噸的海水，因為它突然不跟著轉圈了，方向突然轉變。

像兩個小孩子繞著圓桌跑，其中一個在追另一個。這是世上最古老的計謀，追人的一方突然扭轉方向，讓被追的一方投向自己懷抱；這成敗取決於被追趕的一方是否能預料到這點並跟著轉向。在驅逐艦追趕U型潛艦的情況下，驅逐艦不可能完成這樣的操控——它轉得又慢，迴轉半徑又大；反轉一圈就可能讓潛艦逃離聲納範圍；所以就會像麥卡利斯特認為這命令代表的意思：放棄追逐。但這並非事實全部。在這場追逐中，U型潛艦勢必會做些不一樣的事，因為繼續保持在這迴轉的路徑，它遲早會被抓住。

潛艦只有一種改變法，就是往另一個方向轉，往反方向移動。它之前已經玩過這把戲，還相當成功。不管如何，潛艦轉向會比驅逐艦快；而且還有辦法爭取時間。艾里斯要注意到潛艦的轉向需要幾秒鐘，而且報告到艦橋又要再幾秒。艦長下令到舵手還要再多花幾秒，等到基林真的轉向又得花更久時間。潛艦隨時可以在艦長一聲令下就轉彎。驅逐艦得花半分鐘才能對應它的變化，半分鐘來回的訊息傳達，意味幾百碼的距離，這對潛艦來講是個巨大的收穫。它只要重複操作個幾次，就可以安全無虞地離開聲納搜索。

但如果，驅逐艦料到潛艦的操作，而且還比它提早一兩秒轉彎呢？然後在幾秒鐘或是更長的時間內，U型潛艦發現驅逐艦在轉向——正當要理解上面軍艦笨重地轉彎是打什麼主意的時候，自己已被困住——就像那個在圓桌被追著跑的孩子，會衝向追逐者的懷抱。這計謀本身確實太過簡單又有點幼稚，就跟大多數戰爭中的計謀一樣；但真正實行卻沒那麼容易。執行時不僅需要敏捷的思維，還要有決心相輔。決定後也得把計畫貫徹到底，風險和收穫之間的考量也得公平，不會被前者嚇退，也不被後者利誘。就在克勞斯下令右滿舵的一刻，基林完美地讓U型潛艦留在聲納範圍，緊追其後，基林不需什麼大動作，只要微小調整，就能拉近距離。這一反轉意味著克勞斯將承擔所有後果，要是潛艦沒有跟著轉，繼續自己的航向，那基林極大可能會追丟它。後果就是放任潛艦艦長隨心所欲攻擊將要來到的船隊。顯然，這是克勞斯在賭桌上下的重注。不過表面上看起來沒這麼驚心動魄，就只是考慮是否要追著U型潛艦轉圈圈而已，也可能在轉的過程發現自己愈繞愈大圈，最後被甩開。他不是在賭事情是否會出現變卦，而是在賭事情會出現哪一種變卦。

要是再進一步考慮其他事情，克勞斯的抉擇可能又會受影響；但他最終把這影響排除在外。這裡的「其他事情」，指的是現場還有其他船艦。他在波蘭驅逐艦、英國跟加拿大的護衛艦面前轉圈圈。其他船員各個都身經百戰，他們經歷過十幾場的戰鬥，但這卻是克勞斯的第一次。他們會對這美國軍人的表現十分感興趣，特別是他指揮官的身分，而且不久前還下令阻止追擊。他們可能會帶著取笑的心情在看、可能輕蔑、可能惡意。依不同人的脾性，說不定已經對這情況下了結論。不過這方面的考慮，對克勞斯來講毫無作用。

分析當下所使用的戰術，並對它做出評價，會讓克勞斯「右滿舵」的命令要更遲幾分鐘才能發出；但克勞斯實際做出決定的時間只花了一兩秒，什麼都沒多想，就像繞著桌子跑的小孩子，沒花時間思考就做出反向的決定。西洋劍從迴避變成反擊，也不過是十分之一秒或五十分之一秒之間的事；這樣的比喻對他來講可能更清楚，因為克勞斯在十四還是十八歲時（記不清確切年紀），曾經參加過奧林匹克的西洋劍隊。

基林旋轉著，覆浪一直打在船隻的一側。

「有探測反應，方位不確定。」通訊員說。

「很好。」

這並不奇怪，下面的水流如此混亂，因為基林正在轉向。

「回舵，壓舵[28]。」克勞斯下令。

基林完成轉向。麥卡利斯特重複了一遍命令，基林船身穩住。

「有探測反應，方位左舷二度。距離800碼。」通訊員說。

「很好。」

這次的戰術非常成功。U型潛艦如基林所料的那樣改變了。它現在幾乎在自己敵人的正前方，還拉近了兩百碼的寶貴距離。

「穩舵，保持目前方位。」克勞斯說。

U型潛艦可能還在轉，要是這樣的話，最好讓它的航向和基林正前方交錯，這樣距離會變得更近。

「有探測反應，方向正前方，都卜勒效應頻率上升[29]，距離正在接近。」通訊員說。

那艘潛艦還會繼續轉，然後會更接近基林。聲納的都卜勒頻率上升，表示距離正在接近，也就是基林正對著它，兩艘船隻在同一條線、同一個航向；換句話說，基林跟在U型潛艦正後方，相距不到半海里，以六節速度的差距，再四分鐘就會追上它了。為了拉近距離，克勞斯有一種想要釋放基林四萬匹馬力的衝動，這衝動得克制住，因為加速會吵得讓聲納什麼都聽不出來。

「有探測反應，方位右舷一度。距離700碼。都卜勒，頻率上升。」

正在大幅拉近距離，從都卜勒效應和方向變化極小這點來看，表示在艾里斯上次回報聲納結

---

[28] 回舵和壓舵，是快要到目標航向時，回到角度零度的正舵，以避免轉向過度。

[29] 兩艘船隻移動方向呈一直線相對運動，會產生都卜勒效應，造成接受方到波的頻率與波源發出的頻率並不相同的現象。如果互相接近，頻率會上升；遠離則反之。

果後，它並沒有轉向。下面的潛艦艦長，從繞著的圓轉了出去。潛艦艦長會等過回聲測距儀[30]的結果；他會對報告的數據有所懷疑，想再等第二次的回報；也或許他在等著看基林是不是還會轉得更開；然後花個一兩秒來決定要怎麼做，他能用的時間愈來愈少，彼此的距離也愈來愈少。潛艦艦長讓潛艦稍微從圓中轉出去一點，而不是直接迴轉，本來以為能安全離去的航向，意外地被敵人正面對上。潛艦非得再轉不可；若在這位置待上三分鐘，那就跑不掉了。潛艦艦長不是往右就是往左。要是再猜對一次，就能讓它出現在基林旁邊。潛艦上次往左舷轉，這次是會反射性地往右舷轉，還是更狡猾地繼續往左轉？克勞斯有兩秒鐘的時間決定，這比西洋劍刀刃相見時，決定是否要佯攻的時間來得長多了。

「右標準舵。」

「右標準舵。」

在那一刻，通訊員又回報了。

「有探測反應，方位右舷二度。距離600碼。」

它們之間距離只有六百碼，那就不要轉得太開。

「回舵。」

「回舵。」

此時，站在操舵室右後方的諾斯上尉、水雷官還有副槍炮官睜大了眼睛。

「準備，深水炸彈爆炸設定，中等深度。」

「是的，長官。」

諾斯對著他的話筒說。克勞斯內心激動地吞了一大口口水，就快了。在海上操控船隻，愈是面臨危機時刻，時間走得好像愈快。兩分鐘前，離發動攻擊似乎還很久。現在，基林隨時都會投下深水炸彈。

「發現敵人，方位左舷十一度，距離600碼。」

方位的改變是因為基林的關係，艾里斯回報聲納的時間點，基林的轉舵還沒轉完，但下一次的方位報告將會至關重要。諾斯緊張地站在原地等著。在K型炮[31]旁邊負責發射深水炸彈的船員，還有守在放置深水炸彈旁的船員，都已經做好準備。克勞斯瞬間感到有奇怪的眼神往他這裡看來，回頭看了諾斯跟通訊員一眼，然後又轉回來。一名叫道森的通訊員，從甲板下的崗位，拿著寫字板走到艦橋。這意味著裡面的消息太機密了，除了道森和克勞斯外其他人都不能知道。既然是機密，那一定很重要。但也不可能比接下來幾秒內要面對的事情重要。克勞斯揮揮手，示意要道森先站一邊，然後回報聲納的通訊員又開口了。

「有探測反應，方位左舷十一度。距離500碼。」

方位沒變，距離拉近。克勞斯猜對U型潛艦的方向了！基林和潛艦在共赴海上之約，第三位來赴約的會是死神。克勞斯看了一眼諾斯，那名長得像地精的通訊員雙手緊握，聲音破了，不再平穩，語調還高了八度。

---

30 透過聲納來判斷距離的設備。

31 投發深水炸彈的大炮。

「開火！」克勞斯指著諾斯大聲吼道，諾斯則對著話筒發出命令。這是諾斯和克勞斯要置五十位敵方船員於死地時的再次確認。

「第一組開火！」諾斯說，「第二組開火！第三組開火！」

敵人突然改變方位並不代表什麼，只可能因為U型潛艦的艦長發現自己再次被攔，兩艘船隻快速拉近距離，而又來一次滿舵轉向，往反方向靠近距離和基林貼著，盡可能縮短被炮擊的時間。所謂的「近距離」是指在三百碼左右的範圍，那同時是聲納的最短搜尋距離。潛艦會不會正從驅逐艦正下方經過，就在克勞斯的腳下？就算深水炸彈從架上滾落，沉入漆黑大海，也可能炸不到潛艦的尾巴。也或許潛艦仍在基林前方，正準備往軍艦船艉駛去；若是如此，那麼只要深水炸彈深度設定正確，並在潛艦附近爆炸，就會把它脆弱的船體炸個粉碎。又或者不在正下方；說不定會在左舷或右舷一百碼處。

就在當下，克勞斯聽到K型炮發出兩聲炮擊，那是深水炸彈從船體兩側發射的聲音，看來諾斯把這可能性也算進去了。已經擊中的機會很大。投下去的深水炸彈中，也許其中一枚已經十分接近船體。就像拿著槍口被鋸短的霰彈槍，對著完全不透光的漆黑房間裡開槍，要打中躲在裡面的人一樣，十分殘忍。

克勞斯大步走到艦橋外的露台，K型炮就在他正下方開火。拋向空中的諸多圓筒，在他視線內停留了一會兒，隨即落入大海。它遠遠落在基林船後，在水面上激起白色的環狀水冠，從底下冒出大量泡沫；克勞斯聽得到它在底下悶著的爆炸聲。然後往天空升起泡沫之塔，另一個炸彈投下，海面又升起另一座白塔，一個接一個。正如聖經《約伯記》裡說的，他使深淵開滾如鍋。似乎沒有東西能在這長形水柱底下存活，但卻又什麼都沒看到。沒有船體的殘骸，沒有巨大泡泡，沒有燃油。深水炸彈擊中的機率只有十分之一。

運氣好的話，基林在第一波的炸彈就擊中——也是克勞斯第一次在戰場上殺人——也太順利了。是的，的確如此；克勞斯內心深感到不妙，他衝回操舵室。他根本不該在這裡。從上次爆炸過去已經過了五秒，這五秒裡U型潛艦可能往安全的地方航行整整一百碼。是初獵者的狂喜抑或單純是怠忽職守。

「右滿舵。」他一進來就下令。

「右滿舵。」

操舵手重複克勞斯的命令。

「從海圖上找出到射擊點的航向。」

「是的，長官。」

「穩舵，迴轉航向。」克勞斯命令。

「聲納暫時無法作用，長官。」通訊員報告。

「好。」

聲納就跟人的耳朵一樣靈敏，就算是水底下的爆炸，也會讓它失去作用。基林盡可能縮小迴轉半徑，但對克勞斯的耐性來講仍不夠快。轉一圈得花數分鐘，要是U型潛艦的話——倘若它毫髮無傷——螺旋槳一轉，一溜煙就開走了。等基林把船艄對準它時，它已經跑到一海里之外或更遠的地方，到了聲納無法探測的距離。道森把寫字板推向前。

克勞斯幾乎忘了，道森帶來消息不過是三分鐘前的事。克勞斯拿起板子，先看了在中央的字。

高頻測向結果，敵人正往這裡聚集——以下列出高危險區的經緯度——建議直接改變航向，朝南方航行。

這些經緯度的數字感覺非常熟悉，確認一下不需多少時間。不管是哪個高危險區的位置，它們相距都不過一兩海里，而基林正身陷其中。正好就在潛艦的「狼群」裡。這封英國海軍電報是兩個小時前發給護衛艦的，這已經是最快的通訊速度了。海軍參謀們還附上了海圖和表格，一定是抱著希望還來得及的心態發出，希望訊息能奇蹟般地比正常時間更早送達，亦希望船隊因故慢了一兩個小時，這樣才有機會遠離狼群狩獵。但事實上呢？真是天方夜譚。他希望後面的船隊被好好保護在護衛艦守護範圍內，滿載著最大的運量，笨重地航行。要向准將傳達命令只需要幾秒鐘，不過要把命令傳達給船隊中每一艘船隻，並確認他們能理解，得再幾分鐘。實際要轉向時，先前的混亂會再次上演，而且可能更糟，因為這並不在預定計畫內。

「迴轉完成，長官。」華森報告。

「很好。開啟聲納。」

就算船隊現在轉向，身在狼群裡也沒什麼用，因為敵人必定會意識到。這只會拖延時間，不僅沒半點好處，還會讓情況變得更危險。

「聲納報告沒有探測反應，長官。」

「很好。」

星期三・下午更： 1200-1600

唯一要做的，只有奮力前進，擊退狼群。船隻搖搖晃晃地穿越大西洋。克勞斯可以先警告大家；但當他看到護衛隊一如以往地小心謹慎，做好隨時會有狼群出現的準備，這警告發不發影響不大。以目前情況，把危機轉達給他的下屬或是准將無實質用處。行動上沒有影響，反而知道海軍總部已定位出U型潛艦密集處的人愈少愈好。

「聲納報告，沒有探測反應，長官。」

「很好。」

克勞斯的計畫是突破障礙繼續奮力向前，用護衛隊衝破U型潛艦的包圍。那麼，這消息是否要保密？那幾行字，來自大海另一端，被壓成如線一般的海平面，根本無法出現在視野裡，像從另一個世界傳來的消息一樣……是否需要保密？他問自己，答案顯而易見——是，必須保持沉默；絕不能為了一點小事打破無線電靜默的規定。他必須戰鬥，就像在倫敦還有在華盛頓的同僚、在百慕達以及雷克雅維克，還有許多許多不知名地點的同盟軍隊一樣。因為各人必擔當自己的擔子，現在這個就是他的擔子——這是聖經《加拉太書》上的經文，他還記得讀這段經文已是多年前的事了——他要做的就只是盡責，不需要有人知道自己背負的責任內容是什麼。他獨自佇立在這擁擠的操舵室，在這擁擠的船隊中。神叫孤獨的有家[32]。

「聲納報告，沒有探測反應，長官，探索方向左或右舷三十度。」

「很好。」

現在要面對另一個問題了。

「右舵，微角度。」

「右舵，微角度。」

「舵手，讀出船艏方位。」

「是的，長官。方位經過130。經過140。經過150。經過160。經過170。」

「壓舵，穩舵直航。」

「壓舵，穩舵直航，航向172，長官。」

克勞斯把寫字板還給對方。

「謝謝你，道森先生。」

他客氣地向道森行禮，但並未特別留意對方反應，也沒留意道森的眼神，不知道那微胖的臉上有什麼表情——先是驚訝，接著湧上敬佩，然後閃過一絲可惜。除了艦長外，只有道森知道那寫字板上的內容有多沉重。

道森對指揮官感到欽佩，他看了後只是紋風不動地說了聲「謝謝」，又繼續回頭做自己的事。另一方面，就算克勞斯注意到他的神情變化，也無法理解。對克勞斯而言，一個人理所當然要盡忠職守。道森還沒轉身，克勞斯的目光已掃向海平面。

顯然已失去敵人的蹤跡，他們在上次發現潛艦的位置，往左舷或右舷其中一個方向的三十度索敵。現在他選了右舷三十度，這樣的判斷並沒有任何客觀資料輔助，純粹是單純選擇。不過，往右轉能更靠近船隊，現在已能遠遠地看到它們。要是潛艦往左舷走，那它將會遠離船隊，暫時無害。克勞斯下令的航向會把基林帶回它本來位置上，那裡才是最被U型潛艦群威脅的地方。

「穩舵，航向172，長官。」華森說。

「很好。」

「聲納報告沒有探測反應，長官。」

「很好。」

現在他們正朝著船隊前進。在船隊前巡邏的維克多，已出現在右舷處，外觀清晰可見，但左側的詹姆士仍不在視線內。克勞斯開始考慮把總動員的戰備警報解除；他可不能忘了船員也是人，會把戰鬥所需的精力和專注力耗盡。

「聲納報告，遠方有探測反應，長官！」通訊員說，聲音激動地高了幾階，「左舷，二十度，距離不確定。」

操舵室裡的氣氛再次緊張。

---

32 出自聖經《詩篇》第六十八章。

「右標準舵，目標航向192。」

「右標準舵，目標航向192。」

基林轉了一圈；克勞斯正透過望遠鏡看著維克多。下一個問題，他是要命令維克多加速前來，或是讓維克多留在原地。

「聲納報告，遠方有探測反應，方位190，距離不確定。」

又一個簡短的報告，又是一分鐘過去。克勞斯有種想找艾里斯麻煩的衝動，想問問他除了「距離不確定」外，難道沒有其他回覆。不過幾分鐘前他從艾里斯的報告中，已經得到足夠的資訊；克勞斯覺得沒必要給他壓力，過於緊張會失去平靜，那事情就更危險了。

艦橋外傳出大聲的叫嚷；尖銳刺耳的聲音。

「潛望鏡！潛望鏡！在正前方！」

克勞斯立刻衝到艦橋外，瞭望員話音未落，他已拿起望遠鏡在看。

「多遠？」

「已經沉下去了，長官。但我猜應該有一海里，長官。」

「沉下去了？你確定你沒看錯嗎？」

「是的，長官。就在正前方，長官。」

「是潛望鏡還是蒸汽？」

「潛望鏡，長官。十分確定，不可能搞錯。它有六英尺長，長官。」

「很好，謝謝你。繼續工作。」

「是的，長官。」

看來瞭望員很可能真的看到了。在深水炸彈落下後，潛艦會知道追擊者的距離，也會意識到船隊正在接近，然後渴望往船隊航向前進。潛艦把潛望鏡升起，環顧四周全面檢查；確認自己位置在哪。隨著海水流動，它還會有很多次升起潛望鏡的機會。單單那「六英尺」，就不可能會是其他東西。那穿出水面可怕的東西，只要當過一年兵、曾目睹過的，就絕不會弄錯。即使只是遠遠地，光那匆匆一瞥的時間便足夠。克勞斯走回艦間傳話系統。

操舵室裡的氣氛十分興奮。就算是對人類情感遲鈍的克勞斯，也能感覺這氣氛像浪花一樣淹到他小腿肚；他自己也很興奮，但他全神貫注在要下什麼命令上，沒多餘工夫去留意其他事。他拿起艦間傳話系統。

「喬治呼叫老鷹，喬治呼叫老鷹。有聽見嗎？」

「老鷹呼叫喬治。」艦間傳話系統裡發出沙沙的聲音，「我聽到了，非常清楚。」

「這裡有探測反應，在我的船艏正前方，方位190。」

「方位190，長官。」

「距離約一海里。」

「距離約一海里，長官。」

「一分鐘前看到它的潛望鏡。」

「是的，長官。」

「離開目前位置，協助抓到它。」

「離開位置，協助，是的，長官。」

如果維克多盡全力的話，它可以在十五分鐘內搜尋完自己和潛艦間五海里範圍。

「聲納報告有探測反應，在船艏正前方，長官。距離不確定。」

「很好。」

只要敵人在前方，他就能盡快拉近距離。他又拿起望遠鏡掃視了海平面。從這裡看來，船隊的航行似乎井然有序。他又拿起艦間傳話系統。

「喬治呼叫哈利，喬治呼叫迪奇，你們聽見了嗎？」

然後他聽到艦間傳話系統裡的沙沙聲，又繼續說：

「我離船隊還有七海里，方位085。我已經叫老鷹協助一起索敵。」

「是的，長官。」

「是的，長官。」

「你們負責護衛船隊。」

「領悉照辦，長官。」

「是的，長官。」

在克勞斯手肘旁的通訊員打斷了談話。

「聲納報告，沒有探測反應，長官。」

「很好。」他先轉頭做出回應，之後再繼續透過艦間傳話系統下令。

「哈利，負責船隊左半邊的正面和側邊。」

「左半邊，是的，長官。」

「迪奇負責右半邊。」

「是的，長官。」

「通話結束。」

「聲納報告，沒有探測反應，長官。」通訊員又開口。

「很好。」

這兩句制式的對話，放在一起聽起來有點諷刺。把維克多從防禦性巡邏中叫來，把護衛隊防守範圍擴大到極致，然後現在卻沒有探測反應，真的是「很好」。但他只能堅持下去，希望能找到它。至少他覺得自己能相信持續努力的艾里斯。維克多現在在視線中更清楚了，它航行得很快，正對著基林的船艏前進。

「艦長呼叫聲納，七分鐘內，我方艦艇會行經我們前方。」

通訊員複誦聽到的內容，而克勞斯則走向艦間傳話系統。

「喬治呼叫老鷹，喬治呼叫老鷹。」

「老鷹呼叫喬治，聽到了，請說。」

「目前沒有探測反應。」

「是的，長官。」

通訊員又開始回報。

「聲納回報——」突然又止住了，通訊員聽到了新的傳遞內容，「微弱的敵人訊息，方位

194。」

「很好。」沒時間高興，「喬治呼叫老鷹，再次有探測反應，在我們船隻右舷五度。我要轉向跟著它。」

「是的，長官。」

毫無疑問，U型潛艦正在擺尾和改變下潛深度，試著擺脫追獵者。目前還不知道維克多正在靠近。

「老鷹呼叫喬治。」

「喬治呼叫老鷹，聽到呼叫，請說。」克勞斯說。

「我會把速度減到十二節。」

「十二節，收到。」

等維克多減速，它的聲納就可以開始工作；到時候潛艦會更難發現它的存在。維克多已盡力趕來，它是反潛作戰的老手了。

「聲納報告，沒有探測反應，長官。」

「很好。」

克勞斯評估了一下，維克多在右舷船艏的四海里外。現在已經可以看清楚它獨特的前桅細節。兩艘船隻正在會合。艦橋上除了海浪和聲納的乒乒聲外，沒有其他聲音。

「聲納報告，沒有探測反應，長官。」

「很好。」

自從上次發現以來，基林應該也前進一海里了。潛艦若在那時大幅改變航向，等再找到時，方位也會有明顯變化。

「205！」通訊員大聲叫出來。艦橋上每個人再次緊張起來。克勞斯正要拿起艦間傳話系統，但突然意識到剛才聽到的內容。帶著不悅的語氣；他瞥了一眼通訊員。

「學校是教你這麼說話的嗎？」他厲聲說道，「記得你受的訓，再說一遍。」

「聲納報告，有探測反應，方位205，長官。」通訊員心中有愧地重說。

「很好。」

在基林的艦橋上，不能有初獵者的狂喜；與其之後產生混亂，不如現在多花幾秒導正。

「華森先生，請接替指揮。」克勞斯嚴厲地說；他現在有兩艘船隻要指揮。他對著艦間傳話系統開口，語氣平穩；冷血有時是一種優勢。其他人的興奮，會讓另外的人變得冷漠，「喬治呼叫老鷹，我的右舷前方再次有探測反應。我正在轉過去。」

「老鷹呼叫喬治，是的，長官。」

他以為自己能看出維克多的轉向，結果發現距離太遠，加上基林也在轉向，還是難以察覺。但他沒必要對維克多下令。那位波蘭艦長知道自己該做什麼。不需要交代獵犬發現老鼠洞時該怎麼辦。

「聲納報告，有探測反應，方位210，長官，距離一海里。」

「很好。」

「穩舵，對著新探測到的方位，長官！」華森又說道。

「很好，繼續指揮，華森先生。喬治呼叫老鷹，有探測反應，仍在我們右舷前方，距離一海里。」

「老鷹呼叫喬治，是的，長官。」

克勞斯語氣死板，但字裡行間有明顯的停頓，希望對方能理解他的意思。維克多上的英國軍官也冷冷地回應，就算音質被扭曲，但克勞斯仍可聽出這獨特的英國腔。現在看得出來維克多往右轉了約八度以上，從這裡微微可以看到它的右舷。小獵犬維克多跑去切斷老鼠的退路。

「聲納報告，有探測反應，方位210，長官。距離2000碼。」

「很好。」

舊事重演，基林追在U型潛艦後面跟著盤旋，但這次多了維克多在一旁攔截。

「老鷹呼叫喬治。」克勞斯還來不及呼叫，就聽到對方的聲音，「有探測反應，長官，在我右舷前方，距離不確定。」

「很好，它也在我的右舷。大約一海里。」

小老鼠跑到了獵犬的下巴前。兩艘船隻正快速接近，中間夾了艘U型潛艦。

「聲納報告，正前方有探測反應，長官。」

「很好。」

看起來這潛艦正往反方向擺動，想脫離這個圓圈。不知道它是不是仍不知維克多的存在，看來是如此。維克多已經開始往右轉了，它的聲納功能正常。

「老鷹呼叫喬治，老鷹呼叫喬治，有探測反應，在我的左舷，正在靠近。」

「喬治呼叫老鷹，收到了。」

又一次，感覺時間又變化了。隨著船隻一秒一秒地靠近；就算只是幾句簡單的資訊交流，情勢也愈來愈緊張。

「老鷹呼叫喬治，請求允許攻擊。」

「喬治呼叫老鷹，允許攻擊。」

「聲納報告，正前方有探測反應，長官。」通訊員說，「距離不確定，受到另一艘船隻的干擾。」

「很好，喬治呼叫老鷹，有探測反應，在我正前方。」

他必須保持這航向一陣子，或再久一點，讓維克多能和自己的航向相交。到時就非得轉向，避免碰撞。要往哪裡轉？被追殺的U型潛艦會往哪個方向跑，以逃離維克多的攻擊？要是它夠幸運沒被擊沉，還要不要再去攔截追擊？維克多往右轉的角度變小了一點。就他所知，之前基林對潛艦發動攻擊時，它往右轉，往反方向前進。這對它來講是最有利的；它還會再如法炮製，「往右舷轉十五度，華森先生。」

「是的，長官。右舵，目標航向──」

「老鷹呼叫喬治，深水炸彈已投放。」

基林開始轉向。在它左舷前方，第一根水柱向天空升起；在維克多的身後，還有其他更多的水柱。悶著的爆炸聲，依然震耳欲聾。

「聲納報告，敵人蹤跡被掩蓋了，長官。」

「很好。艦長呼叫聲納，搜尋方向對準左舷前方。」

克勞斯再次忍不住想加速前進，但這樣聲納會完全無法作用；必須抵抗住這誘惑。忍受試探的人是有福的，因為他經過試驗以後，必得生命的冠冕。[33]在這航線上，他們會從維克多轟炸範圍的邊緣經過。維克多會滿舵回到攻擊點。

「聲納報告，有探測反應，方位182。」

「跟上去，華森先生！」然後克勞斯又對著艦間傳話系統，華森重複了一遍命令。

「喬治呼叫老鷹，喬治呼叫老鷹，保持警覺，我要攻擊了。」

「是的，長官。」

「我這裡深水炸彈的引爆模式，設定是中等深度。請將你的深度設定為深。」

「設定爆炸深度為深的引爆模式，是的，長官。」

「中等深度引爆模式，諾斯先生。」

「是的，長官。」

「聲納報告，正前方有探測反應，長官。都卜勒分析，正快速往我們接近。」

「很好。喬治呼叫老鷹，我想，敵人正對著我衝過來。」

「老鷹呼叫喬治，對衝航向，知道了，長官。」

「聲納報告，失去敵人，長官。」

「很好，諾斯先生！」

三百碼，十八節航速；三十秒。扣除投放深水炸彈所需的十五秒，還剩十秒可以開火。

「第一組開火！」諾斯說。

維克多離得很近，它的船艏正指著往右轉向的基林，打算在基林完成轉向後，從它船艉處經過。如果是平時的演習，波蘭艦長這樣的操作會因危及兩艘軍艦受到非難。K型炮正在船隻的兩側發射，噗噗的炸裂聲，和第一波深水炸彈冒出來的澎湃水聲同時作響。

再等十五秒。

「來吧，華森先生。」

這次不要延遲，別浪費時間在等深水炸彈爆炸的氣泡，同樣錯誤別犯兩次。現在基林正在轉向，克勞斯走到艦橋外面的看台。上一發炸彈激起的水柱落下，回到了許多泡沫的海面。

維克多開始在基林轟炸範圍邊緣航行；克勞斯看到維克多第一個深水炸彈落下。

「壓舵，華森先生！保持航向！」

最好先別靠近，以免波及基林的聲納，變得無法索敵，不然轉向完就無法看它溜到哪裡。大海再次爆炸，巨大的水柱往灰色天空升起。克勞斯正密切地注視維克多，它最後一組深水炸彈投完後也往右轉。最後一根水柱往上衝。現在繼續在這裡轉圈圈。

「往右，華森先生。」

㉝出自聖經《雅各書》第一章。

兩艘軍艦相互盤旋。希望U型潛艦在這兩個圓圈的交集之內。克勞斯站在艦橋末端看著維克多，右舷的海面一片狼藉，負責右舷的瞭望員離他不到兩碼距離。

「潛艦在那！潛艦在船隻右舷橫梁！」

克勞斯也看到了。一千碼外，一艘飽受折騰的U型潛艦，圓錐形船艏從浪花中央突破，大海讓它窒息，緩緩從水平面中升起。又長又矮的船體現身，還有一根矗立的槍狀物出現在眼前。一座圓形的艦橋。潛艦搖晃著。歷盡磨難——事實上也的確如此。基林發出的炮火聲，像大力甩門那樣發出砰！砰！砰！的聲響。瞭望員興奮地叫著，很難用望遠鏡對到焦。一波浪打來，它就不見了。

克勞斯衝回操舵室。

「右舵，華森先生。」

「已經右滿舵角了，長官。」華森說。一看到敵人時，已經下令讓基林轉向。

一名通訊員正要報告，一開始激動得沒辦法好好講，得壓下自己的情緒後才能說。

「炮塔控制報告，右舷前方距離1000，看到潛艦。十五次炮火齊射。未觀察到命中。」

「很好。」

菲普勒上尉第一次殺敵以失敗告終。

「轉到目標方位了嗎，華森先生？」

「接近了，長官。剛才就在轉了。」

各人與鄰舍說實話[34]。與其不懂裝懂，不如誠實以對。

「正在轉往航向195，長官。」華森補充。

「最好改為185。」

「是的，長官。」

當U型潛艦出現在視線範圍內時，幾乎就在基林正前方，就算潛入水中立刻轉向，也需要時間和距離。最好去潛艦前方攔截，這次它會右轉還是左轉？很難猜測。會下潛很深還是靠近水面？這就比較容易估計了。「聲納報告，有探測反應，方位180，距離接近400碼。」

「很好。左航十度，華森先生。諾斯先生，設定深水炸彈爆炸深度為深。」

潛艦被迫浮出水面，一定會想往更深的地方去；船體不得不上浮時，船員們一定把控制室擠得水洩不通。從潛入到下次深水炸彈爆炸之間的三十秒內，它有足夠的時間可以潛到極深。克勞斯還得留意維克多，它還在轉，但速度放慢，不會從基林船艉處經過。

「第一組開火！」諾斯對著嘴邊通訊麥克風說。克勞斯要走到艦間傳話系統時想了一下，應該不需要告訴維克多基林正在發動攻擊。這麼明顯的狀況有點多餘。

「第二組開火！」諾斯說，「K型炮，開火！」

深度為深的深水炸彈，得等久一點才會爆炸。需要更多時間下沉，而且隨著下沉的漂移路徑，散布會變得不規則。流線型的深水炸彈會比笨重的圓筒下沉得更有效率；目前已投入生產，克勞斯真希望自己現在就有得用。

㉞ 出自聖經《以弗所書》第四章。

這次的爆炸聲明顯更低沉，發出來的聲音更悶。克勞斯聽完最後一枚爆炸；他本可站在外面等著看結果就好。但新手獵人的狂喜已不那麼明顯。

「右舵，華森先生。」

「是的，長官。」

有想要往左轉而不是往右的衝動，想透過改變移動方向讓潛艦大吃一驚，但這次辦不到；這會有很大的機會跟維克多頭對頭地撞在一起。他把望遠鏡對準右舷艉，看著水面上的泡沫。沒有任何擊中的跡象，此時艦間傳話系統響起。

「老鷹呼叫喬治！老鷹呼叫喬治！」

維克多上的英國人似乎異常興奮。

「喬治呼叫老鷹，聽到呼叫，請說。」

「你擊中它了，長官！擊中它了！」然後停頓了一會兒；這英國佬再次開口，語氣已硬生生地轉為冷靜死板的語調，「你擊中它了，長官。我們這裡聽到它船殼被壓縮的聲音。」

維克多聽到了嘎吱聲；聽到潛艦在巨大水壓下，像一張紙似的被揉得皺巴巴，鋼鐵發出了破裂聲。克勞斯沉默地站在艦間傳話系統前，他是一位堅強的人，但他的沉默一小部分是因為兩分鐘前，基林下方有五十個人慘死，雖然只有一瞬間，但依然死得很慘；更大一部分，是因為無意間發現他的職業生涯到達了一個高峰，二十多年來的軍事訓練，終於開花結果了。克勞斯成功殲敵；摧毀了一艘敵方船隻。就像學生聽到自己獲獎時瞬間呆掉一樣。然後另一件事也在無意間發現——五十幾具屍體榮耀了他的勝利。有一點像劍擊比賽，他的花劍穿越了對手防禦，但沒刺到護具上，而是從釦眼直接刺穿對方的身體。

「聽到了嗎？喬治？」艦間傳話系統裡發出大叫。

克勞斯瞬間的恍神被喚醒，又變回訓練有素的軍人，一位需要當下立斷肩負重任的人。

「我聽到了，老鷹。」他說。平板語氣掩飾內心最後一絲紛擾的情緒。話語說出口時，已經恢復平靜了。他正在腦海裡尋找恰當詞彙要對盟友說。

「非常好。」他說，但似乎還不太夠，於是又補充，「太好了。」

「我衷心祝賀你的艦長，」他說，「請代轉我誠摯的感謝，感謝他出色的協助。」

聽起來有點怪。他想再補充點什麼卻詞窮了；後來腦海裡浮現，自己曾聽過一些英式訊息，細心的措辭，把他從當下的窘境中救了出來。

「是的，長官。」停頓一下，「有任何命令嗎，長官？」

命令。抉擇。就算是勝利的那一刻，也沒有半秒鐘可以浪費，船隊沒有得到充分的護衛，仍有狼群在周圍徘徊。

「是的。」他說，「盡快回到陣隊位置。」

「是的，先生。」

克勞斯正要離開艦間傳話系統，但裡面又傳出聲音。

「老鷹呼叫喬治，」它說，「老鷹呼叫喬治，請讓我搜尋擊沉敵方的證據。」

這一定是那波蘭艦長聽到自己船上英國通訊員傳達命令後的反應。證據很重要。擊沉U型潛艦的證據會讓華盛頓和倫敦當局表示讚賞。要是美國海軍不看證據的話，至少英國海軍會，他們會要求有具體顯示勝利的證據；曾有戲言，要是出征沒拿到U型潛艦艦長的褲子，上面是不會滿意的。克勞斯在戰爭中的勝利多少影響著他的職業升遷跟軍中生涯。但目前船隊沒人防守。

「不。」他沉重地說，「回到守護位置，通話結束。」

最後一句話沒有餘地。可以放下艦間傳話系統了。

「華森先生，回到護衛位置，右邊第二縱隊正前方三海里處。」

「是的，長官。」

華森語氣裡有一絲不解，操舵室裡每個人都看著克勞斯。他們隱約聽到艦間傳話系統的隻字片語。心中有些不確定，後來的命令更是確認了他們心中的猜想，但仍沒把握。因為克勞斯的語氣一點也不興奮。

「聲納報告，沒有探測反應，長官。」通訊員說，克勞斯發現自己已經聽過好幾次同樣的報告，沒必要特別放在心上。

「很好。」他對著通訊員說，然後轉身對著操舵室的人群，「我們擊沉它了，擊沉了，波蘭人說他們在最後一波發射時，聽到潛艦碎裂聲。」

藏在鋼盔下的臉露出笑容，諾斯壓抑著發出歡呼聲。他的喜悅自然流露，連克勞斯都對他微笑。他感到這熱情氣氛跟緊張的國際關係形成鮮明對比。

「這只是第一艘，」他說，「後面還有很多等著我們。」

「聲納報告，沒有探測反應，長官。」通訊員說。

「很好。」

必須把勝利告訴整艘船隻的船員，應該要對艾里斯表示些什麼。他走到廣播前，先讓水手長叫全體人員注意。

「這是艦長，我們成功了。維克多聽到船身破裂聲，它被擊沉了。這是大家的功勞。大夥，幹得好。現在我們要回到護衛位置，後面的路還很長。」

他離開廣播器。

「聲納報告，沒有探測反應，長官。」通訊員說。

艾里斯仍在盡他的職責。

「艦長呼叫聲納，可以停止沒反應的回報，除非有新發現的敵人。等等……我親自跟他說。」

他對著連通聲納室的話筒。

「艾里斯？這裡是艦長。」

「是的，長官。」

「你有聽到我們擊沉它了嗎？」

「是的，長官。」

「你幫了大忙，很高興我們能依靠你。」

「謝謝，長官。」

「現在可以停止沒反應的報告了。」

「是的，長官。」

艦橋上仍洋溢著輕鬆的氣氛。但外面所有瞭望員齊聲大喊，克勞斯聽到後急忙衝到艦橋右側露台。

「油，長官！有油！」瞭望員戴著露指手套，指著船邊說。克勞斯順著望過去，海面上翻著白肚的死魚，還有一條長長的黑油；以量來看並不是很多。那一小片油亮亮的黑漬，就算延長三倍也不會超過五十碼。他穿越操舵室，走到左舷露台。那裡一點油都沒有。他又回到右舷，那小小一片油漬已經被拋在船後了。看著海波滾動，它連波峰延到波谷的距離都不太夠。克勞斯想像一艘被擊沉的潛艦，緩緩沉入深不可知的海底，就像在一條很長的斜坡慢慢往下滑。它滿滿的油箱需要一段時間才會破裂，那油要漏出湧上水面，可能還要很長一段時間。克勞斯從報告中讀過，這可能會花上一個小時。這一點點的油，大約是一個空油箱的殘留量。受到嚴重打擊的U型潛艦，就算漏出一點油，也仍然能夠操控。海軍情報部曾提出過一種可能性，他們有時候會故意漏一點油，擾亂敵人視聽、逃避追擊。但他一開始下達的命令並沒有錯，為了確認一艘潛艦是否被擊沉，花上一個小時在現場盤旋蒐集證據並不值得。先不管油的事情。別管了。要是他有時間的話，會多花一兩分鐘等一下。但目前首當其衝的應該是保留戰力。

「您確定擊沉了那艘潛艦？長官。」右舷的瞭望員說。

「喔，是的，當然。」克勞斯回。那個人並沒有冒犯的意思。在這個勝利的時刻，克勞斯可以對此失禮行為睜一隻眼閉一隻眼，他要操心的事情還很多，必須把船隻的安全性放第一優先，「回去專心工作。」

他回到操舵室，拿著傳聲筒對下面的執行官講話。

「查理，解除總動員的戰備警報，」他說，「退到二級警報，看看你能不能安排些熱食給那些下班的人。」

「是的，長官。」查理說。

廣播現在發出命令。船上有一半的人可以吃飯、休息、暖暖身子。克勞斯看著時鐘，當他在計算時間時眼神變得不同。現在的他，對時間流逝感到微微震驚。已經下午一點了，他離開船艙已經四個小時，其中三個小時是待在操舵室。他不應該啟動總動員警報，但做都做了，後悔也沒用。

「給我寫字板和鉛筆。」他對著身旁傳訊員說；操舵室內因為換班的關係，人員都不同了。他正要在紙上寫些什麼時，鉛筆卻掉了下來。手指已經凍僵麻木，完全沒有知覺，雖然已經穿上羊皮大衣，但並沒有套上早該穿著的毛衣、圍巾還有手套。手指凍僵了，身體其他部分也冷得要命。

「幫我寫。」他惱怒地對著旁邊的傳訊員說，「基林致維克多！不！」──他轉頭看著傳訊員──「基林的『基』是『基本』的『基』，不是『機車』的『機』──然後是『維克──』，『已經目擊U型潛艦浮上來的殘油』這裡換行！『非常感謝您睿智的──』該死，你『睿』會不會寫啊，『協──助──』對，沒錯就這樣。把訊息帶到信號台。」

傳訊員回來後，會幫他帶手套和圍巾來。與此同時，克勞斯必須重新審視當下情勢。他又回到艦橋。瞭望員都換了班，替換下的人仍待在大炮旁邊，隨著船隻的規律搖晃，算準時間往前衝，這是為了躲避海浪濺起的水花。基林正在往船隊前方航行，左翼的英國護衛艦在波濤洶湧的大海中搖晃，船隊筆直前進，被保得護相當好。右翼是加拿大輕武裝快艦；該下令回復成原本陣隊了。克勞斯上方傳來了訊號燈的嘎嘎聲，剛才的消息正在傳送給維克多。他望向船艉，看到它在半海里處吃力地航行，在海波的底谷處，那獨特的前桅傾斜地對著大海，從一邊跑到另一邊。它快就位了，得下達指令。其實只要命令確實傳達到就好，大可不用跑到寒風中；但身為一名指揮官，克勞斯想親眼確認自己的命令是否被徹底執行——至於克勞斯是否盡責，直到整個任務完成，只有他自己知道。他放下望遠鏡，空下雙手，轉身到操舵室走向艦間傳話系統。

「喬治呼叫護衛隊，聽到請回答。」

他等著其他艦的回應，等著聽到老鷹呼叫喬治、哈利呼叫喬治還有迪奇呼叫喬治。這些代號取得不錯。四個截然不同的發音，就算發音不清楚，也不至於嚴重搞混。他用往常的平淡語氣下達了指令。

「移動到平常的日間陣隊隊形。」

接著，確認命令的回覆一個接一個傳來。

「信號台有訊息，說維克多已接收到您的訊號。」傳訊員說。

「很好。」

他正要叫人去幫他拿衣物，但剛上班的值更官奈史東喚住了他。

「請允許維護二號和四號鍋爐，長官？」奈史東說。

「該死的，你不知道解除總動員後接下來的流程嗎？值更官可以自己決定，怎麼來問我。」

「對不起，長官，只是我看到您在這裡——」

他有著跟大力水手一樣的藍眼睛，眼神中有著被斥責的難過。是個害怕負責的年輕人，對責備極為敏感，反應遲鈍。軍校時期的行為準則已經不合時宜，克勞斯已畢業二十年，現在帶領船隊。

「繼續你的職責，奈史東先生。」

「是的，長官。」

道奇在基林船艏一海里處轉向，準備前往右翼的陣隊位置。基林也差不多該轉正船艏了，這樣才能到右邊第二縱隊的前方。他看著後面；維克多已經在位置上，詹姆士仍在往左翼移動。他決定看著奈史東把船隻駛到位置上。

「第二縱隊領航艦，方位255，長官。」席維斯崔尼看著啞羅經。

「很好。」奈史東說。

席維斯崔尼少尉是個剛從軍官學校畢業的小夥子。在此之前，他在東方大學主修現代語言。

「左標準舵，航向092。」奈史東說，操舵手重複了一次命令。

基林穩穩地轉到它的陣隊位置。所有事都井然有序。克勞斯放棄命人幫他拿衣服。他得上個廁所，但此時腦海裡想到的是一杯咖啡。突然好想喝，熱騰騰又能振奮精神，也令人感到安慰。一杯？還是兩杯好了。他也餓了，在咖啡之後又想到了三明治，真誘人。渴望幾分鐘的溫暖，有時間把該穿的衣服穿好。這真是個好主意。這時，華森報到，開始下午班，克勞斯回應了他換班時的敬禮。對克勞斯來說，今天的下午更稍有不同：基林此刻的位置，剛巧跟英國海軍總部所預測的「狼群」集中處十分接近。

克勞斯瞥了眼總工程師伊普森，正在等著中午時段的燃料存量報告。這的確是需要密切注意的環節，得向伊普森了解燃料的狀況。不過短短幾句話，仍成為讓克勞斯多花一分心力操煩的瑣事。跟伊普森對話的同時，克勞斯眼角瞟到了道奇正在用燈光打訊號。結束與伊普森的談話和答禮後，訊號燈閃爍的方向就在他手肘邊。那是道奇在回報燃料存量，也是另一件煩心的事；好在道奇有著充分燃油。克勞斯將這些情況納入決策資料，此後還有另外兩條消息在等他，那就是維克多和詹姆士的燃油存量報告。看到詹姆士所剩油量時，克勞斯拉長了臉。已經達到最少存量，當然這已考慮到詹姆士之後為了加快速度所增加的油耗。他謹慎地口述了一道命令。

「致詹姆士，請盡可能地節省油耗。」

然後查理．柯爾從海圖室跑上來，臉上掛著微笑，祝賀他擊沉潛艦。跟查理愉快地寒暄了幾句後，查理往前走一步，音量壓低，不想讓其他人聽到。

「還有傅拉瑟的事要處理，長官。」

「見鬼。」克勞斯說。會用這個詞，證明了此事有多讓他惱怒。

昨天傅拉瑟用拳頭擊中一名士官長的鼻子，也因這項嚴重罪名被捕。在一艘隨時會處於總動員狀態的軍艦，牢房裡有名罪犯十分麻煩。依照《美國海軍條例》，他得盡快處理這起案件。

「已經超過二十四小時了，長官。」查理提醒。

「見鬼。」克勞斯忍不住又說了一遍，「喔，好吧。我得解個手，也需要來個三明治，然後——」

此時突然通訊員跑過來。

「瞭望員報告，船隊發出兩枚信號彈，長官。」

意料之外！這比當時在阿姆斯特丹的奧林匹克劍擊賽還糟。那時候一名法國對手格擋住克勞斯的攻擊，而克勞斯正堅決地往前撲，結果對手卻已經反擊，越過了克勞斯的花劍。克勞斯感到自己胸前撞到了鈿狀物。克勞斯花了整整兩秒才反應過來，儘管他大腦立刻就意識到兩枚信號彈代表有魚雷。他花了兩秒盯著通訊員，隨即跑到艦橋露台，拿起望遠鏡看。幾乎什麼都看不到，基林離領頭船隻有三海里，跟最後一艘船隻的距離有五海里。他對著船艉的瞭望員大喊。

「你看到了什麼？」

「兩枚信號彈，長官。」

「在哪裡？」

「在後面，長官，差不多在我們這一列的最後一艘船隻。」

「准將傳來信號，長官。」從信號台接收，「進入總動員警報。」

「很好。」

基林被浪高高推上波峰，現在他看到第二縱隊的第三艘船偏離了位置；後面跟著的船隻也緊急轉彎，避免相撞。若是下令加拿大護衛艦往後方處理，護衛艦將會嚴重脫隊，以它的速度，要回到陣隊位置需要很長時間。得派驅逐艦去，基林和維克多其中一艘，而基林的位置更近。克勞斯旋即回到操舵室。

「我來接替指揮，奈史東先生。」

「是的，長官。」

「右滿舵，航向180。」

舵手重複了命令，同一時間克勞斯跑向了艦間傳話系統。

「喬治呼叫老鷹，喬治呼叫迪奇，我要去船隊後方。其他船隻集中護衛。」

「是的，長官。」

「領悉照辦，長官。」

基林正在轉向，正對著會和道奇相撞的航向。

「右標準舵，航向275。」

「右標準舵，航向275。」

它調整角度，打算從道奇和船隊之間的縫隙中穿過。

「所有引擎全速前進。」

傳令員一報告完，基林立刻往前跳躍了一下。

「機艙回報，全速前進，長官。」

「穩舵，航向275，長官。」

往右舷瞥一眼，可以確定此航向會剛好跟其他船隻近距離掠過。在對向航道上，已和領頭船艦拉近一百碼。領頭船笨重地航行，載浮載沉，任由海浪打在船艏，比任何一艘戰爭中的船隻都更顯得認命。船身磨損得很破舊，兩邊都是鏽痕。經過領頭船船邊時，似有兩排人在外面，還有人揮舞著手。好像才一瞬間就已經掠過。然後是下一艘，接著又一艘，每艘都穩穩向前，只留了一個夥伴在後面；它可能受到致命攻擊，但其他船艦也只能聽天由命地穩住航道，束手無策。

基林經過第三艘和第四艘之間時，已經可以看到在船隊後方，有一艘船艦的上層構造出現在視線範圍內。克勞斯瞥見了它的煙囪和前桅，那是卡德娜號，船隊裡的救援船；行經第四艘時，又再次看到它。右舷前方約三海里處那裡，除了卡德娜外什麼都沒有。不；浪把船隻推高，隱約可看到兩艘小船。那是什麼？有什麼東西在浪花中升起？長長的深色線條，像是河上的浮木，只是比真的浮木要大得多。一波海浪又把它抬升起來；一艘翻了的船隻，那長長的黑色線條是船隻的底部。它有四分之三或是十分之九的船體在水面下，但它仍在漂浮。

「所有引擎標準速度前進。」

「所有引擎標準速度前進。」

「機艙室回應，引擎標準速度前進，長官。」

「開啟聲納。」

卡德娜放出兩艘救生艇；它在海波的波谷，替小船擋下風浪，卡德娜的攀登網已經放下。基林的船艄被浪抬高時，隱約可以看到它右舷處有一些小黑點，有人正往它的方向游。

「左舷有魚雷！」

左舷瞭望員大叫。

「右舵。」

克勞斯望遠鏡還在眼睛上，當下想都沒想，本能地即刻下令。比較可能是偏船艉的方向，而不是從前方。要是往左，那可能會更危險，會走在跟魚雷交叉的航向。右舵是一個平衡風險後的保守決定，轉完後再放慢速度。克勞斯衝到艦橋左側的露台。

「在那裡，長官！」瞭望員指著斜角方位喊道。一條白色的痕跡，在水面翻滾，它只可能是魚雷。克勞斯估算了一下它的路徑，看基林能不能避開。很好，基林不太可能被擊中，最多只會掠過船艄前方。這是因為速度降低了；魚雷一定是在他下令前幾秒鐘發射的。要是所有魚雷齊射的話，這會是最接近的一發。

身邊颳著已經讓他麻木的冷風，克勞斯腦袋仍倉促地算計著。U型潛艦很可能就在基林船艉所指的方向。每一步的推演都帶著不同的可能性，這些累積起來，就變成了重重的不確定；但他仍須快速給出命令，這命令必須依據一個可能的事實——U型潛艦在道奇聲納範圍之外，並從側面接近船隊。然後對著船隊發射了魚雷，穿過了第一縱隊船與船之間的間隔，擊沉第二隊的其中一艘。現在，U型潛艦對準了留下來救援的卡德娜。基林的出現在意料之外，切進了U型潛艦和它的目標之間，所以U型潛艦對著基林發射魚雷，企圖趕走基林，好對卡德娜下手。若是如此，基林就必須擋在卡德娜和U型潛艦之間，在卡德娜回到船隊之前做好護衛。克勞斯心想，最好讓自己的行跡難以預測，不規則行動。

「左標準舵！」他急忙回到操舵室裡下令。

「左標準舵，長官。」操舵手答覆，基林開始走第二條蛇行路線。

卡德娜船上的長長蒸氣被風吹散，有那麼一瞬間克勞斯擔心地屏住呼吸。卡德娜的煙停止了一會兒，然後又重新開始；隨著風傳來了卡德娜的蒸汽汽笛聲，接著連續冒了四團煙。

「商船鳴響了四次，長官。」

「很好。」

對照代碼表上面，那代表著「營救完成」。

「仍維持左舵，長官。」奈史東說。

「很好。」

轉完這一圈後，他會把基林帶到合適的位置。

「傳訊員！幫我傳這個。『護衛隊致卡德娜』，卡——德——娜，『用之字形移動，盡快回到船隊位置。』把這個送到信號台。叫他們發慢一點。」

「信號台，是的，長官。」

所有號誌員體內，都流著想要快速傳訊的血液，要是他們能讓接受者應付不來，就會有莫名的喜悅。但目前情況下，收訊人是一名商船船員，並不擅閱讀信號，這一點十分重要。克勞斯目光投向海平面，看向卡德娜、船隊，並估測那艘U型潛艦的可能位置。

「回舵。」他說。

「回舵。」

「聲納報告，遠方有探測反應，在左舷橫梁，長官。」

左舷橫梁？又一艘U型潛艦？克勞斯往外看去，不。那是沉船的船體。

「穩舵直航。」

被擊沉的船隻仍有四分之三在海平面下，現在它船艉開始往下；翻覆朝上的船底略有一端翹起，其他部分已看不見了；一波波海浪彷彿拍打岩石般打向船艏。

「穩舵，航向095。」操舵手回覆。

「很好。」

「聲納報告，聽到破裂聲，長官。」

「艦長呼叫聲納，你聽到的聲音，是艘正在下沉的船發出來的。往其他方向搜索。」

沉船的船艏翹得愈來愈高。聲納接收到的破碎聲音，是因為船體傾斜，貨物、引擎、鍋爐在船艉翻滾。現在船艏高舉向空中，原本的構造物從水下浮出，水柱噴湧而出，翻轉後又再次下沉，就像垂死掙扎的動物。

來自信號台的消息。

「『卡德娜致護衛艦，速度十一點五節。』」

「很好。」

比預期好，然而克勞斯看了一眼船隊後又感到不安。以他判斷，目前還有六海里。卡德娜要回到船隊還得花兩個多小時。他再度回頭望了一眼沉船。船身現在已經垂直於海面，二十英尺的船身露在海上，很快就會看不見它了。離沉船兩海里遠處，有兩艘救生艇在海面上起伏，這些人運氣好，能攀上卡德娜的船身；那些被魚雷擊中，命葬大海的不知道又有多少。水面上還漂著一些殘骸碎片，那是代表納粹勝利的慘痛戰利品。

「右舵十度。」他對著舵手呼嘯；手邊有更重要的事要處理，沒時間去想一艘已下沉的船隻，也沒時間去估算損失多少。現在處在魚雷攻擊範圍內，他不能讓基林待在同樣航向。

「回舵，穩舵直航。」

他指示要卡德娜蛇行前進，但這也會讓它回到船隊的時間變得十分緩慢。自己就位於敵人和它之間——只要沒誤判敵人位置的話——基林突然出現干擾，潛艦便無法在理想的距離發射魚雷。

「穩舵，航向106。」舵手報告。

「很好。」

天空烏雲密布，等到了下午五點左右，天色就會十分暗了。卡德娜要插隊回到本來的位置將會很艱難。操舵室的窗戶被浪花的水霧噴濺，視線變得模糊。克勞斯換了位置，這扇窗有兩塊能夠旋轉的圓形玻璃，利用離心力甩出水，讓玻璃區域變乾淨，能看得更清楚。不過現在有一塊停止運作；靜止的，和一般窗戶一樣，看不清楚窗外。

「奈史東先生！」

「是，長官！」

「想辦法讓這東西正常運作。打電話給電工主任。」

「是的，長官。」

另一個有在轉，但速度很慢，作用有限。透過窗戶的能見度太差了，最好走到艦橋露台上，進入寒風中。這時艦間傳話系統響起。

「哈利呼叫喬治！哈利呼叫喬治！」

「喬治呼叫哈利，聽到呼叫，請說。」

「雷達上出現光點，方向091，距離十海里，長官。一共有兩個，看起來像是潛艦。」

「很好。」

兩艘潛艦就在前方，幾乎在船隊的路徑上。

「請問有什麼命令，長官？」

「迪奇呼叫喬治！」這次是道奇插話進來。

「喬治呼叫迪奇，聽到呼叫，請說。」

「我們這裡也有一個光點。方位098，距離十四海里。也很可能是潛艦，長官。」

「很好。」

詹姆士在一側，道奇在另一側，都回報在前方發現潛艦。而在他右舷前面也有一艘下潛的潛艦。屍首在那裡，鷹也必聚在那裡[35]。他是否該派軍艦去攻擊？天也快黑了，詹姆士還有燃油存量問題，但攻擊似乎是最好的方法。

「老鷹呼叫喬治！老鷹呼叫喬治！」

「喬治呼叫老鷹！聽到呼叫，請說。」

「我們也偵測到哈利的光點，方位085，但這裡還偵測到另一個點，方位090，距離十三海里。」

那不是道奇偵測到的光點。船隊前方有四艘潛艦。後方至少也有一艘。

「很好。」

「哈利呼叫喬治，有一艘正在快速拉近距離，距離九海里，方位090。另一艘在092。距離九海里。」

「很好。」

是時候考慮一下基林自己了。

「左標準舵！」他轉頭對操舵手叫，然後再回頭對著艦間傳話系統。「喬治呼叫護衛隊，留在自己的位置。對方到距離內就開火。」

說完便回到舵手那裡。

「壓舵！穩舵直航。」

基林目前正在彎曲行駛，他在用艦間傳話系統通話時，也沒忘了自己正在魚雷射程範圍內。

「穩舵，航向094，長官。」

「很好。」

艦間傳話系統裡傳來護衛艦隊接到指示後的回覆。

「兄弟們，祝你們好運。」他說。

面對為數眾多的敵人，他無法派軍艦去迎敵。守護力已經很脆弱的船隊，會出現更多的縫隙讓敵人鑽進。

電工主任魯德爾等在一旁，還有另一名同行的電工站在他後面。克勞斯看了一眼，那圓形玻璃片還是沒在轉。

「還沒把這東西搞定嗎？」克勞斯問。

魯德爾行禮。

「這不是機械故障，長官。那是被凍結了。」

㉟ 出自聖經《馬太福音》第二十四章。

「玻璃上的霧氣結冰了，長官。」奈史東補充。這樣就沒辦法從操舵室裡往外看了。

「想辦法讓它能動。」克勞斯說。

他內心有點糾結，讓奈史東下令不太保險，他不是個夠機靈的軍官。

「叫兩個人拿水桶和抹布來擦乾淨。」克勞斯說，「用溫水，不是沸水。對了，要鹹水——盡量多加點鹽。」

「是的，長官。」

「很好，魯德爾先生。」

他答了魯德爾的禮，同時環顧四周，望著遠處的護衛隊、左舷處的卡德娜，還有右舷的方向——說不定敵人在那裡看著他。操舵室的窗戶被冰霧凍住了，無法看到外面，他走出艦橋到右側看台。

「左標準舵！」他下令，看著船隻慢慢轉彎。

「壓舵！穩舵直航！」

得要彎著走，而且沒有規律，非這麼做不可。

「穩舵，航向080，長官。」

「很好。」

克勞斯稍稍往卡德娜方向靠近。放在鐵欄杆上的手已經麻木，快沒有知覺了；但還不到什麼都感覺不到的地步。前方欄杆彎曲處有一層光滑的薄冰，周圍寒風仍然刺骨。克勞斯想，還是命人把衣服拿來吧。之前一直沒時間吩咐，現在有了空檔——一個正被魚雷瞄準的空檔。

「傳訊員！」

閃、閃、閃……前方船隊有訊息傳來，在昏暗的天候中看得特別清楚。很有可能是准將——沒錯，也只有他了。

「是的，長官。」

那是艦橋上的傳訊員，克勞斯有那麼幾秒，因為關注訊息而沒意識到他的存在。

「去我船艙，找出我的皮手套，還有我的毛衣跟圍巾。等等，防風帽也拿來。應該在第二個抽屜裡，手套、毛衣、圍巾、防風帽。」

「是的，長官。」

上方訊號燈的百葉扇發出嘎嘎聲，號誌員正在確認准將發來的訊息。他看了看卡德娜，就在前方，正對著它船艏。傳訊員咔噠一聲，從信號台上下來。

「船隊致護衛隊，前方十到十五海里處，發現大量的外語訊息在傳送。」

「很好。」

前方潛艦在互相交談，擬定戰術。也或者正在把資訊往東方匯報——那傢伙叫什麼名字來著？鄧尼茨[36]——鄧尼茨會指揮潛艦群作戰計畫。他十分冷血。

「艦間傳話系統，長官。」奈史東說，「來自老鷹。」

他走進去接艦間傳話系統時，覺得現在最好先下令改變航向，不要等到通話完畢。

[36] 二戰時，德國海軍元帥。

「改變航向，右舵十度，奈史東先生。」

「是的，長官。」

「喬治呼叫老鷹，聽到呼叫，請說。」

「雷達上的光點都在移動，長官。三艘往左舷，方位085有兩艘，方位081有一艘。距離保持在十海里。有兩艘往右舷，方位098，還有104。距離十一海里。它們在前方跟我們保持距離。而且不斷在傳訊交談，長官。一直在發訊號。還有，好像又出現一個新的光點，長官。在五分鐘前，正前方的方位。距離五海里。雖然一出現就消失，但我們很確定那裡有一艘。」

「你那裡能見度怎樣？」

「大約五海里，長官。瞭望員說他什麼也看不到。」

「很好。留在目前位置上，通話完畢。」

前方的U型潛艦連躲都不躲。

「穩舵，航向104，長官。」奈史東說。

「很好。」

有一艘——至少一艘——在水面下十分接近。它們準備伏擊，駐紮在那，等著行動，不管護衛隊是要主動出擊，還是沉重緩慢地靠近。潛望鏡伸出來的時間只有一瞬間，可能是為了傳遞資訊，也可能是不小心的。他想要發訊息警告維克多，但很快就放棄這個想法。對方可是波蘭人，不需要別人提醒他保持警覺。浮在水面上的U型潛艦一定在等天黑。黑夜行的瘟疫[37]。

查理．柯爾過來，並行了禮。

「船隻結冰了，長官。我巡過一輪。船艉底下的管子狀況很不好。」

「深水炸彈還能投放嗎？」

「是的，長官。我已經下令用蒸汽保溫。」

查理在這些事情上很值得信任。要是深水炸彈被凍結在架子上，無法滾動，那大家都知道後果——基林會失去十分之九的護衛戰力。

「謝謝你。」克勞斯說。

「謝謝你，長官。」查理說，再一次敬了禮，一如往常的標準姿勢。

傳訊員手裡抱著衣物站在一旁。

「好！」克勞斯說，他正要解開羊皮大衣的釦子，下面海圖室便透過傳聲筒在呼喚。他立刻跑到話筒旁，鈴聲的震動還在。

「方位207，發現一個光點。距離11000碼。」

位置在右舷橫梁附近。一定是那艘潛艦，虎視眈眈盯著卡德娜的那艘。它發現自己愈來愈遠，於是浮出水面。情況有了新變化，需要考慮個一兩秒。克勞斯可以了結它，以絕後患。但他能確定這不是調虎離山之計嗎？可以。目前為止這一區沒有發現其他潛艦。就算真有兩艘，也弄不出什麼計畫。

「右標準舵，航向207。」

㊲ 出自聖經《詩篇》第九十一章。

「右標準舵。航向207。」

「艦長呼叫炮塔控制，準備往雷達敵人方向開火。」

接令的人重複了一遍。

「炮塔回應，是的，長官。」

「穩舵，航向207。」

「很好。」

「目標方位208，距離大約10500碼。」

那是查理．柯爾的聲音，他一定是在聽到雷達有探測反應時就衝了下去。知道那裡由他負責便讓人覺得欣慰。

「你說『大約』是什麼意思，查理？」

「螢幕上的點很模糊，長官，有點跳躍。」

這該死的「甜心查理」！

「魯德爾上尉立刻前往海圖室報到。」克勞斯透過水手長身旁的設備廣播，也許魯德爾有辦法讓機器更精確一點。

「方位在改變，長官，大約是209到210之間，長官。而且距離正在拉近。距離10400。」

克勞斯擅長處理船隻在方位上的各種問題，腦中立刻浮現現在的狀況。海面上那艘U型潛艦正從卡德娜的右舷斜角，快速移動到左舷艉；迂迴航行，避開正面衝突。U型潛艦在海面上行駛速度最快不會超過十二節……有沒有可能到十四節？不，不太可能。潛艦在卡德娜後方差不多六海里，卡德娜差不多是十一節半，目前在船隊後方十海里處。卡德娜脫離危險還需兩三……也許是四個小時，但克勞斯可以輕易縮短這時間。

「右舵十度，航向220。」他下完令後，對查理說：「我要正對著它。」敵人槍口對著卡德娜，那他就讓基林的槍口對著敵人。

「穩舵，航向220。」操舵手重複。

「很好。」

「方位大約212。」查理說，「距離10300，我盡可能準確。」

早上的情況又重現；一艘U型潛艦再次出現在基林五吋炮的攻擊範圍內。但面對一個看不見的敵人，僅憑雷達上一個不斷跳動的光點就開火，值得嗎？說不定再等等會有更好的機會。

「我想它的方位沒變，長官。」查理說，「212，然後，沒錯，距離正在靠近。10200、10100。」

基林和U型潛艦在同一條航線上相互靠近，每分鐘拉近一百碼。

「距離10000。」查理說。

一萬碼差不多五海里。克勞斯凝視著海平面，這昏暗的下午能見度有五海里？還是有四海里？不管是照著雷達的方向射擊，或是在可視範圍內發射，都必須是在潛艦浮出水面的情況，而它浮出水面的時間並不長。還是選可視範圍內保險得多。

「距離9800。」查理說，「方位212。」

「艦長呼叫炮塔控制，目標進入目視範圍內再開火。」

傳訊員雙手仍抱著衣物站在一旁。

「把它們放在散熱器上，」克勞斯比了個手勢。他實在太冷了，巴不得能馬上暖起來，就算目前航向隨時會出現一艘U型潛艦也一樣。

「方位改變了，長官，」查理說，「變得很快，205、203，距離是9300、9200。」

U型潛艦改變航向在往右轉。它一定覺得自己「迂迴跑位」已做到位了，真正奔向的目標是卡德娜。

「左標準舵。航向180。」克勞斯說。

馬力全開去攔下它。這艘U型潛艦平常一直長時間潛在水底下，現在機會難得地浮出水面，看來還沒搞懂自己現在的處境。

「方位在變，」查理說，「距離9000——不，8800。」

不久彼此就會出現在視線範圍內了。

「穩舵，航向180。」操舵手回應。

「很好。」

「目標方位201，距離8600、8500。」

炮管正往右舷旋轉。潛艦隨時可能出現在昏暗的右舷處。

「方位202，距離8300。」

不到五海里了。突然之間，瞭望員大喊出聲，克勞斯麻木的手舉起望遠鏡。砰、砰、砰，炮火發射了。他還不知道正確位置，是跟著炮彈的方向引導才轉過去的。然後他看到遠處有一個小小的方形灰色剪影，那是潛艦伸出水面的艦橋，它兩側炸出高高的水柱，砰、砰、砰。更多的水柱包圍了它，克勞斯也才看到潛艦一兩秒。接著，震耳欲聾的聲音消失，透過雙筒望遠鏡只看到一片灰色的海水，然後隨著腳下船身的起伏，海水又下移到望遠鏡視線外。一片汪洋。他讓敵人措手不及。他看著自己的船隻對敵人開火，但就在那電光石火之中，一次也沒看到炮彈命中的瞬間，只得逼自己面對這個事實。

「炮塔控制呼叫艦長，開火方位199。」通訊員說，「距離8000，共二十七回開火。沒有觀察到命中目標。」

沒有命中。

「很好。」

還得下命令，現在分秒必爭，不管要面對前方四海里外的敵人，或是二十海里外近半打的潛艦。

「左標準舵，」他命令道，「航向100。」

克勞斯放棄攻擊敵人，他看到操舵室裡有兩個人交換了眼神，像是意識到他的決策。他有股衝動想罵個兩句，讓他們不要多作臆測，但最後當然沒這麼做。克勞斯不會為了這種事動用長官的身分，也不想替自己辯解。

他的確可以命令基林到U型潛艦消失的地方，然後對著某個方位用聲納搜索，也的確可能會有探測反應；但現在是敵眾我寡，耗費一小時索敵的期間內，只會使船隊離他愈來愈遠。船隊正前方，還有三艘軍艦要面臨苦戰，沒有時間可浪費，基林得快點過去協助。被攻擊的潛艦已經下潛，對方沒料到敵人會衝破海霧直接開火，經過這次教訓後，它不會這麼快浮出水面。這艘U型潛艦已經離船隊有段距離；等它再次浮上來時，應早就被遠遠甩開。就算知道船隊的位置、速度，到了傍晚這時，它也得全速前進才追得上。這次攻擊已經讓U型潛艦落後幾個小時。克勞斯知道最好採取其他行動，而不是在這裡徘徊，進行沒有把握的戰鬥。雖沒看到炮彈命中，若能讓它受點損傷也好，就算不影響其操作，也可能產生裂縫，讓U型潛艦下潛太深時漏油，從而暴露位置。當然現在談這還太早，克勞斯得下達正確的命令。

「穩舵，航向100。」操舵手答覆。

決定基林轉向的時間，就是克勞斯的本能反應，並把它轉化成口語命令的時間；過去的訓練讓他能勝任這樣的轉化。

「很好。」

「艦長，長官。」傳聲筒傳來查理的聲音。

「怎麼了？」

「魯德爾上尉來這裡報到了，他要跟你說幾句話。」

「可以。」

「艦長，」變成魯德爾的聲音，「我可以試著讓雷達上的光點不那麼跳動，但就算真的有效，效果也不會很明顯，長官。」

「你就不能想點辦法嗎？」克勞斯厲聲說道。

「四天前我交了一份報告，長官。」魯德爾說。

「我有看到。」克勞斯回答。

「我得先把它關了才能開始修理，長官。」

「需要多久？」

「也許兩個小時吧，長官。而且正如我說的，不能保證結果。」

「很好，魯德爾先生，那就算了。」

就算是不精確的雷達也比沒有雷達強，到時候天一黑，誰也看不見外面。還有很多其他事好做。

現在他極度想去小解，此刻似乎有這空檔，離開船艙以來，第一次有這機會。不，還有一件事得先做。基林正離開卡德娜，要回到船隊中，這時不能讓卡德娜以為自己被遺棄了；卡德娜不知道目前戰況，得要讓他們安心才行。

「傳訊員！幫我傳這個：『護衛隊致卡德娜，潛艦已經退到後方七海里處。我要先回去，祝你好運。』把這個帶到信號台去。奈史東先生，請接替指揮。」

他快步往下走，就算現在自己又餓又冷，但剛才的訊息仍在腦中縈繞。如今形勢嚴峻，不過，能聽到訊息說已讓敵方潛艦遠離七海里，一樣能讓人振奮。希望卡德娜能聽懂他的言下之意——別再彎彎曲曲地航行，得全速直奔回船隊。

「信號台回報，卡德娜收到訊息了，長官。」傳訊員看到他又回到艦橋後，便立刻跟他回報。

「很好。」

他叫人拿來的衣服還放在散熱器上。就算是看它們一眼也覺得溫暖。他脫下羊皮大衣跟制服外套——早在很久以前就想這麼做了。拿起毛衣時，突然意識到自己還戴著頭盔。船上其他人，都在幾個小時前解除總動員警報後就脫下來了，但克勞斯連花個一秒鐘脫下的空閒都沒有。他一直戴著頭盔到處走動，就像穿上哥哥制服的小男孩，彷彿想引人注意。

「把這掛好。」克勞斯對傳令員下令，脫下頭盔交給他。

穿上毛衣的那一刻，突然覺得好多了。毛衣保存了散熱器上的暖度，太棒了。圍巾也是。接著再把制服披在這些溫暖的衣物上。防風帽熱熱的，包住他冰冷的頭部和耳朵。克勞斯繫上帽帶，對這世界充滿感激，最後再穿上羊皮大衣。他把凍僵的手放在散熱片上，直到熱得受不了，隨後他套上溫熱的毛皮手套。短短兩分鐘，就能讓一個人對世界有更正向的看法，真是太美妙了。

星期三・暮更：1600-2000

奈史東站在一旁，等著找機會報告。

「報告，換班時間已到，長官。」他行了個禮，「航向100，標準速度十二節，目前速度十二節，長官。」

「很好。」

所以現在是四點鐘。四點一過就是交班時刻。自從他做出愚蠢的決定後，目前守在崗位上的人因總動員警報連班到現在，此時他們可以放鬆和休息了，回復一下因克勞斯一時魯莽而消耗的儲備戰力。前方危機重重，除非在最後關頭，不然儲備戰力不能再隨便動用。就像現在，基林以二級警報來作戰，這樣就有一半人可以休息，到了關鍵時刻就可以將保留的精力，用在發射大炮和投放深水炸彈上。根據克勞斯對美國海軍的了解，這些人會睡得很死。

一如所料，換班時間到了，查理．柯爾出現在艦橋上。

「查理，確保第三、第四班能正常開飯，吃到熱騰騰的食物。」

「是的，長官。」

看到自己的艦長穿戴防風帽、手套，裹著層層衣服時，他眼神中透露欣慰，但沒時間用言詞表露，尤其現在基林正趕著回到隊伍當中。是的，他們的表現不盡如人意，又犯下一個失誤。把潛艦甩開後，克勞斯徹底忘了一件事——下令讓船隻加速。雖然奈史東報告了船速十二節，但他仍忽略這件事。如此一來，大約浪費了五分鐘。

哈伯特是值更官中最年輕的，還是粉色的皮膚。那防風帽下往外看的眼睛，像嬰兒一樣天真無邪，完全不像能在中央公園裡的湖泊划船的年紀。

「哈伯特先生！」

「長官！」

「提高速度，以二十四節試試。」

「二十四節，是的，長官。」

兩倍航速能省下四倍的時間。目前還不知道這航向會不會讓他們避開右翼的船隻。

「二十四節，長官。」

「很好。」

以基林跟海浪相觸的方式就能明顯知道，速度增加像撞擊一樣。不止如此，就連待在操舵室裡都可以感覺、並聽到船隻的運行聲。可以充分體會速度的增加。

「傳訊員！」

「是的，長官。」

「幫我拿杯咖啡……一壺咖啡……大壺一點。還有三明治，跟餐廳服務生講，我要特餐。」

「是的，長官。」

目前的天光還夠，可以看得到船隊最後幾艘船隻，正在慢吞吞努力前行。這時艦間傳話系統響了。他只好鬆開防風帽的帽帶，垂晃在臉旁，他將聽筒放到耳邊。

「迪奇呼叫喬治！迪奇呼叫喬治！」

「喬治呼叫迪奇。聽到呼叫，請說。」

「潛艦探測器有探測反應，長官，遠處敵人，在我們的左舷前方。」

「去追擊吧，我會在你後面。」

「老鷹呼叫喬治，我可以一起去嗎，長官？」

維克多和道奇距離三海里，以敵人的方位來講，會更接近道奇一點。要是維克多過去，會讓船隊護衛出現缺口。但U型潛艦在船隊前方，只離了三海里。它只要二十分鐘就能回來。要是維克多在前方，就能分擔一點基林的負擔。

「很好，老鷹，去吧。祝你好運。」

他感到焦躁。

「哈伯特先生，能不能試著讓這船再快個幾節。」

「是的，長官。」

他們現在在右翼最後一艘船隻的右斜角方位，很快就能追上去了。克勞斯走到艦橋左舷露台，看著船隊。同時基林撞上大浪，嚴重橫搖了一陣，他跟著蹲下。他想握住欄杆站起，但又跌倒了，往反方向又來了一次。這次，戴著手套的手幾乎抓不住欄杆，他連抓了好幾次才好不容易扶穩。甲板跟欄杆上都有一層薄冰，得非常小心才能站在上面。一個浪頭打在基林前方左舷，越過甲板，變成一面升起的水牆，打在五吋炮的控制台上，在克勞斯要站起來時，還有一波大浪迎面而來。基林不斷翻騰，像匹脫韁野馬，又正對著海面摔下。等克勞斯恢復平衡喘一口氣後，已經又經過一艘了，正前往下一艘前進。天色已暗，雖然那艘船隻離他所站之處只有半海里遠，卻只能看到模糊的船身。不久天就會更黑。基林再次撞上綠色的海浪，能感到船艏處的震動。克勞斯差點滑倒，只好跌跌撞撞地回到操舵室。

「慢一點，哈伯特先生，船會受不了的。」

「是的，長官。」

現在光線剛好足以看到那名穿著白色外套的菲律賓服務生。他以學校教的方式拿著托盤，上面覆蓋白色餐布，不管是在潛艦、船上還是任何地方當餐廳服務生，他們做的事都沒什麼不同。顯然他曾試圖把托盤放在操舵室的海圖桌上，然後被操舵手看到，怕艦長回來會受責備，所以怒斥他拿走。現在那服務生端著托盤的樣子十分委屈，跟著船隻左搖右擺；克勞斯知道蓋在白色餐布下面的東西是什麼：麵包、奶油還有潑灑出來的咖啡；雖然他們也知道克勞斯不加奶油，但依然會附上。咖啡的潑灑不算什麼，之後還有更糟的事。基林被海浪抬升，盤子在昏暗中跟著升起。克勞斯突然意識到它們可能會掉到地上，這點絕不能忍受。他抓起咖啡壺和杯子，保持自身平衡，倒了半杯。他一手拿著咖啡壺，一手拿著杯子，穩住身體。那一瞬間，世界上除了那杯咖啡外，克勞斯似乎已別無所求。他臉上仍有潮濕的海水，嘴裡卻口乾舌燥。他渴切地啜飲那燙口的咖啡，下一口，就一飲而盡。那舒服的火熱感從喉嚨一路下滑。他像個粗俗的人一樣咂著嘴，又倒了半杯，然後把咖啡壺放回托盤。

「盤子放在甲板上，看著它，眼睛別離開。」他說。

「是的，長官。」

他又喝了一口。從早餐時間算來，已經有九個小時沒吃東西了，但他沒想過居然會這麼飢渴。一想到有喝不完的咖啡和能果腹的麵包，就十分欣喜。

「瞭望員回報，左舷前方聽到開炮聲，長官。」通訊員說。

克勞斯馬上到艦間傳話系統旁，他有三分鐘時間沒把心思放在戰爭上。

老鷹和迪奇之間頻頻交換訊息，並嚴守通訊規範的要求；一句英國腔從空檔中插話。

「我這裡方位270。」

「我這裡的雷達也掃到它了。」

「我正要發射照明彈。準備。」

炮火聲，照明彈，那表示有潛艦還在水面上，方位是270，這也表示這U型潛艦衝進了護衛隊跟船隊之間。左舷前方的夜空發生變化，照明彈在空中炸裂開來，明亮的白色星火從空緩緩而降，然後被升起的海浪鋪在水面上。從左舷橫梁處看過去，船隊右側縱隊的領頭船被火光照出了剪影輪廓。基林回到戰場了。

「喬治呼叫迪奇！喬治呼叫迪奇！我正從船隊前方經過。留意一下我。」

「領悉照辦，長官。」

「航向敵人位置，哈伯特先生。」

「是的，長官。」

「左滿舵，壓舵，穩舵直航。」

「穩舵直航，航向——」

克勞斯沒費神去確認航向數字。看到基林非常技巧地掠過船隊前方而沒撞到，他很滿意。照明彈的火光熄了。是否要減速開啟聲納？沒時間也沒必要；水面上就有潛艦。他拿起傳聲筒，立刻開始動作。

「潛艦在右舷前方的方位，距離3500。」

「艦長呼叫炮塔控制。未經命令，不許開火。」

克勞斯說完便放下傳聲筒，「小心不要撞到船隊。」

他走到艦間傳話系統，差點撞到仍看守著餐點的菲律賓服務員，「下去吧！」

他拿起話筒，「喬治呼叫迪奇，喬治呼叫迪奇。再發一發照明彈。」

克勞斯站在艦橋右側外的露台，手扶在薄冰上，似乎到處都結了一層冰。

「潛艦方位042，距離3200。」

方位和距離在變。在黑暗中某處，U型潛艦正要越過基林船艏，往船隊駛去。基林在海裡顛了一下。接著，黑暗的天空出現一道金色線條，如神蹟般的光亮高掛天空，照亮了大海、浪峰還有船隻；耀眼的白色如同月亮。就在基林前方右舷處，不到兩海里，有條灰色的東西，猶如在銀色水面上疾馳而過，正全力奔向羊群。

「炮塔控制，開火！」

這對U型潛艦來講，會是個大驚喜；在大炮發射之前，它不會知道有艘驅逐艦從船隊後方飛馳而來，半路攔截。然後是一道眩目的閃光伴隨震耳欲聾的炮火聲，克勞斯伸手擋住眼睛，另一隻手保持平衡。距離太近；不管距離還是方位都持續變動；海浪也愈來愈高，但還是有機會打中。炮聲結束，克勞斯又看了一眼，他是船上少數沒被火光閃到睜不開眼的人。有個灰灰的東西；就在基林跟船隊中間——但有個明顯不一樣的地方，它前進時船艏後面的船跡有著白色水花。可見U型潛艦改變了航向。照明彈仍在天空照耀，光線絲毫沒減弱——英國照明彈是克勞斯見過最有效率的照明彈。發射、點燃、發光、炸裂。右舷四十毫米的大炮也發射了，轟轟轟的聲音伴隨著五吋炮的砰砰砰。克勞斯用手掩著眼，走進操舵室。

「目標改變航向。」一名通訊員在吵雜的環境中說。

因為火光的關係，炮手看不清楚而停止開火。克勞斯把手放下，眼睛往前凝視。

「在正前方！在正前方！」

傳聲筒傳來甲板下面的叫喊，這音量就算不靠傳聲筒都聽得到。

「左舵！滿舵角！」克勞斯叫道。

因為他在那一刻看到了更可怕的事。縱隊領頭的船隻中，有其中一艘脫了隊，航行得太過超前，那距離光靠一條纜繩拉直就能搆到。他在黑暗中隱約看得到那船艏的形狀。

基林在高速左滿舵時，船身開始傾斜，船上的通訊員和軍官搖搖晃晃地保持平衡。突如其來的強力扭轉，讓整艘船彷彿發出了哀號。

「左滿舵保持。」舵手在黑暗中重複。

儘管基林晃得很厲害，但前方黑暗的船影依然愈來愈近。

「瞭望員回報正前方有船隻。」通訊員的警告在這危急時刻顯得有點多餘。基林在海浪上滑行，正在轉彎，商船上的結構物已隱約可見，還聽得到那裡有人聲嘶力竭地在大喊大叫。雖然基林的船艏已經轉向，但右舷斜角處仍有可能撞到商船。

「壓舵！右滿舵！壓舵！」

船隻突然退出視野；基林現在往縱隊中間的空隙前行。左右兩邊都是巨大船身的黑影。

「所有引擎標準速度前進。」

命令傳到下面。

「機艙室回報，所有引擎標準速度前進，長官。」操舵室的危機暫時解除，基林船身的震動也消退。

羅經複示器發出微弱的光，正顯示出上面的數字。基林不久前才在被船隊切開的海面掀起不少波瀾，現在卻突然靜下來，能聽到兩側船隻賣力往前的引擎運作聲。但這樣的安靜沒過兩秒，一枚飛彈滑過，在他們右側爆炸。接著是機關槍的聲音。右舷斜角處的天空，突然有紅色火焰衝向天際，駭人的爆炸聲傳進操舵室。之前攔截的那艘U型潛艦，就隔著一列船隻的縱隊，在另一側空隙中大肆破壞。他們右舷前方的橙色火焰突然變短，但愈來愈亮。四周又突然傳出各式各樣爆烈和吵雜聲、哐哐噹噹刺耳的金屬撞擊和玻璃破碎聲。縱隊最後一艘船看到了這情況，然後用五十口徑的機關槍開火，在黑暗和情緒激動的情況下，分不出誰是潛艦誰是驅逐艦。炸裂聲在克勞斯頭頂上方的操舵室傳來，玻璃碎裂。冷空氣立刻湧入。這是基林在戰鬥中第一次被子彈擊中——也是克勞斯的第一次——而且是出自隊友之手。但沒時間考慮這件事。

「有人受傷嗎？」克勞斯反射性地問，但沒在等應答。

船隻的影子消失了，他們從船隊當中離開。遠處被火光照亮的是什麼？殘骸？

「右滿舵！」

那是U型潛艦的艦橋，在海面上起伏。

「右滿舵。」

它擠在船隊的另一條空隙中，沿縱隊方向航行。

「壓舵！穩舵直航。」

一波海浪打來，U型潛艦不見了。它一定是下潛了——或是自己眼花了？不，他確信沒看錯，距離基林一千碼，在基林此時此刻正對的方向。克勞斯瞪大眼，看著時鐘。

「準備中等爆炸深度！」克勞斯突然轉頭大喊。

他身後一名軍官對著通話筒下達指令——龐德中尉，實習中的槍炮官副手。

「開啟聲納索敵。」

底下的潛艦會往船隊方向航行，利用船隊的噪音來隱藏自己。

「右標準舵。回舵。穩舵直航。」

「聲納報告，有嚴重干擾，長官。」

很正常，這裡有三十艘螺旋槳一起轉動。一千碼的距離，最快十二節速度。以這條件來看，潛艦離開需要一點時間。時間會是三分鐘——在這三分鐘內預測它的行動根本不可能，要考慮的事太多，能推論的時間太少。

「龐德先生！」

「第一組開火！」龐德說，「第二組開火！」

克勞斯轉頭看他，諾斯就在龐德後方，因為視覺上的錯位，看起來他像站在龐德肩上。K型炮炮聲大作。往後看，克勞斯看到基林的航跡，深水炸彈在水底下爆炸，突然升起水柱；一個接一個，範圍相當廣，同時K型炮仍在發射，在架上等著發射的炸彈設定深度為三十英尺。水下爆炸發出的火光，在視網膜上印出短暫的視覺暫留。冒著泡的大海，底下泛著紅光，隱隱約約透著燃燒的潛艦。

「右標準舵。我們回頭再炸時，請重新設定深度及彈著分布[38]，龐德先生。」

---

[38] 深水炸彈是一組一組發射，一組有多枚深水炸彈，其落水點可設不同的形狀分布。

燃燒的潛艦船體是不錯的參照點，以此來考慮基林的要去位置跟航向。他打算在潛艦跟正在遠離的船隊中間再次投放深水炸彈。這是最有可能的地方，但誤差也依然高達一海里。

「回舵。穩舵直航。」

「是的，長官。」

「龐德先生！」

「第一組開火，」龐德說，「第二組開火。」

他們正朝著燃燒的潛艦前進；接近時，潛艦愈來愈大也愈來愈亮，剛投下的深水炸彈在基林身後炸開。底下火焰噴湧而上，從水底往上蔓延，濃密到無法看清楚。接著一道巨大的閃光，水裡冒出黑煙，接著又一次爆炸，連克勞斯所站之處都感覺得到震動。最後，再一個駭人的爆裂。之後就什麼都沒有了——黑暗、寂靜、什麼都看不見、耳鳴。過了好一會兒，這些感官知覺才慢慢恢復，最初聽到的是基林破浪而行的聲音，然後慢慢才又能看到海面上的泡沫。操舵室裡一片沉默，然後被某人緊張的咳嗽聲打破寧靜。

「前方有船隻，長官。」傳聲筒發出聲音，「方位175，距離一海里。」

那是卡德娜在進行救援工作。照這個方位前進，它會從基林的左舷前方處掠過。它要盡快回船隊的位置，但馬上又有新任務要出動。

「船隊怎樣了？」

「有三艘落後，長官。最近的一艘方位160，距離兩海里。」

值得注意的是，船隊被U型潛艦和驅逐艦穿過，而且中間還有一艘船隻被魚雷擊中，但現在除了卡德娜外只有三艘脫隊，這算是個好消息。

海中傳來呼救——扯著嗓音，焦急又恐慌地在尖叫。雖是從遠處傳來聽得也不清楚，但很容易辨認，也突顯了情況危急性。

「左舷前方有物體靠近！」左舷的瞭望員報告。

漆黑海面上有個黑黑的東西，從那裡傳出驚恐的呼叫。生還者——至少有一名——可能趴在殘骸上或是在救生艇上；有些人夠幸運，在被火焰吞噬之前就跳到海裡，又運氣好攀上救生艇（說不定在跳下前就先拋下它），而且好運還沒用完，船隻又往前航行了一段距離才爆炸，所以艇上的人沒被波及到。幸運？說不定幾分鐘後他們就凍死了。克勞斯考慮是否提醒卡德娜注意他們，卡德娜在一海里外，要引起它注意的唯一方法就是盡量靠近，拿著擴音器大喊。再者，通知卡德娜往回航行一海里是否值得？也許永遠也找不到海上的這一個小黑點，反而增加被魚雷對準的風險。不；就算一定能救到人好了，卡德娜也比一兩條或是五六條人命更重要。

還是，讓基林去救他們？以基督愛世人的名義？北大西洋沒有基督的愛。這會讓他的船隻也陷入危險。基林的船員更勝一千或兩千艘商船船員。但——這個風險會有多大？直覺上來講，一兩條人命當然可貴。如果見死不救，從他們身邊經過，船上的人遲早會知道。這對他們會有什麼影響？不會是好的影響。那對國際上的同盟戰友呢？救這些人會鞏固盟軍的團結。要是救他們的消息一點一點在同盟軍隊中慢慢傳開，對穩固結盟關係會非常重要。

「右滿舵。」他對著傳聲筒說，「計算回到這裡的航向。」

命令傳達得很快；就像西洋劍抖動的花劍，劃了個圈繞過對手的劍後突刺進攻。至少非戰時的落水救援演習，讓他腦中知道要即刻執行時，必須採取哪些措施以及困難度如何。

「所有引擎前進，出力三分之一，速度六節。」

「有二等兵在嗎？」

「我是，長官。」黑暗中傳出一個聲音，「華萊士，長官。」

「立刻下去到左舷，準備好繩子，找幾個人一起，打好稱人結拋下去。」

「是的，長官。」

「人上來後大聲叫我。」

「是的，長官。」

再來就是怎麼操舵了，滿舵的狀態基林速度會最慢。查理．柯爾的聲音從話筒傳來，幫助引導船隻的位置；但看到海面黑黑小點，他得將航向偏一點，讓黑點接近左舷，才能用船身擋掉一些風浪；右舷側面承受著風的吹襲，船體微微傾斜，他心裡計算下一個命令還要多久後下達。風吹著艏樓的頂部，會讓船身搖擺，這也得考慮進去。在落水救援演習中，會先讓探照燈開始搜尋，救生艇放低準備下水，救生圈將投放到目標點。

「所有引擎加速，回到三分之二出力。」

「機艙回報，所有引擎，三分之二出力，長官。」

「關上所有引擎。」

「機艙回報，關上所有引擎，長官。」

接下來短短幾秒十分需要技巧，基林徹底停了下來，仍聽得到聲納的乒乒聲、右舷的海浪跟海風，但幾乎聽不到左舷那裡有什麼動靜。操舵室一片沉默，這時華萊士的聲音從下面傳來，「都登船了，長官！搜救完畢！」

「全都沒問題了嗎？」

「都沒問題了，長官，可以準備離開。」

「發動所有引擎，標準速度前進。」

「發動所有引擎，標準速度前進，機艙回報，標準速度前進，長官。」

「左舵。壓舵。」

這是必要的操作，避免離開時把空著的救生艇捲入船艉。

基林再次啟動，不再被那怪異的風吹撫。他拿起傳聲筒。

「卡德娜在哪？」

「方位187，距離2000。」

「右標準舵，航向190。」

卡德娜一定還在找生還者；看它的方位和距離，它沒在基林迴轉時追趕船隊。

「左舷艏有東西！」

「右舷艏有東西！」

殘骸，木板碎片、鐵格欄，有船隻爆炸後散落的殘骸。沒有人說話。華萊士從黑暗中站出來，走到他身旁。

「我們救了四個人，長官。已在船醫那裡了。兩人被燒傷，但我不知道有多嚴重，太暗了看不清楚，長官。」

「很好。」

對年輕的華萊士來講，沒看到被燒傷的人也許是件好事。克勞斯一生中見過一兩次，然後再也不希望看到第三個。華萊士做事十分俐落，克勞斯要自己記在心裡。

半海里外，慢慢浮現卡德娜左舷艏的影子；得仔細觀察才知道它的動向；然後小心下達舵令跟它並行，以拉近到擴音器能溝通的距離。

克勞斯走到了擴音器旁。

「卡德娜！」

只聽到微弱的回應；聽得出來對方用的擴音器功率比較小。

「護衛艦，基林號。我們船上有四位生還者。」

「我們一位都沒有。」對方的擴音器傳出。

「現在回到船隊裡。航向087。留意前方海面的漂流物。」

「好的。」

「左標準舵。航向000。」克勞斯對舵手說。

往正北方的決定並不比其他方向更好。雖然在北方更可能碰到他要清除掉的潛艦，但這也不代表什麼。他可以在趕上船隊時，順便巡邏有沒有敵人；看是要跟在後方然後穿越船隊，還是要從側面繞到前方都可以，他有充裕的時間來決定。

「炮塔回報，長官——」黑暗中傳來通訊員的聲音，然後他對著話筒說：「再說一遍。」

幾秒後，通訊員又說了，「炮塔回報，他們認為第二次開火時，有一兩發擊中潛艇，長官。」就算如此，仍沒能阻止潛艦衝入船隊，還發射了至少一枚魚雷；然後準備再次對潛艦開火時，又讓它潛回水裡。除非那不是下潛，而是沉沒？不；天底下哪有這麼幸運的事。就算擊中，一發五吋炮能夠打穿潛艦頂部脆弱的艦橋，但這也不影響它下潛的功能。

「誰做的報告？」

「康恩先生，長官。」

「很好。收到了。」

康恩可能對也可能錯。這個人個性本來就比較樂觀。有件事克勞斯得記下，就是過了這麼久才提出報告，早就不重要了。很可惜的是，克勞斯覺得自己對年輕的康恩不夠了解，沒辦法判斷他的報告可信度有多少。

「船隊現在在哪？」他問海圖室裡的人。

「最左縱隊最後一艘船隻，在我們的右舷橫梁，方位085，距離5500碼，差不多是三海里，長官。」

「很好。」

經過船隊後方時，他想再巡一下後方。

「右標準舵，航向170。」

剛剛進入艦橋，一個人影走去看羅經複示器，一定是華森。現在他又彎著腰趴在海圖桌上。啊，他踢到了什麼，發出金屬敲擊聲。是了，是托盤，他的三明治和咖啡忘在甲板上了！克勞斯意識到的瞬間，突然覺得又飢又渴，這是他今天第二次發現自己飢腸轆轆，但渴的感覺更勝之前。

「那盤子裡是我的東西。」克勞斯說，「拿來吧。」

華森把它端起，放在神聖的海圖桌上。

「它一定已經涼了，長官。」華森說，「我再叫人送新的來。」

「傳訊員，再給我一壺咖啡。你親自去拿，不要請服務生拿來。」

「是的，長官。」

但克勞斯已經等不及了，尤其是意識到自己飢渴的此時此刻。手裡的咖啡壺還是半滿，找不到杯子，但這無所謂。他直接把壺放在嘴邊，涼透了，但他喝了一口又一口，就算喝到咖啡渣也照吞不誤。克勞斯也十分飢餓，戴著手套的手摸到了某個東西，一定是三明治。他抓起來大咬一口。氣溫很低，三明治像是從冰箱裡拿出來的一樣；既不新鮮又很潮濕，但他依然津津有味地吞著。麵包裡夾了幾片厚厚的醃牛肉，胡亂塗了些美乃滋，肉中間夾了幾圈很厚的洋蔥。裡面只有洋蔥算是新鮮的；美乃滋被吸到麵包內側；第二口，克勞斯把上層夾的食料咬得醬汁溢出；第三口，他吃出下層麵包裡沾著些許海水，很可能是從破掉窗戶噴灑進來的。這些都無所謂。洋蔥圈在齒間脆響，濕軟的麵包糊成麵團沾在盤子上。他在黑暗中咀嚼、吞嚥；第四口時嘴唇碰到了些什麼——一種奇怪又不舒服的觸感——他意識到抓著三明治的手還戴著毛皮手套；到了第五口，他嚐到了手套的味道。

「雷達報告，船艉正後方掃到一個光點。」傳聲筒報告，「方位005，距離2000。」

「左滿舵，航向005。」克勞斯手裡還拿著三明治。

一定是更早之前甩在後方的潛艦，真是個不死心的傢伙。受到炮擊，躲過深水炸彈，現在大概浮出水面正死命追趕。

「穩舵，航向005。」操舵手說。

「目標正轉向東移動。」傳聲筒裡回報，「航向085，我盡可能估算它轉向的方位，006、007。」

「右舵，急轉目標航向010。」克勞斯說。

遇到戰術上的決定，幾乎和之前一模一樣，是要把潛艦甩開，還是要對它開火？開火距離當然是愈近愈好，盡可能讓它夠接近自己。發現潛艦快要下潛時，大炮將會第一波齊射。在這夜晚無光的環境，更可能沒看清楚就航行到敵人頭上。

「艦長呼叫炮塔控制。先別開火。」

他走到艦橋外側的露台。扯開喉嚨大叫的瞬間擔心會被敵人聽到，不過這擔心有點荒謬，敵方在一海里外，四周聽不到人聲，又加上夜裡蕭蕭風聲未曾停歇。

「船艄處有一艘潛艦，睜大眼仔細看。」

克勞斯又踏上蓋著薄薄一層冰的甲板，腳下沒踩穩，差點跌倒，及時抓住欄杆的同時也發現，本來抓在手套裡的三明治被壓個稀爛，實在噁心；好險黑暗裡沒被別人發現。克勞斯將手在欄杆抹了抹，清掉剩餘殘渣。

「目標方位008，距離1800。」

他們正在接近U型潛艦。

「艦間傳話系統，長官。」華萊士說。

迪奇、哈利還有老鷹都在通話。他們在船隊前方發現不少敵人，正在忙於應付，而基林此時又回到船隊後面。但基林這裡也有敵人，無法前去協助。他們會怎麼想？他不在意別人怎麼看自己，他擔心的是整個船隊的安危。

「螢幕上顯示得不怎麼清楚，長官。」查理．柯爾透過傳聲筒說——查理跟之前一樣，一到危機時刻，立刻就回到海圖室裡待命，「但我想方位應該是滿接近的，008到007之間。距離1600到1500。」

U型潛艦的瞭望員會最先看到基林的船艏波——船隻在前行時激起的海浪——黑暗中會先看到一點白影，然後才能看得更清楚仔細。克勞斯腦海裡想像他們看到後會作何反應。在看到船艏波後，會先猜測一下航行方向，而不是辨認船隻種類，這對潛艦來講就已足夠。他們會以為看到一艘脫隊的船隻正往北方航行，而不是往東方。潛艦還會測出船隻的速度——目前航速是十二節——這些資訊夠他們推論出基林是艘軍艦；此時潛艦內會拉起高分貝的戰鬥警報，不等看清基林船體就下潛。也或許，潛艦裡靠著辨視裝置，有辦法分析基林的螺旋槳轉動聲音，知道它的身分。要是基林改變航向往東航行，速度降到八節呢？也許當他們靠得夠近時，會有欺敵的作用。但克勞斯突然一驚。因為除了欺敵，也可能會引來魚雷，他一度忘了對方的狩獵渴望，何況他們還帶著致命武器。克勞斯檢討似的揉揉鼻子，此刻才又想起被壓爛的三明治；這下他鼻上沾著冰冷的美乃滋。

「聲納回報，有探測反應，長官，005，距離不確定。」

「很好。」

這次收穫不小。

「查理，雷達那裡測到的方位有什麼不同嗎？」

「是的，長官。」查理說。

這是個機會，用較為精準的聲納去校正雷達方向。

「距離1300，方位大約在007。」

由此可知，U型潛艦會這麼靠近，代表它的探測裝置沒有基林的靈敏，不然就是裡面船員警覺心不夠，或者艦長作風大膽。等克勞斯呈交這樣的報告後，海軍情資部門可有不少分析要做。

「光點消失了，長官！」查理說，「沒錯，它消失了。」

U型潛艦終於發現了。

「聲納報告，有探測反應，方位005，距離1200碼。」

潛艦仍在他們的聲納範圍內。

克勞斯拿起話筒，對著作戰指揮線路說話。

「這裡是艦長，誰在聽聲納？」

「布希內爾，長官，還有曼儂。」

由艾里斯訓練出來的二等通訊士。

「艾里斯下班了？」

「是的，長官。」

「很好。」

很想叫艾里斯回來工作，但最好不要。後面戰鬥還長得很，若非必要就別打亂儲備戰力。

「聲納回報，強烈回應，有探測反應，方位000，距離1000。」

又是捉迷藏的老把戲，在圓桌上繞著轉。該讓基林改變航向，去攔截U型潛艦了。

「急轉左舵，目標航向000。」克勞斯下令。

在回報下一個敵人方位前，他讓基林船艏對準目前方位。

「穩舵，航向000。」

「很好。」

「聲納報告，前方有探測反應。距離800碼。」

基林一定正好跟在潛艦後方，對方必定會快速轉向，不知道會往左還是往右。

「聲納報告，前方有探測反應，距離700碼、600碼。」

「它停止了，長官。」出乎意料的聲音從身後傳來，一定是龐德。

「謝謝，我也這麼覺得。」

「聲納回報，前方有探測反應，距離500碼。」

潛水艇浮在冰水中間一動也不動？不是不可能，但更可能是——

「聲納報告，敵人消失，長官。」

他心中猜想的成真了——他們追逐的是干擾器的氣泡。U型潛艦在他們追逐泡泡時跑掉。這並不是目標太靠近聲納的關係，上次也是距離過近，但聲納仍正常工作。

「聲納報告，沒有探測反應，長官。」

失策。被耍得很徹底。不，也不完全，還有幾分幸運在他這裡。試想，要是干擾器再停留久一點，再持續個五分鐘，他很可能會衝向前，然後投入深水炸彈，為了這幻影浪費彈藥和時間。還好提早發現，雖然心裡本就有點懷疑，但這樣的懷疑尚不足以阻止克勞斯發動攻擊。

「右標準舵，航向080。」他大聲說，然後又拿起傳聲筒，「船隊現在在哪？」

「最近的一艘，方位在089，距離四海里。」

「很好。」

「穩舵直航080。」

「很好。」

他得往最左縱隊航行，然後追回隊伍中。

「等距離拉近到一海里時，跟我回報。」

「是的，長官。」

現在船上開始手忙腳亂，陸續有人進到操舵室內。八點，換班時間到了。不斷地思考和一直下令，不知不覺時間過得飛快。在你看來，千年如已過的昨日，又如夜間的一更。[39]他身旁出現一個人影，然後聽到哈伯特的聲音，隱約意識到他正在換班行禮。

---

[39] 出自聖經《詩篇》第九十章。

星期三，頭更：2000-2400

「報告，換班時間已到，長官。目前航向080，標準速度，十二節，第二級戰備狀態。沒有未執行命令。」

「值更官是誰？」

「卡林，長官。」

「很好。哈伯特，你有時間就先睡一下吧。」

「是的，長官。」

「卡林先生！」

「長官！」

卡林會從海圖室交接一些資訊後再回到艦橋，有必要跟卡林說明一下現在的情況，怕他光看資料會弄不清現在是怎麼回事；得交代他U型潛艦可能的航向和目前計畫。要是事情多到無法同時處理，他還得把船隻的指揮權交給卡林，以防他不幸倒下——被流彈打到之類的——那卡林就得接手指揮。

「清楚現在情況了嗎？」克勞斯問；他盡可能簡單明瞭地解釋完畢。

「是的，長官。」

就算這樣，卡林的語氣一如既往地消極，絲毫沒有嗜血的衝動。說不定卡林正後悔自己為什麼要選擇這個職業。好吧，每個人對從軍的態度都不一樣。不久後查理・柯爾也來報到，他覺得鬆了口氣。

「第三班、第四班開始值班，長官。他們已經吃過了，現在換第一、第二班開飯。」

「謝謝你，查理，請你幫我留意一下他們是否有好好休息。」

「是的，長官。那您呢，長官？」

「我還不累，現在還不能離開艦橋。但我希望十二點到四點值班時，大家能精神奕奕。」第一、第二班的人到黎明之前都得守護著船隻，又在總動員時消耗掉不少精力，他們最好睡飽一點。

「我會留意他們的，長官。但應該還有些人不願就寢，除非下命令。」

「那就下令，查理。」

「我盡力，長官。」

「你自己也小睡一下吧。」

「我盡量，長官。」

「很好，謝謝你，查理。」

「謝謝你，長官。」

克勞斯凝視著時鐘。離開潛艦干擾器已經十五分鐘，航行了三海里遠，潛艦群並沒有更靠近船隊，連一海里也沒有。還有時間去小解，很有這必要——克勞斯腦中一浮現這念頭，就等不及要實行。

「卡林先生，請接替指揮。」

「是的，長官。」

他戴上紅外線眼鏡，衝下樓梯，快速經過自己船艙的玻璃纖維簾。他眼睛已適應黑暗，不想又要再花時間適應一次，所以摸索著走進去。一進去就聽到鈴聲，還有傳聲筒的聲音。

「艦長，長官！雷達掃到光點，長官！」

話筒裡卡林的聲音急促又響亮，他能清楚地聽聲辨位。但他沒辦法馬上回去；從這裡到操舵室至少要花一分鐘。他第一個反應是先詢問海圖室。

「這是艦長。」

「光點方位219，距離8000。」

「很好，卡林先生，我來指揮。現在航向多少？」

「080，長官。」

「右滿舵，航向170。」

「待會再轉向敵人的方向，卡林先生。」

「是的，長官。」

卡林浪費了不少時間，讓基林穩舵直航只會離潛艇愈來愈遠。不該讓卡林接替，自己也不該跑到下層。

「穩舵直航170。」

「很好。」

「光點方位，218……217，距離7800。」

距離拉近得很快，但方位在變。如克勞斯所料，那艘潛艦會經過基林前方，往船隊方向前進。它一定是放完干擾器往右迴轉了一百八十度，然後覺得自己安全後便浮出水面。潛艦現在在四海里外。上次發現潛艦時，基林在它的右舷。稍微改變一下方位，就可以在潛艦的左舷艏攔截到。但要是一被看到，潛艦馬上就會下潛到水裡。因此，基林最好從後面偷溜上來。潛艦後方不見得像前面一樣看得清楚。不過這樣的做法很冒險，因為這會把潛艦夾在軍艦和船隊之間。目前它還在四海里外。

「光點方位，216，距離7500。」

克勞斯閉上眼，用三角函數來推算相對方位的問題。在黑暗中能幫他集中注意力。他聽完下一個報告的方位和距離，數學問題下面的人能幫忙計算，但前提是克勞斯得解釋清楚他腦子裡的東西。再說，理解需要時間，也有可能理解錯誤。方位和距離又報了一次，克勞斯做出了決定：讓潛艦比自己前面一點，讓基林保持在稍微安全一些的區域。他睜開眼睛，下達命令。

「左舵，急轉，目標航向165。」

掌舵的是麥卡利斯特——又是他大顯身手的時候。他很滿意這位可靠的舵手，雖然他有過一些不良紀錄搞臭名聲。

「我要偷溜到它後面，卡林先生。」他說。

「是……是的，長官。」

這突顯了一件事情，雖然有點難以置信，但的確如此：卡林到現在都還搞不懂怎麼回事，這不是什麼複雜的情況，任何一個待在艦橋半小時以上的人都知道現在該怎麼做，沒那麼難懂。但克勞斯想，卡林的結巴也可能只因為緊張。他也許很激動，太過激動，也或許——嚇得無法清楚思考。克勞斯知道，還是有這種人存在，他回憶起早上自己那種新手獵人的狂喜狀態。他自己也曾興奮發抖，克勞斯不止一次感到罪惡。話說回來，卡林也許面無表情，但早上他還一度想拉起總動員警報——說不定正是卡林擔任值更官時內心緊張的表現。不過現在沒時間去考慮卡林了。好在，克勞斯心裡一直記著下面回報的距離和方位。

「對方航向和速度多少？」他用傳聲筒問下面人員。

「航向085，進度十一節。這只是大約數，長官。」

不管誤差有多少，這數值跟他內心所估的一致。

「保持這航向，我們會到它後方多遠？」

「會在它後方一海里多，不會超過兩海里，長官。」

「很好。」

這正是他要的。雖然方位會改變，但距離慢慢拉近。接下來——用炮擊還是深水炸彈？炮擊火光太亮，他要賭賭看自己的視力，在關鍵時刻是否能看到擊中目標？近距離開火？但在這奔流的狂浪，還有距離隨時會變的情況下，到底能不能成功？他決定不用炮擊。

「職班水雷官注意。」

「是的，長官。」

年輕的沙德中尉。他家裡有個難搞的老婆，但他是個很穩重的軍官。

「待命，近距離彈著分布。船隻會加速，追上目標，所以要非常近距攻擊。爆炸深度也設為淺。」

「近程彈著分布，爆炸水深為淺，是的，長官。」

這個命令又賭了一把。潛艦要下潛不用花多久時間；一艘在水面上的潛艦，發現自己被敵人追擊時，一定會全速下潛。克勞斯賭它沒時間潛得太深。如果他計算得沒錯，那爆炸設定為深的深水炸彈，等到爆炸時潛艦早就跑走，很難擊中。他想在近距離開火。

他又對著話筒。

「值班工程師注意。」

回應的是伊普森，看來他沒有休息。

「這裡是艦長。準備待命，接到指令後，以二十四節速度前進。」

「二十四節，是的，長官。浪很大，長官。」

「是啊，只需兩三分鐘，這時間夠讓船隻加速，然後再退回到標準速度。」

「是的，長官。」

接下來是瞭望員。他轉向通訊員。

「艦長呼叫瞭望員，船隻轉下一個彎後，會有潛艦在我們正前方的海面，不久後會看到，保持警惕。」

通訊員傳達後回覆給克勞斯。

「瞭望員回報，知道了，長官。」

「聲納關上，暫時待命。」

潛艦隨時可能測到基林的聲納波。接下來一兩分鐘裡，基林會完全不知道下面的情況，這很冒險，但不會太久。不久後船隻會加速前進，那就不用擔心了，而且高速下聲納不能作用。「乒」的聲音一停，不尋常的沉默氣氛立刻包圍他們。

「目標方位087，距離2400。」

「左滿舵。航向085。」

轉彎時，船隻會更往前一點。

「目標方位085，距離2500。」

就在正前方。

「所有引擎，戰鬥速率。二十四節速度。」

「所有引擎，戰鬥速率。機艙回報，二十四節速度，長官。」

「很好。」

就在這個當下，隨著基林速度加快，震動的幅度也加大。他走到艦橋右側露台，進入狂風吹襲的黑暗中。基林現在比潛艦快了十三節，再過四、五分鐘就會看到它。然後差不多再兩分鐘或半分鐘，基林就會到了潛艦上方。潛艦有足夠的時間下潛，但克勞斯希望愈少愈好，之所以決定從後方靠近，就是希望不要這麼快被發現。這樣潛艦就沒有太多時間下潛，或是逃得太遠。

「目標方位085，距離2300、2200。」

基林正在加速。克勞斯聽到撞擊聲;一波大浪撞到左舷艏,船身顫動。浪花碎成霧水,毫不客氣地撲面而來。艦身瘋狂地抬升。如果螺旋槳離開水面,那葉片恐怕會被甩掉。

「距離2000、1900。」

他不知道現在能見度是多少,可能是半海里。

「1800、1700。」

克勞斯吞了一口口水,不,那只是個白浪,不是他在追的東西。他站在濕滑的甲板上,隔著手套抓握欄杆,無法站得很穩,只好往前傾。克勞斯腋下夾著啞羅經,終於穩住,但他本能地想站直身子看更遠。

「1100、1000。」

基林瘋狂地顛簸著;他能聽到主甲板下面海浪被撞碎的聲音。

「正前方發現潛水艇!005!005!」

他在一個浪尖上看到了,漆黑的夜晚中很明顯有個東西在。

「右舵!壓舵!」

他又看到了。

「左舵!壓舵!穩舵直航!」

船艏正指著那航向,基林從海波下俯衝,然後又被另一波巨浪抬到頂端。於是他又看到那潛艦。四百碼,以每分鐘四百碼的速度航行。不見了?他不確定。沙德在他旁邊,還在甲板上滑倒兩次,但克勞斯手臂穩穩勾著支柱。

「第一組開火！第二組開火！兩側K型炮開火！」

「所有引擎，標準速度前進。右標準舵。」

船艉正後方，投下的深水炸彈爆開漆黑的海，就像烏雲裡的閃電一樣。

「機艙回報，所有引擎標準速度前進，長官。」

「很好，舵手，讀出船艏方位。」

「經過110，經過120，經過130。」

基林往下傾斜，舵輪一下子不穩，搖搖晃晃，航向和速度都打亂了。

「經過1、160，經過170。」

「爆炸深度設定為深，沙德先生。廣範圍彈著分布。」

「爆炸深度為深，廣範圍。是的，長官。」

「待命。」

「是的，長官。」

「經過210，經過220。」

「恢復聲納搜索。」

基林已經轉了一個大圈，回到剛才深水炸彈炸過的海域旁。

「經過140，經過150。」

「聲納報告，讀數混亂，長官。」

「很好。」

船速可能還是太快了，還得考慮基林自己的尾跡，以及深水炸彈造成的漩渦。

「經過180，經過190。」

斜後方一個大浪打來，急速把船艉抬高，船隻的航行變得歪歪曲曲。

「經過200，經過210。」

黑夜裡發生了什麼事？一艘破爛的U型潛艦浮出了水面？或者其實它是一艘毫髮無損的潛艦？也或許它根本就快沉了，只是在水裡掙扎？都有可能，而且必然是其中一種。

「經過220。」

「聲納回報，讀數依然混亂，長官。」

「很好。」

「230。」

克勞斯在腦中畫出基林迴轉的大圓，他打算攻擊與之前航道平行的地方。這麼做並非知道那裡有什麼，是沒有根據的猜測，克勞斯根本不知道這艘U型潛艦在被追趕或是被深水炸彈招呼過後會如何應對——它可能轉向任何一方，下潛到任一深度——只要它敢。

「深度攻擊模式的炸彈已待命，長官。」

「很好。保持航向267。」

「航向267，長官。」

「很好。」

周圍什麼也看不見。

「穩舵，航向267，長官。」

「很好。」

等待著。那等候耶和華的必從新得力[40]。

「聲納回報，讀數依然混亂。」

「很好。」

在基林轉完這圈前，不用指望聲納能正常運作——差不多是時候了。

「現在，沙德先生。」

「第一組開火！」沙德說，「第二組，開火！」

電鳴閃雷再次在船艉的水底下發亮。升起的白色水柱在後方，清晰可見。最後一次發射完後，等了一分鐘。

「左標準舵，航向087。」

往另一個平行航道再巡一次。

「一樣是爆炸設定為深，沙德先生。」

「是的，長官。」

「聲納報告，讀數混亂。」

「很好。」

「穩舵，航向087，長官。」

「很好。沙德先生，餵他們吃炸彈吧。」

長形圓柱接連升起。克勞斯在卡斯科灣的反潛學校上過課；讀過那本機密的小冊子，裡面記錄英國在兩年半來對付潛艇的各種經驗。數學家貢獻了自己的聰明才智，計算出各擊中潛艦的機率。反潛專家設計了最敏銳的儀器，研發了最強大的武器，但仍沒辦法計算出潛艦艦長腦子裡在想什麼；到底是左轉還是右轉，是上浮還是下潛；也沒有任何儀器能輔助驅逐艦艦長，使他更有耐心、更有毅力，判斷得更準確。

「右標準舵。轉向航向267。再一波深度為深的引爆模式，沙德先生。」

「是的，長官。」

「穩舵，航向267，長官。」

「很好。沙德先生！」

「第一組開火。」沙德說。

這一波炸完，對這裡的掃蕩就算結束。隨著舵令的下達，基林往轟炸過的區域另一方前進，往北，然後再往東，然後迴轉，又再次往西南方，開啟聲納準備索敵。但什麼都沒有——沒有，沒有，只是在黑暗中四處亂闖，跟之前有秩序的航向相比，這次顯得漫無目的。

「長官！」沙德跟克勞斯一起站在艦橋外的露台，兩人迎著不停的冷風看向黑暗，「長官——你有聞到什麼嗎？」

「聞到？」

---

40 出自聖經《以賽亞書》第四十章。本句依繁體中文和合本，譯作「從新」。

「是的，長官。」

克勞斯仔細地嗅了嗅，聞了聞，把刺骨的寒風吸進鼻腔裡。在這種情況下，要確定自己有聞到什麼並不容易，他更仔細地聞了聞，不禁意識到他上一口吞下肚的東西是生洋蔥，但這不可能是沙德說的東西。

「又不見了，長官。」沙德說，「不，又來了。我可以問問卡林先生嗎，長官？」

「請便。」

「卡林先生，你有聞到什麼嗎？」

卡林突然走出來，到他們旁邊嗅了嗅。

「油？」他試探性地說。

「我也這麼覺得。」沙德說，「你沒聞到嗎，長官？」

油！這表示那潛艦受到的打擊不輕。如果很多……大量的油從水裡浮上，擴散一海里多的海面，那幾乎可以證明它已被擊沉。克勞斯又聞了聞。他不能確定——或是更確切地說，他確定自己什麼都聞不到。

「不能說我有聞到什麼。」克勞斯說。

「瞭望員，這裡！」沙德說，「你有聞到油的味道嗎？」

「現在沒有，長官，但剛才好像有一點。」

「對吧，長官？」

他們望著船隻下的一片漆黑，在高聳的艦橋上幾乎什麼都看不到。在黑暗中，不可能分辨出海面上是否有油。

「我沒辦法確定到底有沒有。」克勞斯說。

發現浮油的喜悅，反而讓他對此特別謹慎和疑心（雖然他沒意識到也沒表現出來），克勞斯未曾特別分析自己內心的想法。而且，海軍對擊沉敵艦證據的高標準要求，也影響了他的判斷標準。

「我想現在沒有，長官。」沙德說，「但離剛才聞到的地方也航行很遠了。」

「不，」克勞斯說，他說這話時，臉上毫無表情，他一向不把情緒放入這樣的判斷中，「我覺得這沒什麼值得一提的。」

「好吧，長官。」沙德說。

「沒什麼值得一提」（以克勞斯的觀點）真的就是字面上意思；在寫報告時，不會提到有關此事的蛛絲馬跡。他不是那種在證據不足的情況下，往自己臉上貼金的人。凡事都需要證據；謹守著這個原則是好的，不過，「有這可能性」，偶爾也能作為決定的要素。

「我們走吧。」克勞斯說。

留在這裡不會有特別好處，不如趕上船隊。潛艦可能被擊沉了；但無論如何它都會在水下待上好一陣子，最好久到船隊離得夠遠，無法造成傷害。克勞斯心想，無疑該回陣隊位置了，並加入其他三艘軍艦的戰鬥。克勞斯的「我們走吧」不是建議或是評論，而是在宣布一項決定，其他軍官不需多加思索便了解他的意思。

「卡林先生，接替指揮。」克勞斯說，「我希望以最快的進度，從船隊左翼繞過去。」

「是的，長官。」卡林想了一會兒，「之字形前進，長官？」

「不用。」克勞斯道。

他很想對卡林破口大罵。基林在黑夜裡以二十幾節的速度前進，彎著走根本沒有意義，結果卡林還是問了這個問題，這表示他完全狀況外。現在對他嚴厲斥責只會讓他更不知所措。反過來說，讓他負責一項簡單的任務，可能會幫助他建立對指揮能力的自信，未來能成為一位好軍官。驅逐艦艦長的職責同時包含了建立和摧毀。

雖然需要讓卡林一個人完全指揮，但現在還不急著離開艦橋。克勞斯留在這裡時，得壓低自己的存在感，若是有突發狀況還能及時處理。他走到艦間傳話系統，單耳聽著耳機，另一隻耳朵留給卡林，聽聽他下了哪些指令。卡林的表現很正常，下面海圖室提供他一條航線，他也下達了必要的舵令，速度升到二十節。

「喬治呼叫哈利，喬治呼叫迪奇，喬治呼叫老鷹。」克勞斯對著艦間傳話系統說，等對方都回應後，「我會從左側全速前進繞到前面，留意我一下，哈利。」

「是的，長官。」

克勞斯接著說：「我穿越船隊，看來還是沒逮到那艘潛艦，但可能也嚇得它不敢亂動。」

在卡斯科灣上反潛課的英國軍官，曾引用上一次戰爭中兩名陸軍步兵的小故事，他們脫掉身上衣服，放進一台新發明的除蝨子機器。

「怎麼會……」一人檢查完衣服後抱怨，「牠們都還活著。」

「是沒錯，」另一個說，「但我想牠們一定嚇壞了。」

通常——幾乎大多數時候——驅逐艦跟U型潛艦之間的纏鬥結果，只要能讓潛艦艦長或多或少受到震懾就夠了，重點不是造成多重的傷害。但就算為了要清除海裡的害蟲而大開殺戒，都不見得能有震懾效果。即使是曾差點命葬大海的潛艦艦長，也很難真的被威懾住，他們的集體精神根本接近瘋狂——加上鄧尼茨的鐵腕也會逼他們行動。

「我們這裡戰事正酣，長官。」艦間傳話系統裡說。

是否語帶責備？克勞斯聽著刺耳。有件事他比誰都敏感，就是在他麾下的艦長們，已經打了兩年半的仗，袖標卻只有兩粗一細❹；現在卻因緣際會得聽命一位袖標有三條粗線的美國人——在升職前，這個美國人連炮都沒開過。但是船隊必須出航，同盟軍也不得不湊出一支護衛艦隊，克勞斯碰巧是裡面官階較高的。幸好他們沒注意到還有其他事也讓克勞斯十分在意，也就是「適合留任現職」這句話——聽起來沒什麼大不了的。之前他曾兩次升遷受挫，到了一九四一年海軍擴編後，他才有機會升任指揮官。自己究竟是否真的是因適合、能力足以擔當大任而升職，一直是他心中極在意的事（雖然從外表上完全看不出來）。

艦長們只知道今天有兩次危急時刻，但指揮官卻消失在船隊後方。雖然他的抉擇都冒了相當程度的風險，基林也一肩挑起重責大任，盡可能讓船隊當下的處境更安全，但這些對其他艦長來說，並不那麼明顯。說不定已經有人在船上八卦他們的指揮官缺乏經驗，甚至出現更糟的言論。一想到這點就讓克勞斯痛苦萬分，同時感到氣憤。克勞斯本可大發脾氣，不過肩負的職責阻止了

❹ 袖標有兩粗一細的代表海軍少校；三條粗的則是中校。

他。不輕易發怒的，勝過勇士；治服己心的，強如取城。[42]他有責任保持冷靜，用平淡的語調說話，確保字字清晰，不帶情感痕跡。

「我在你後方六海里遠，」他說，「半個小時後會趕到。從左側全速前進。通話完畢。」

他懷著五味雜陳的情緒，轉身離開艦間傳話系統。那可能只是一句無心之言，但卻讓他十分惱火。

「卡林先生，我想……」克勞斯說，現在又有另一個理由讓他保持冰冷，「讓船再快個一兩節。試試它的能耐。」

「是的，長官。」

克勞斯飢渴交加，現在是個理想的空檔可以進食；他不知道最後送來的那壺咖啡現在如何，他只知道自己還沒有喝；之前那一壺又冰又冷。雖然現在很飢渴，卻沒有胃口；目前承受的勞累和壓力，讓食物對他來講不那麼美味，然而為了保持自己的狀態，他非吃不可。

「傳訊員！」

「是的，長官。」

「到上官廳[43]，我要一壺咖啡和一個三明治。不要洋蔥。記得提醒餐廳服務員，不然他一定會放。在那等他做好，然後親自帶過來。」

「是的，長官。」

如果沒洋蔥，下次再有同樣情況，就能知道到底有沒有油的味道。現在應該可以解手，目前沒什麼要緊的事。不，沒這必要，最好不要讓卡林一個人負全責。操舵手拿著紅色手電筒蜷在桌邊，埋頭寫著甲板日誌。以基林最近的航行資料來看，這日誌會做得很痛苦，機艙那裡也沒有每小時報告速度，但他還是勤奮地埋頭苦幹，沙沙沙地記錄著。現在船上鬧哄哄地，樓梯也傳來噹噹的聲響，克勞斯發現操舵手正趕忙完成手上的事，等著換班時間到來。一些人擠進操舵室。新的班次開始了。船隊又安全和平地航行了至少三十海里。

星期四・午夜更：2400-0400

「做得不錯，麥卡利斯特。」克勞斯說，此時舵手鬆了口氣。「幹得好。」

「謝謝你，長官。」

麥卡利斯特的操舵，讓基林能尾隨U型潛艦的軌跡直接追上它。

卡林在黑暗中向他行禮，並報告他可以下班了。交接固定的談話內容十分制式，但每個字都很重要。

「值更官奈史東先生已報到，長官。」卡林最後說道。

「謝謝你，卡林先生，很好。」

平淡的語調，基本上應該聽不出有任何情緒。

㊷ 出自聖經《箴言》第六十章。

㊸ 專供軍官吃飯、放鬆和進行公務的場所。

「艦長，您的咖啡來了。」

這聲音聽起來非常哀怨。傳訊員端著托盤爬了四段梯子，在海上顛簸的基林，樓梯上下擠滿要換班的人，操舵室裡也是，一如既往，只剩海圖桌上有位置放托盤。

「放在桌上。」克勞斯說，「操舵手，挪出點空間來。謝謝你，傳訊員。」

因為克勞斯剛好在這時刻交代他去拿咖啡，所以讓傳訊員在下面多值了十分鐘的班。傳訊員十分盡責；要是克勞斯有留意到這點的話，他會等到換完班再交代這項工作。克勞斯摘下右手的毛皮手套，把它夾在腋下，雖然手很冷，但仍然能動。

他在黑暗中摸索，倒了杯咖啡啜飲一口。雖然從上官廳到這裡要花一段時間，但仍燙得無法入口。香氣和咖啡味足以讓他開始流口水。他很想一口氣喝完那杯咖啡。克勞斯每天要喝八大杯咖啡，而且總覺得有點罪惡感。

在等咖啡變涼時，他咬了一口三明治。麵包夾著冷切牛肉跟美乃滋，沒有洋蔥，自己依然在黑暗中像餓狼一樣大快朵頤。十六小時沒休息了，他只吃了半個三明治。嘴裡的東西慢慢嚥下，克勞斯不捨地吸吮手上的美乃滋，然後開始喝咖啡。目前的確夠涼了——只比平常人能接受的咖啡溫度稍高一點——一口乾了它，喝光後又迫不及待地再倒一杯。啜了一口；基林前後顛簸得非常厲害，甲板變得十分傾斜，他也一時蹣跚而踉蹌了幾步，杯子依然抓得穩穩的。又要啜下一口時，基林嚴重晃了一下，咖啡潑濺到他鼻子上，咖啡從臉頰滴下，克勞斯毫不在意地喝完，並還想從壺中裡倒滿第三杯。但當然沒有——從來沒有過，就他猜想，壺裡應該只剩下不到一杯的量，他把壺裡的咖啡全倒入杯中。

很想再叫人拿一壺來，但克勞斯又把這想法壓下。他不想太過放縱自己；咖啡喝得差不多時，他變得十分自制。開始狼吞虎嚥前，他把餐巾從托盤上掀開，不知道丟到哪去了，不太可能在黑暗中找回來；自己的手帕被包裹在層層衣物裡，他只好趁沒人注意，用手背把嘴擦乾淨，然後再戴回手套。大口進食後，他精神變好，本來沮喪的心情一掃而空。然後，當他從桌邊走開時，他第一次意識到雙腳非常疲憊。不過克勞斯決定忽略，以前覺得疲倦時，都還能在甲板上再站十六個小時，在不斷的顛簸中保持平衡。在無盡的日日夜夜裡，他還背負著職責。

「螢幕上現在顯示些什麼？」他透過話筒問。

底下的人回報了目前方位和距離，雖然看不到船隊，但它現在在右舷橫梁半海里處，以及船艏正前方三海里處有一個光點。

「那是英國的護衛艦，長官。」

「很好。」

「螢幕上的光點顯示得不是很清楚，長官。光點也在閃動。」

「很好。」

用艦間傳話系統聯絡一下。

「喬治呼叫哈利，聽到請回答。」

「哈利呼叫喬治，我聽到了，訊號強度三。」

「我在方位080的位置上看到你了，你的雷達能看到我在什麼方位嗎？」

「是的，有看到，長官。方位262，距離三海里半。」

「很好。我會從你後方經過，並把速度降低，開啟聲納索敵。」

「是的，長官。」

他放下話筒。

「奈史東先生，下降到標準速度。開啟聲納。」

「是的，長官。」

「設定航線，從詹姆士和維克多的後方經過，並跟船隊保持安全距離。」

「是的，長官。」

克勞斯又一次感到雙腿疲累，他對此相當惱火，這時候可沒時間感到累。而且他還沮喪地意識到，雖然不久前才吃完一餐，但那陰鬱的情緒又開始蠢蠢欲動。他會知道，是因為他腦中浮現了伊芙琳。那痛苦的記憶，伊芙琳和她那黑髮、英俊年輕的聖地牙哥律師。在漆黑的大西洋夜晚，黑到看不見大海，不堪的往事浮現。伊芙琳愈來愈厭倦他是理所當然的——他真的很無趣。而且，克勞斯還會跟她爭辯——他不該這麼做，但每次一聽到她埋怨他時常待在船上，他就忍不住。她不會明白的——是克勞斯的錯，但卻無從辯解。一個夠聰明的男人，早就應該把他的情感和決心清楚傳達給對方。已經過三年了，至今回憶起來依舊苦澀。

光是回想，就彷彿又經歷一次那痛苦，「適合留任現職」——對他影響十分巨大的幾個字，對伊芙琳來講卻沒什麼意義。爭吵、爭吵，然後得知伊芙琳和律師的事後，感到椎心之痛。這痛苦沒有減弱過，它比克勞斯受過的任何身體傷痛還難受。婚姻持續了兩年，經歷一個月的幸福——十分「性」福。婚姻生活一開始時，伊芙琳還覺得自己老公很有趣，他每天早晚都會虔誠跪下禱告；不過後來還發現他不會把船上的瑣事雜務丟給別的執行官，沒辦法陪她參加派對，於是心生埋怨，影響了這段關係。

克勞斯想把這些回憶甩開。他沒發現這是典型的夜班意志，這幾個小時裡，人的活力會下降，午夜到凌晨四點，情緒會變得低潮，過去後悔的事和思念會湧上心頭，變得煩躁，現在他正困在當中掙扎著。以他來講，想到的就是那位黑髮律師，因為此人，克勞斯現在才會搭著軍艦在大西洋上疾航。到大西洋服役是他主動提出，因為不想在聖地牙哥的嘉拿多不小心撞見伊芙琳，或是聽到有關她的流言蜚語。同時也多虧了那黑髮律師，他才躲過和朋友一起死在珍珠港的命運。

這是個值得安慰的想法，但克勞斯並沒往這方向思考。某程度上，會有這種負面情緒，也是因為之前處在戰爭壓力下的關係。克勞斯跟許多優秀的士兵一樣，在戰鬥時熱血沸騰，感到強烈興奮；現在這種相對平靜的時候，之前的興奮退去，代價便開始浮現，此事對他特別難熬，因為這是克勞斯第一次體驗這種狀態。他被無盡的悲傷包圍，就像濃厚到無法穿透的黑夜，他站在艦橋上回想伊芙琳跟那律師，承受著極度的痛苦；祈求著不可能的願望，希望能用某種不可能的方式，讓他的婚姻回到過去，能再次純潔。聲納的乒乓聲，是他逝去幸福的輓歌。

「老鷹在艦間傳話系統上，長官。」說話的是奈史東，克勞斯走過去。

「老鷹呼叫喬治！老鷹呼叫喬治！」

十分急促的英國腔。

「喬治呼叫老鷹。聽到呼叫，請說。」

「我們這裡有探測反應，方位050。正在追它。」

「我會轉過去，距離多少？」

「非常遠。」

「很好。」

憂傷的感覺消失了，不但消失，而且還被遺忘，好似從來沒出現過。克勞斯通知海圖室，叫他們計算出航向。

「把船開過去，奈史東先生。」

「是的，長官。」

「迪奇呼叫喬治。迪奇呼叫喬治。」

正要轉到新航向時，艦間傳話系統叫住了他。

「我們也有探測反應，在遠處，方位097。而且雷達上也有一個光點，方位101，距離十二海里。」

「很好。」

「我協助完老鷹後就來幫你。」

「喬治！喬治！」艦間傳話系統中又有人呼叫，「這是哈利，有聽見嗎？」

「喬治呼叫哈利，我聽見了。」

「我們也有一個光點，距離十二海里，方位024。」

「很好。」除了「很好」外，還得說些什麼，「我會盡快派老鷹去協助你。」

這是一波新的攻擊，也許是潛艦群說好要在同一時間進攻，之前只是中場休息，此時的夜晚也是活力和警覺心降到最低的時刻。

「老鷹呼叫喬治，有探測反應，正在轉向，似乎正往你那邊過去。」

「很好。」

「聲納報告有探測反應，長官。遠方，方位090。」

「很好。」

非常接近正前方，沒有要改變航向的必要。

「老鷹呼叫喬治。有探測反應，我這裡的方位是271，距離一海里。」

「它在我們這裡的方位是090，距離很遠。」

「090，遠距離。是的，長官。我們調整航向去追它。」

「把航向改成085。」

「085，是的，長官。」

不這樣做的話，這距離不到兩海里的兩艘潛艦，會偷偷航向彼此。

「左舵，急轉，航向085。」

「左舵，急轉，目標航向085，長官。穩舵，航向085。」

「聲納報告，正前方有探測反應，距離不明。都卜勒分析，正快速接近。」

快速接近；就跟克勞斯預期的一樣，接到報告後，潛艦和基林幾乎是直奔對方。

「老鷹呼叫喬治。敵人仍在轉向，方位276，距離1500，我們正跟著轉向追過去。」

「我會維持目前航向一陣子。」

兩艘船隻在黑暗中結夥成行。潛艦轉向後，可能會以S形原路折返。問題是，到底是要攔截，還是要把它趕回到維克多那兒，也或許兩件事可以同時達成。除此之外，還得小心不要相撞，也不要讓彼此設備相互干擾。

「迪奇呼叫喬治！我正在攻擊。」

加拿大的口音傳來。

「很好。」

像是在耍雜耍，一次把三顆球丟向空中。

「聲納報告，有探測反應，方位087，距離一海里。沒有都卜勒效應。」

「聲納現在是誰在負責？」

「艾里斯，長官。」通訊員回答。

這是好消息，被干擾器騙的機會變小了。

「老鷹呼叫喬治。它好像又轉回頭了。」

「很好。我會繼續目前航向。」

「聲納報告，遠處聽到爆炸，長官。」

「很好。」

那是迪奇的深水炸彈。

「聲納報告，正前方有敵人，都卜勒顯示，正快速接近中。距離1500碼。」

「很好。喬治呼叫老鷹。它又對著我來了。保持警覺。」

「老鷹呼叫喬治，是的，長官。」

那英國人的語調平淡而且穩重，絲毫沒有新獵手的狂喜。

「老鷹呼叫喬治。我們在航向010。」

維克多正好在U型潛艦後方，要是它轉往右舷，就立刻去攔截。

「聲納報告，正前方有探測反應。有都卜勒效應，快速接近。距離1200碼。」

顯然，U型潛艦還沒發現基林的存在。可能所有注意力都放在躲避維克多上；也可能它的探測設備被維克多弄混亂了；也或許基林的聲納頻率和維克多的剛好一樣，彼此相互抵消。

「聲納報告有探測反應，長官。接近船艏正前方，沒有都卜勒效應，距離大約1100。」

「很好。」

U型潛艦現在一定發現基林了，並且正在思考要怎麼反應。

「聲納報告，船艏正前方發現反應。那是干擾器的氣泡，長官。距離1000。」

干擾器被艾里斯聽出來了，但這也遮蔽他聽出U型潛艦的蹤跡。

「聲納報告，有反應，方位092，距離1100碼。氣泡還在那裡。」

所以，U型潛艦很可能已經改變航向往左轉，這是它最好的機會。因為干擾器的關係，讓它能拉開距離——領先基林一步。

「右標準舵，航向100。喬治呼叫老鷹，敵人似乎左轉，還放了一個干擾器。我正在轉向，右轉航向100。」

「100，是的，長官。」

「聲納報告，左舷艄有點模糊，長官。」

因為基林也正在轉向，聲納會聽不清楚。

「老鷹呼叫喬治。我們只有發現干擾器，長官。沒有發現其他反應。」

「很好。」

基林和維克多之間有一艘潛艦，不過以它們愈來愈近的航向來看，在進入可視範圍之前最好快點轉向分開。

「聲納報告，方位085，有雜音，距離1200碼。聽起來像干擾氣泡。」

毫無疑問它就是氣泡，但仍不知道潛艦在搞什麼把戲。突然急遽地改變深度也會擾亂視聽。最好在目前航向堅持久一點，雖然基林跟維克多已經不往前次報告的潛艦位置前進。

「聲納報告，發現反應，方位080，距離1300碼，反應不強。」

轉得有點太過了。

「左舵，急轉，方位090，喬治呼叫老鷹。我正在往左舵轉，航向090。」

「航向090，是的，長官。」

「穩舵，航向090。」

「很好。」

「聲納報告，有微弱的額外反應，距離不確定，方位350。」

三百五？就在他橫梁處？

「喬治呼叫老鷹，你在我350的方位有測到什麼東西嗎？距離不確定。」

「我們試試，長官。350。」

這有點奇怪，但追獵著看不見的敵人，各種怪事都有可能發生。

「老鷹呼叫喬治！老鷹呼叫喬治！我們有發現反應，非常微弱。從我們這裡的方位是220。」

「那快點去追它。」

它也在維克多船艉橫梁處，往船隊螺旋槳的噪音靠近，這樣子會讓潛艦更安全。現在它幾乎脫離了驅逐艦的威脅。潛艦把他們兩個完全騙倒了，而且還不知道怎麼做到的。也許一次放了兩個干擾器，在它們間快速兜圈子，然後再潛到不同的深度逃脫。維克多的轉向幅度沒潛艦那麼大。就在它轉向遠離維克多船艉的時候，最好派維克多去追擊，不要讓它轉到外圍去。

「右標準舵，航向260。」

基林轉了個大彎，在海浪的拍擊下，搖搖晃晃彎彎曲曲地前進，繼續它的狩獵。驅逐艦追著微弱的反應，一圈一圈地轉著，在黑暗中還要小心不要撞到彼此。維克多追著潛艦離開了船隊；基林在它轉向時錯身而過，同樣地，維克多也在折返時避開基林，然後慢慢靠近敵人。維克多發射深水炸彈。基林也發射了，在大風呼嘯的夜裡發出轟隆聲，照亮了深不可測的水底，聲納被震聾，人們焦急地等著水底恢復平靜後才能再次搜索。兩艘船隻之間不斷互報航向和方位。轉了一個又一個的圈。這艘U型潛艦的艦長十分狡猾。基林毫不猶豫地轉向，往大浪撞去，海水越過乾舷高度，衝擊著艏樓。狩獵再狩獵，每一個微小的跡象都藏著重要的線索；克勞斯努力保持頭腦警覺，從模糊的資訊中快速做出判斷。詹姆士號和道奇號不時從側翼傳來消息，他們也在作戰，那邊的戰況也得納入計算。「左舵」、「右舵」突然重複下令——因為沒料到維克多的迴轉，本來的命令被取消。一場與死亡相關又耗盡精力的遊戲，但絕不無聊，每分每秒都緊張萬分。

「右標準舵。航向040。」

「右標準舵，航向——」

「聲納回報，有魚雷發射，長官。」

通訊員打斷了舵手依令操作的回報，操舵室裡的氣氛瞬間緊繃，本來的氣氛已經緊張得不能再緊張了。

「喬治呼叫老鷹。有魚雷。」

「我們也聽到了，長官。」

「穩舵，航向040。」操舵手說。操舵依然保持紀律。

魚雷；聲納聽到的方向，有根毒牙正在胡亂追咬敵人。

「聲納回報，魚雷聲音遠去。」通訊員說。

所以它並沒有瞄準基林。克勞斯也料到，他把潛艦怎麼轉向，距離多少的移動軌跡都記在心裡。

「老鷹呼叫喬治。我們正要轉開，」負責通訊的英國船員，聽起來比之前又更呆滯，「航向070、080。」

克勞斯凝視著黑暗。魚雷以五十節的速度射向維克多。再過五秒，那裡可能就會爆炸，變成一片火海。潛艦沒有像人們以為的那樣，頻繁地對驅逐艦發射魚雷。目標物太小，速度又快到難以捕捉，而且吃水也淺。也許德軍元帥鄧尼茨下了很嚴格的命令，要求每艘U型潛艦都要把艦上二十二枚魚雷對著滿是貨物的商船發射。

「聲納報告——」

「老鷹呼叫喬治。魚雷沒擊中，長官。」

「很好。」他也可以像英國人一樣，態度冷淡。不；最好不要這樣，還是試著建立溫暖一點的關係，「感謝上帝，你讓我捏了把冷汗。」

「喔，我們會自己應付的，長官。還是謝謝你的關心。」

在禮數上浪費了寶貴的幾秒。已沒多餘時間，現在有一艘U型潛艦想要突破獵捕圈。克勞斯抓緊時間先對舵手下完舵令，才回到艦間傳話系統上。

「我們要航向080。」

「080，是的，長官。我們會遠離，往右舷轉。」

維克多被逼得不得不轉向，繞著的圓被拉得更大，狩獵圈差點就封不起來——它讓潛艦有機會發射魚雷，也許對方想賭那萬分之一的擊中機會。有必要把圓再縮小，繼續狩獵，比賽繼續，就像之前，一艘驅逐艦圈出範圍，另一艘進去攔截；在夜裡激戰的兩艘船艦，不時透過錯綜複雜的移動攻守交換——和平時期的演習中，艦隊司令們都不曾考慮過這種拚命三郎的調動方式。左舵，右舵，深度為深的引爆模式，雷鳴、狂風和精神疲勞。而詹姆士在左側發射了照明彈，瞭望員回報，從那個方向聽到炮聲；道奇在右側開火，聲納也探測到遠方有爆炸聲，船隊在黑暗中穩穩地往東航行，眾志一心，在被保護的情況下，朝向那無盡的旅程。

星期四．晨更：0400-0800

基林轉往新航向，並在穩住船身時，奈史東開口。

「報告，換班時候已到，長官。」

午夜時段已經結束了；又走了三十海里。四個小時過去，注意力仍死撐著。

「很好。奈史東先生。趁機休息一下吧。」

「是的，長官。」

休息？這讓克勞斯再次意識到自己的腿正痛苦得不得了。肌肉不自覺地因緊張的關係綳得很僵。在他意識到後，關節也激烈地抗議。克勞斯僵著腳走到操舵室的艦長凳子。在海上，他從不坐那凳子，深信船長永遠不該坐下，這很可能是自我懈怠的表示，但這信念在當下的實際狀況中可能得放棄了。他本以為自己坐下時會發出痛苦的呻吟，但一張口發出的聲音卻是，「右標準舵，航向087。」

此時既已坐下放鬆，便突然湧現尿意；因為對自己的放縱，一坐下後，內心產生極度的渴望，很想往喉嚨裡倒進熱騰騰的咖啡。但基林很快就有探測反應的報告。準備開始讀秒。要讓疲憊的大腦能清晰思考，試著猜出U型潛艦艦長下一步的行動，然後拉近距離，摧毀對方。

「龐德先生！」

「第一組開火！第二組開火！K型炮，開火。」

又一次水底下的風火雷電，再次快速思考，得即時下達舵令。

「聲納報告，信號混亂，長官。」

「很好。哈伯特先生，請接替指揮。」

「是的，長官。」

他戴上提高夜視能力的紅色眼鏡去解手，那雙幾乎沒休息的腿，很難讓他在搖搖擺擺的船艦上下樓梯；等他待會回來時，雙手還得負責拉起他部分的體重，因為踩在橫檔上的雙腳，行動已十分遲緩。

短暫地離開艦橋，讓克勞斯有時間思考，除了當下正在追獵的敵人外，還有其他問題可以想。他在正準備要下樓梯前下了一道命令，等他回到操舵室後，剛好聽到該命令從廣播系統傳出。

「各單位注意，各單位注意，現在這個值班時段，不會有例行總動員警報，要是此時拉起總動員警報，表示真的進入緊急狀態。除非緊急情況，非值班人員會有四小時的完整休息時間。」

克勞斯很高興自己考慮到這細節，並及時下達指示。他一整天都在跟敵人糾纏，大部分時間把所有人員叫到戰備位置。通常在黎明前一小時，會拉起例行性的總動員警報，喚醒所有睡覺的人，但此時船員並不會像總動員本該有的樣子，進入備戰心理，好讓基林能隨時做出反應。二級警報已經夠耗精力的了。基林上設置了新的武器和儀器，所以多了一些相關人員，為了挪出那些人的生活空間，已讓它的起居容納撐到極限，而且以二級警報的要求來看，這艘船上並沒有足夠而且合格的低階水手——就算把人員補齊，克勞斯也不知道他們要在哪生活。因為缺少合格的低階水手，他得把所有船員分成四個班，而且要在二級警報狀態下，安排換班時間。克勞斯不想給下面的士兵增加額外負擔，想讓船員盡量休息。不過要是論及軍官，就非常幸運了，他們大多數值班四小時，休息八小時，但就算這樣，他們也沒必要進入總動員狀態。

那是克勞斯正要下樓梯時做出的決定，等再回到操舵室後，便會立刻接管船艦，處理眼前的其他問題。他象徵性地摘下紅色鏡片，把注意力從船內轉移到船隻外。

「聲納報告，有探測反應，距離不確定，方位約為231。」

「這是我離開後，第一次聲納有反應嗎，哈伯特先生？」

「是的，長官。」

「維克多在哪？」

哈伯特把位置告訴他了。此後的三分鐘內，情況就跟平常一樣，沒有意外的發展。

「我來指揮吧，哈伯特先生。」

「是的，長官。」

「右滿舵，航向162。」

「右滿舵，航向162，長官。」

他又回到了獵場。

「穩舵，航向162，長官。」

「老鷹呼叫喬治。我正在轉向，航向097。」

「很好。」

這場追逐戰已持續了三個小時。儘管他沒有打中潛艦，但至少讓它無法攻擊船隊；他們逼它遠離船隊側翼。三個小時的潛艦追獵並不算長；英國海軍有超過二十四小時的紀錄。與此同時，在水底下的潛艦也一直在消耗電池，而且大部分是以六節速度前進，而不是節電情況的三節，也不是一動也不動地浮著。雖然潛艦裡空氣一定足夠，但它的艦長現在一定為電池續航感到焦急，以最有可能的情況來講，第一次有探測反應時，它應該才下潛不久，帶著滿滿的空氣和滿滿的電力。

潛艦艦長的擔憂跟克勞斯相比，有過之而無不及，尤甚還得在躲避兩艘軍艦的同時，考慮到電力耗盡和深水炸彈。但若把敵人趕到側翼，會讓船隊前方門戶大開。以道奇和詹姆士不時抽空的回報中判斷，他們也忙得不可開交。被暗中潛行的敵人找到弱點只是遲早的問題。護衛這樣的大型船隊，只靠兩艘驅逐艦和兩艘護衛艦，根本難上加難，尤其敵方潛艦在他們的統率下，都帶著堅決的作戰意志。下一次再開火的空檔（當下這二十個小時的期間，克勞斯的強硬作戰風格，發射了不少深水炸彈和炮火，帶來不少這種零碎的空檔），克勞斯腦中浮現了理想的護航畫面——前方能多三艘護衛艦就好了，這樣他和維克多就能主動追獵敵人；還可以有兩艘去增援道奇跟詹姆士；再多一艘守在後面；要是還能多一艘就更好了，負責主動追獵。八艘負責護航，四艘負責驅逐，那就能很好地完成任務；還有空中支援——一想到空中支援，疲憊的克勞斯雙眼一亮。他曾聽說正在建造小型航空母艦；上面的飛機配備雷達，這會讓下面的潛艦狼群十分頭痛。只要美國、英國或加拿大一建造出來，那麼驅逐和護衛艦，就能配合小型航空母艦一起出航——報章雜誌都在報導這事；他預期上面會有新的部隊，然後差不多花一年左右的時間部署，船隊的保護便能更加滴水不漏。與此同時，他有責任用盡一切方式戰鬥並完成護航。每一個人的努力都不能白費。

「右滿舵，航向072。」克勞斯說，「喬治呼叫老鷹，你發動完攻擊後，我會行經你的後方航跡。」

克勞斯忘了要坐下，但雙腿記得。通話完畢，一退後雙腳便疼痛地在提醒他。他坐在凳子上，舒展雙腿。畢竟操舵室一片漆黑，不太會有人看到自己艦長這樣的懶散坐姿。他心裡面的想法有點複雜，雖然承認自己需要坐一下，但仍感良心不安，這會對紀律和團隊精神有不好的影響，克勞斯對底下的人十分嚴格，要是被看到這副德性，那船員們就有藉口了。

「船艉瞭望員回報，看到船隊裡有炮擊。」通訊員通報。

他立刻彈起來，連思考這是否是自我放縱的報應都來不及。就在那裡；一枚照明彈劃過夜空，在那底下，已有火焰燃起；現在又有一艘船的上層構造竄出紅色火光，照映出另一艘的剪影——一發魚雷當著他的面爆炸；這爆炸時間的間隔告訴他，這不是魚雷齊射的攻擊，而是有時間間隔地發射魚雷。一艘U型潛艦故意像在點名一樣，照著順序開火。

「聲納報告，有探測反應，方位077。」通訊員說。

基林跟維克多發現一艘潛艦；潛艦艦長若有一分鐘的不慎，不小心下達錯誤命令，那便意味著被毀滅。但在克勞斯身後，已有人在夜裡死去，被冷血地擊殺。他必須做出選擇，這是他經歷過最痛苦的時刻，比聽到伊芙琳的名字還要痛苦。他不得不看著這些人死去，無力回天。

「發射深水炸彈。」艦間傳話系統裡傳來聲音。

要是克勞斯放棄追殺眼前的敵人，他不能確定自己還有沒有辦法擊沉下一艘。這是他內心最沒把握的事，而且現在傷害已經造成。

「聲納回報，有反應但很模糊。」通訊員說——那是因為維克多正在發射深水炸彈。

他也許還有機會拯救一些生命——也許。考慮到黑夜的天色，和已經失序的船隊，那「也許」近乎不可能，反而會讓自己的船艦陷入危險。

「我要往左轉。」維克多說。

「很好。」

剛才攻擊的U型潛艦現在應該在填裝彈藥，短時間內不會再有攻勢。克勞斯發現自己居然為此有一絲安慰心態，便感到十分羞愧且惱火。就算燃起怒火，卻也依然躊躇不定，反而更是煩躁，情緒抓狂般地想爆發。能感受到內心的緊張在升高，克勞斯可能會失去耐性，開始殺個血紅；但二十四年來的紀律最終阻止了他。克勞斯發揮強大的自制力，可能是在安納波利斯那裡的學習，或是兒時被父親的關愛所影響，他強逼自己回復往常的冷靜，理性地思考。

「聲納報告，有探測反應，方位068。」

「左舵，急轉，航向064。喬治呼叫老鷹，我正在左轉攔截。」

他本該保護的人在身後死去。他該做的，就是快速精準地處理掉腦中的糾結，冷靜下令，然後匯整回報的資訊做計算，評估出U型潛艦的動向，就像他昨天那樣。他必須是一台不帶情感的機器，一台不知疲勞的機器。客觀冷靜，不受華盛頓和倫敦影響，不擔心別人怎麼看待他的失敗，以及往後的仕途。

「聲納報告，有探測反應，方位066，距離1000。」通訊員又說，「但聽起來像是氣泡，長官。」

如果只是個干擾氣泡，那U型潛艦會往哪個方向轉？又會潛多深？船隊裡死傷慘重，他靠專心思考去迴避這情勢，然後重新下達一連串舵令。

現在黑夜已沒那麼不可穿透。白色碎浪從側面已經可見，就算站在艦橋外側的露台，都看得到正前方的浪花。白晝從東方悄悄地出現，從黑到灰，一種難以言喻的緩慢過程；灰色的天空，灰色的海平面，還有一片灰白色的大海。一宿雖然有哭泣，早晨便必歡呼[44]。不，並沒有。諸天述說神的榮耀[45]。諸天？克勞斯注意到天光來臨，腦中浮現熟悉的詩句——以前在太平洋，還有加勒比海舊時光的記憶。現在他以一種苦澀又厭惡的心情回想起來，十分諷刺。側翼方位，狼藉又破碎的船隊，還有救生筏上的冰冷屍體，在無情的灰色天空下；這樣的痛苦會一直纏著他，直到他受不了為止——那將會是無止境的漫漫長路。他想大手一揮，甩開身上的職責，拋棄對上帝的責任。但克勞斯立刻從這想法中抽了出來。

「喬治呼叫老鷹。我會持續目前航向，保持警覺。」他聲音一如既往地平穩，發音精確。愚頑人心裡說：沒有神[46]。他也幾乎說了同樣的話；儘管仍挺得起肩膀，雙腳再怎麼痛，也還能走到艦間傳話系統那裡。

「有探測反應，方位064，距離1100碼。」

「很好。」

再次試著摧毀隱藏的敵人。而且不止一個；必要的話就算是幾十個、幾百個也行。當基林發動攻擊，通訊員也回報了距離，他現在有時間低頭禱告，願祢赦免我隱而未現的過錯[47]。

「設定爆炸深度深的引爆模式，龐德先生。」

「是的，長官。」

潛艦轉向了，沒能成功擊中對方；克勞斯再次下達新的舵令：並命令維克多去攔截它。我們行善，不可喪志[48]。

風還在颳，浪還在翻騰；基林也依然搖搖晃晃地航行，忽高忽低。克勞斯好似為了這場勝負，在強風中的甲板上平衡身體站了一百年。他眼睛已經適應黑暗，漸漸注意到操舵室內的東西，之前的幾個小時裡，除了看到一兩個刻度盤的閃爍和舵手的紅色信號燈外，什麼也看不到。現在他能看到了；破碎的窗戶，其中一扇還有清晰的彈孔，其他都是碎片；甲板上也是破碎的玻璃，還有被自己丟在地上的盤子、杯子及一張被踩髒的餐巾。

「哈伯特先生，把這裡整理乾淨。」

「是的，長官。」

---

44 出自聖經《詩篇》第三十章。
45 出自聖經《詩篇》第十九章。
46 出自聖經《詩篇》第十四章。
47 出自聖經《詩篇》第十九章。
48 出自聖經《加拉太書》第六章。

基林儀表板有個燈慢慢亮起，有點不尋常。船隻的上半部覆蓋了白色冰霜。支柱、支撐架、魚雷、救生艇，上面也全是冰霜。桅頂上的長旒旗[49]沒有隨風飄動，而是繞成凌亂的一團，凍結在繩索上。漫漫長夜裡不時通訊的維克多，現在也看得見了。我從前風聞有你，現在親眼看見你[50]。它上面同樣滿是雪白，印襯在灰色的船體。克勞斯可以親眼看到，維克多在話筒裡通報的轉向了。他必須依該航向做出相應的操作，不一樣的是，已能用肉眼加以輔助，確認其是否符合心中推算的三角函數和相對位置。

「左標準舵，航向060。」

現在可以確定就是白天了。昨天這個時候，才剛解除了例行的總動員警報。而今天他讓底下疲憊的船員休息。那只是昨天的事嗎？子彈穿過操舵室是昨天晚上發生的嗎？怎麼像是去年的事了。昨天這時候，他應該已經到甲板下，吃著培根和雞蛋，並替自己倒了咖啡。做了禱告，也洗了個澡。難以置信的幸福。這提醒了他，從那之後的二十四小時裡，除了三明治和幾杯咖啡外，他什麼也沒吃，所謂的幾杯咖啡，其實有的只有半杯。而且也幾乎一直站著，就像現在這樣。他拖著腳走到凳子前坐了下來，腿上放鬆的肌肉痛苦地在抽搐。口乾舌燥，同時感覺飢餓和想吐。他看著維克多移動；聽了通訊員的報告。

「長官，是否允許點吸菸燈[51]？」哈伯特問道。

克勞斯深陷在自己的思緒中，現在要從這泥沼中爬出來。

「批准。壓舵，穩舵直航。」

「各單位注意，各單位注意——」廣播開始擴音，宣告了他剛才批准的事。哈伯特嘴裡叼著一根菸，深深吸了一口，充滿他的肺，像是在吸天堂裡的空氣那樣。而克勞斯也知道，在船上的船員都點上了菸，正享受著吞雲吐霧的快樂；前一整晚都禁菸，考慮到他們正處於作戰關係，不管是火柴還是菸，都有可能被敵人看到。一陣菸味飄來，吸進他鼻孔，腦中突然閃過伊芙琳的身影。她抽菸但克勞斯則否——她有點不解，但對他居然不抽菸這回事覺得有趣。心思從甲板上回到以前住在嘉拿多的屋子，他對這件事特別有印象，第一次進到屋子裡就聞到空氣中有種微弱氣味，那是香菸混合伊芙琳常用的香水味。

「聲納回報，有探測反應，方位064，距離1100碼。」

U型潛艦的艦長又耍了他，克勞斯打算往左轉時，對方卻轉右。現在要兜一大圈才能抓得到他。克勞斯仔細地把舵令傳達給舵手後，也順便通知維克多最新資訊。

「傳訊員！問信號台，能不能看得到船隊了。」

要轉一大圈去抓潛艦的同時，還有一大堆事情要做，而且那潛艦還可能在第一時間先發制人。還要再轉一個彎；維克多的轉向不夠犀利，沒辦法對潛艦投以深水炸彈；但基林倒是有機會，除非那潛艦艦長又抓準時機做出正確指令——就像他一直以來的那樣。

「龐德先生，準備計算投彈時機。」

㊾ 軍艦上一面狹長而小的旗幟。
㊿ 出自聖經《約伯記》第四十二章。
51 以前為了在船上吸菸又要防止火災，只允許用船中間那盞燈點菸，後來變成一種習慣，燈亮的時候表示可以吸菸，滅的時候表示不能吸菸。

「是的，長官。」

「有探測反應，方位054，距離800碼。」

又錯失了；潛艦轉向半徑小的優勢救了它。差個十度就意味著能存活，U型潛艦只要發揮最大迴轉能力，就可以神奇地在兩艘船隻的獵捕中安全逃脫。

「老鷹！這裡是喬治。它在我左舷十度方位，距離800碼，轉向非常靈活。」

「這裡的潛艦探測器探測不到它的距離，但現在馬上追過去，長官。」

「很好。我會往右舷轉，通話結束。操舵手！右標準舵，航向095。」

「右標準舵，航向095，長官。」

傳訊員在他身邊等到可以報告的機會。

「信號台回報，可以看到船隊，長官，而且也有訊息傳來。很長的訊息，長官。」

「很好。」

通訊官道森的臉頰上有紅色的痕跡，看來是剛刮過鬍子，他手上拿了寫著訊息的手寫板。

「有什麼要事嗎，道森先生？」

「沒什麼特別重要的，長官。」感謝上帝，「只有兩則天氣預報，長官。」

天氣會更冷？暴風雪？大風？

「上面怎麼說的？」

「天氣會變暖，長官，晚上八點左右，風向由南轉西南，三級風。」

「謝謝你，道森先生。」

克勞斯走向通訊系統，下意識想到道森離開後應該會去上官廳吃早餐。有火腿、雞蛋，說不定會有蕎麥餅乾……還有咖啡，一大壺的咖啡。

「它又從另一邊迴轉了，長官，」艦間傳話系統傳來消息，「我們要往左舷轉，航向060，長官。」

「很好，跟著它。我會在你右舷艉。通話結束。右標準舵，航向125。」

「右標準舵，航向125，長官。穩舵，航向125。」

「很好。」

通訊官回報距離和方向的時候，克勞斯把它們記在腦子裡。就目前來講，基林不是主要追擊者，維克多接手了這樣的角色，而克勞斯正在讓基林做好準備，要是維克多也被甩開，那基林就要再次上場。現在是相對被動的角色，雖然隨時有可能交換位置——但比之前緊咬著U型潛艦時有更多的空閒時間。話雖如此，但也沒真的多多少，只是能夠看看信號台上面接到的訊息。就在他眼睛聚焦開始讀之前，也感覺不妙，胃部一陣緊縮。

船隊致護衛隊。夜間損失報告——

號誌員給他這張未完成的名單上出現了四個名字，像從紙上盯著他看一樣；又看到寫了目前船隊陣形大亂，所以可能無法列出所有損傷名單。卡德娜救了一些人。上面也說了，是為了保護船隊後方，才導致隊形亂掉。

生還者搜救機會評估……

「老鷹呼叫喬治！老鷹呼叫喬治！它還在轉。就要經過你的船艄了，長官。」

「很好。我要發動攻擊。」

克勞斯等著下面回報探測結果。他在腦中計算三角函數來推算方向，然後又想到了潛艦艦長。

「我會航向120，通話結束。左舵，急轉，航向120。」

下一次的回報，卻告訴他潛艦已往反方向掉頭。

「右舵——微角度。」

他本來打算下令往另一個航向，但突然改變心意，果然下次聲納回報，驗證了直覺的正確。

「壓舵！左舵！穩舵直航！」

「聲納回報，船艏正前方有探測反應，距離很近。」

靈機一動的直覺帶來了回報；他把這捉摸不定的傢伙抓到了眼前。這不是一次佯攻，而是配合對方假動作的雙重佯攻，他正弓步刺出花劍。

「龐德先生！」

「已經待命，長官。」

「聲納報告，沒有反應，長官。」

「第一組開火！」龐德說，「第二組開火！」

深水炸彈沉下去了，第一道發出深沉又轟隆巨響的水柱升起，漂亮的第一發。聲納雖然準確靈敏，但嚴重缺陷並不少。它無法知道潛艇的深度，而且只要比三百碼還近，聲納就會沒反應，就像現在，而且船速得控制在十二節以下、深水炸彈投放後又會有幾分鐘的時間無法使用。這會讓驅逐艦的艦長綁手綁腳，就像火力強大的鴨子獵人，手腕被掛上重物，無法靈敏移動，而且也不知道鴨子會飛多高，扣下扳機時還得閉上眼睛兩秒，開完火後再等半分鐘。

「右標準舵，航向210。」

聲納的缺陷應該從這幾個方向改善，從設計上讓它更健全；要發明一種炮或是投擲器，使深水炸彈可以對準正前方四百多碼投放，這應該不是難事——但考慮到驅逐艦的航行，爆炸時可能會炸到自己船底。

「很好。」

「穩舵，航向210。」

如雷鳴般的爆炸，像火山噴發般的水柱，卻沒有看到任何結果。不同炸彈深度的設定中，沒有一個是在二十碼深的深度爆炸。維克多正轉過來準備攻擊，信號台的傳訊員還在一旁。換克勞斯下場，現在有短暫的休息時間，讓疲憊的思緒轉移注意力，從對U型潛艦的惡戰，換去考慮整個船隊的利益；克勞斯可以再讀一遍那糟透的訊息，看可不可能救回更多生還者；幾個小時前本來有機會——那時魚雷發射沒多久，位置也在後方好幾海里處。如果有人搭上了救生筏，現在也應該被浪打翻到冰冷的海水中溺死。但要是有人漂在船隻殘骸上的話——不，就算是驅逐艦，回去搜救也得花一整天的時間，這還未考慮再返航後又會是多久。

「老鷹呼叫喬治。它在我們右舷艄十度，長官。」

「很好。跟在它後面。」

後面？他真希望能有多餘的軍艦去掩護船隊後方。名單上有四名失蹤者；在這二十四小時的戰鬥中，已有六艘船隻被擊沉。死了上百人。至於敵方，可能已經擊沉了一艘，而另一艘應該沒真的被擊沉。華盛頓會認為他這種行為是殘忍的，「用身邊友人的命換取敵人性命」的遊戲值得嗎？倫敦那裡會這麼想嗎？守在東邊洛里昂總部的鄧尼茨又會怎麼覺得呢？不管別人怎麼想，這樣真的划算嗎？就算是那時候；他仍是職責在身，不管戰爭中的選擇是否值得，他只能繼續戰鬥到底。

「老鷹呼叫喬治，現在發動攻擊。」

克勞斯疲憊的頭腦自動把通訊員回報的距離和方位記下來。槍炮官菲普勒上尉在一旁想找他——是有什麼事嗎？維克多第一枚深水炸彈爆炸了。

「右舵，微角度。壓舵！穩舵！」

基林船艏對準了被深水炸彈炸過的水域邊緣，如果情況允許的話，可以把握機會進行下一波攻擊。克勞斯手裡還拿著寫字板，風勢仍沒減弱的跡象，依然在洶湧的海面上颳著。他把寫字板還了回去。

「很好。」他說。對生還者的救援，已沒什麼可說的。克勞斯盡力了。這是耶和華所定的日子[52]。

「準備待命，龐德先生！」

「是的，長官。」

下一次回報的內容顯示，U型潛艦一如所料地轉向一邊。

「右標準舵。航向——320。」

克勞斯意識到自己的命令有點猶豫，並對自己充滿憤怒，怎麼還有時間猶豫。在下令轉向之前，他瞟了眼羅經複示器；一時的分心，讓自己沒法一下子投入戰事當中。

「聲納回報，沒有反應，長官。」

「很好。」

「第一組開火！」龐德說。

克勞斯現在轉向對著菲普勒。在深水炸彈發射到黑暗水中的幾秒，克勞斯會暫時抽空思考其他事情。看到炸彈爆炸或是潛艦被炸到的證據之前，不必對攻擊的結果抱有任何期待。

「好吧，菲普勒，有什麼事？」

「不知您是否方便，艦長，我必須向您報告我們深水炸彈的消耗情況。」

他舉手回應菲普勒的行禮。菲普勒的動作非常正式，這不是個好兆頭。

此時深水炸彈在他們身後爆炸。

「什麼情況？」

「已投射三十四組攻擊，長官。目前設定的彈著分布，一次需要三十八枚。」

過去的二十四小時裡，基林投了超過七噸的炸藥出去。

「所以？」

「我們還剩下六枚炸彈，長官。就這樣。上一個值班時段，我把放在船員宿舍裡備用的彈藥

---

52 出自聖經《詩篇》第一百一十八章。

也拿出來了。」

「我知道了。」

現在肩上的擔子又多了一個。沒有深水炸彈後的驅逐艦會像蛇一樣靈活，但卻像鴿子一樣無害。目前這一波已經投完，他不得不面對自己的船隻。

「右標準舵，航向050。」

只要再多一分鐘，到時候再看看該怎麼決定。要是在昨天，什麼作戰經驗都沒有的克勞斯會花好幾秒熱切地張望；但現在他知道，這期間其實什麼也做不了，會有差不多一分鐘的空檔。

「謝謝你，菲普勒。那我們必須更改彈著分布了。」

「這也是我想建議的，長官。」

剩六個深水炸彈？光是一天的戰鬥，就耗盡了幾乎所有的彈藥。很少有戰鬥會像這樣一次耗盡。然而，數學家已經算出在特定區域內深水炸彈的命中機率；區域的大小，還有深水炸彈數量都會交互影響。要是把投入的炸彈減半，那命中率跟原本的相比，就會只剩下四分之一。如果減少成三分之一，那命中率會再縮減至原本的九分之一。只有九分之一。但換個角度想，一發深水炸彈能達成的效果，會是心理層面的；當U型潛艦聽到後，會對它發揮威懾效果，然後它會開始竄逃，至少初期的欺敵是有用的。

最後一組發射完還沒過很久，那麼潛艦艦長應該還會害怕一段時間，希望他會怕。克勞斯回看右舷艉方向，之前被炸出來的泡泡正在消失。除了泡沫外沒看到其他東西。維克多還在盤旋，等著聲納探測反應。

考慮到之後的作戰方式，明天早上，他會有空軍幫助巡防。克勞斯看過所有分類指導手冊，還有在卡斯柯灣聽過的所有講習裡也都再三強調過，U型潛艦在有空軍護航的情況下，不願發動攻擊。天氣要變暖了，他希望能派空軍來掩護。此外，聽說這些可惡的潛艦，最近在大西洋東部，不太發動攻擊。機密文件中提到的沉船數量，也證明了此事。

「老鷹呼叫喬治！它又轉來我們這裡了，在我的右舷艄。距離大約1100。」

克勞斯用自己的眼睛測量了距離和方位。

「很好，立刻追上去，下一輪再換我。」

「是的，長官。」

「操舵手，右標準舵。航向095。」

克勞斯想把三枚深水炸彈的彈著分布排成一直線還有V字形，或是把四枚的排成一個菱形。他想起在卡斯柯灣的黑板，上面畫著代表方圓三百碼範圍內的大圓，再用小圓圈標示出「爆炸攻擊區域」，也畫出潛艦最可能所在的位置。從計算來講，四枚的效果遠優於三枚。

他在艦間傳話系統上又聽到了老鷹的回報，估算一下它的航向，並等著聲納探測反應，再下令基林往右舷方向轉。

過去的二十四小時裡，他毫不節制地發射深水炸彈，就像是初到城市的小伙子，隨便就把身上的硬幣花掉。回想以前的日子，那時他口袋空空，還可憐巴巴地在算自己錢夠不夠，不能買想要的東西，和藹的父親和微笑的母親，會各自偷偷把硬幣塞到他手裡；這些珍貴的硬幣，足以讓一家溫飽一餐。但現在沒有額外的彈藥庫可以補充消耗掉的深水炸彈。克勞斯用了一秒，把堆積在疲憊腦中的回憶甩掉。在這個冷風吹撫，令人陰鬱的操舵室裡，他卻感受到了加州陽光，聽著狗吠和風笛，嗅到家畜的氣味，嘴裡還嚐到棉花糖的甜——他知道那個站在愛著自己的父母中間的孩子，心裡充滿自信。而現在的他只有一個人。

「我們一次只發一枚，菲普勒先生。」他說，「攻擊時機要計算得非常精準。爆炸深度、目標最後航向的估計，還有它下潛的時間，都要考慮進去。」

「是的，長官。」

「確認發射站的水雷官，要執行勤務前有接獲指示。我沒空去確認。」

「是的，長官。」

「現在就去通知龐德先生。做得好，菲普勒先生。」

「謝謝你，長官。」

「右標準舵，航向287。」

這是最好的攔截路徑。

「喬治呼叫老鷹！我現在要進場了。」

只有一發的深水炸彈，無心去想潛艦會怎麼逃。如果它還沒被擊中的話，那就往它最可能在的地方發射。雖然不一定在這個位置，但這裡比其他地方機率高得多。此時單一炸彈的即時投放，攻擊時的態度非得更嚴謹不可。雖然一直以來都很緊繃；已沒辦法更嚴謹。克勞斯得有條不紊地做出清晰判斷，不帶感情地思考，已精疲力盡的他不但飢渴難耐，關節還痛得難忍，而且十分尿急。

該改變一下方法了；U型潛艦的艦長說不定已經習慣基林最近幾次的行動模式。

「喬治呼叫老鷹，這次我會直接過去攻擊。待在我左舷艄，等我過去後，往我後方移動。」

「是的，長官。」

星期四．上午更：0800-1200

他透過距離和之前的方位判斷，潛艦沒有機會往他這裡轉。現在突然意識到，不久前菲普勒跟他說話時，已經換班了。重複舵令的人不一樣了；操舵室那裡有人出去，有人進來。卡林又回來了，在等空檔時間報告換班；諾斯通訊用的話筒已放在嘴邊，隨時準備發射深水炸彈。他很高興看到卡林來了。

「很好，卡林先生。」

卡林已經睡了幾個小時，肚子也裝滿火腿和雞蛋，而且……他並不急著解手。

「有探測反應，方位282，近距離。」

一次好的攔截應該是在潛艦轉向的時候，盡可能計算出所有相關數值，然後新的航向和投彈時機得剛好和潛艦轉向的弧線切到。

「諾斯先生！」

諾斯正在算時機。

「第一組開火！」諾斯說。

單一發的深水炸彈，跟之前的攻擊相比，顯得有點格格不入。基林穩穩地在航向上航行。維克多來了，正在往左轉，跟基林的左舷擦肩而過，真的靠非常近，視線上變得非常快，本來只是船身的影子，現在變成整艘船所有細節都看得清清楚楚，上面覆蓋了一層冰霜，波蘭的軍旗在微風中輕快擺動，船上的長旒旗跟著飄揚；瞭望員也清楚可見，他們身上層層包裹著保暖衣，還有艦橋上的人也看得到——克勞斯不知道藏在船後面，負責和他通訊的英國軍官是哪一位。

「老鷹呼叫喬治。長官，我們看起來有像你們一樣冷嗎？」

看來，在跟潛艦作戰的同時還得不忘輕鬆一下。克勞斯得刺激一下疲累的大腦，找一些即興的玩笑話，但自己平常是個不苟言笑的人。順著學究的思路去想該怎麼回應，然後想到一句覺得有笑點的，利用地理詞彙來產生雙關語。

「喬治呼叫老鷹，你看起來像北波蘭人[53]。」

維克多一轉完，基林立刻往左舷彎過去，跟在它船艉後方。重新回到正事上。

「喬治呼叫老鷹，我要左轉。操舵手，左標準舵。航向000。」

他要反轉圓圈，轉了幾圈順時鐘後，現在要逆時鐘轉。但也許U型潛艦跟他想的也一樣。他走到左側艦橋外的露台，在滑溜危險的地上小心翼翼地走著，親眼看著維克多航行。現在方位變化太快，要是維克多突然有探測反應，再次改變航向，用肉眼會很難觀察出來。克勞斯又回到操舵室，就算那裡的窗戶破了，也仍比外面露台暖和。

「老鷹呼叫喬治，它在我們船艏右前方。」

他希望這對潛艦艦長是個驚喜……喔不，是驚嚇。才從上次攻擊脫身，結果一轉彎就碰到另一艘軍艦。真希望維克多上一波的攻擊已經讓潛艦損壞到無法航行。克勞斯看著深水炸彈爆炸；只有三枚，一個後方，然後船隻的兩側各一枚。維克多的彈著分布是V字形排列，第一發是對著預測潛艦所在位置發射，然後對著位置的兩側各發一枚，避免潛艦往左逃或右逃。

「喬治呼叫老鷹。我正轉向左舷，保持距離。」

「是的，長官。」

「左滿舵。航向069。」

基林往維克多航線劃出的圓心前進。

「有探測反應，方位079，距離很遠。」

看來潛艦在維克多攻擊後又迴轉了。等待聲納下次的回報，這樣可以判斷出更多資訊，現在先得把船艏對準目標。

「右舵，急轉航向079。」

「聲納回報，有探測反應，船艏正前方，距離遙遠。」

會是跟潛艦在同一條航向上嗎？是正在駛近，還是遠離？

「艦長呼叫聲納，有都卜勒效應嗎？」

「聲納顯示沒有，長官。」

「很好。」

---

53 老鷹的確是波蘭的軍艦，這裡的雙關語是說北波蘭的氣候很冷。

「聲納報告，正前方有探測反應，距離1500。」

克勞斯感到懷疑——難道那艘潛艦真的被維克多攻擊到無法航行了。不該期望會有這麼好的事，而聲納下一次的報告證實了克勞斯的懷疑。

「聲納報告，正前方有探測反應，距離1300碼，但聽起來像是氣泡，長官。」

沒錯。那艘U型潛艦好一段時間沒使用那個設備了。它放了個氣泡後，又往哪轉了？是在維克多發動攻擊之前還是之後放的？這純粹是機率問題，他開始分析現在的情況，考慮到維克多的位置，前方氣泡的距離，還有在潛艦艦長不清楚基林轉向前提下，得知維克多正對著他過去，會如何反應？這是基林在這麼長一段時間來，第一次往左舷方向轉。他有可能猜基林會往右，所以他就往左。那這樣他必定還得要再找機會往右轉。

「右舵，急轉，航向089。」

在舵手要複誦命令時，聲納又回報了。

「有探測反應，正前方，距離1100碼，還是聽起來像泡泡，長官。」

「喬治呼叫老鷹，它放了一個干擾器，我要往右舷轉，你來搜尋我左舷的區域。」

「是的，長官。」

潛艦替自己爭取了兩三分鐘，或是四五分鐘的喘息時間。

「聲納報告，有探測反應，是干擾器的氣泡，方位099，距離900碼。」

要是他能知道這玩意兒可以存在多久，那會有助他估算時間，但——他試著回想是否有聽過這方面的事——完全沒相關資料。

「聲納報告，沒有反應，長官。」

氣泡快沒了；干擾器停止釋放氣泡，它在被放置的地方上下起伏，一邊被泡泡的浮力往上帶，一邊被地心引力往下拉。最後地心引力勝了，那神秘的小東西沉入海底。

「聲納報告，沒有反應，長官。」

像池塘裡的漣漪一樣，每過一秒，「潛艦可能位置」的範圍也跟著擴大。

「喬治呼叫老鷹，我這裡沒有反應。」

「我們這裡也沒有，長官。」

也許維克多上一次的攻擊已經擊中它了，也許在放出干擾器後那潛艦就被深水炸彈擊沉了，所以才沒有半點蹤跡。不，不能置之不理。那潛艦還在附近逗留，而且懷著惡意，非常危險。但以基林十二節的速度來看，已經非常接近這潛艦最大可能的範圍邊界，不可能超過這個範圍，而維克多則在這範圍之外。

「左標準舵。舵手，讀出船艄方位。喬治呼叫老鷹，我正往左舷迴轉，你也往左舷轉。」

「是的，長官。潛艦探測器探測到了冷水層的回聲，長官。」

的確很有可能。也許潛艦艦長敏銳地發現外部水溫的讀數，注意到了溫度邊界層，這表示了冷水層的存在；他找到冷水層，分毫不差地隱身在那密度剛好夠厚的冷水層中，讓海裡呈現一片死寂。惟耶和華在他的聖殿中；全地的人都當在他面前肅敬靜默[54]——用這比喻真是褻瀆神明。

[54] 出自聖經《哈巴谷書》第二章。

「經過040，經過030，經過020。」

基林轉了一圈了，只花了幾秒，每一秒都很珍貴。在左舷艉，維克多轉的角度沒那麼犀利，它負責搜尋斜角方位的地方。

「經過340，經過330，經過320。」

現在維克多在基林的左舷艏；現在又跑到了右前方。

「聲納報告，沒有反應，長官。」

「很好。」

「經過280，經過270，經過260。」

「聲納報告，有發現回音，長官。沒有測到反應。」

「很好。」

維克多那裡也通知有聽到回音。這裡有不少冰水層，要是潛艦躲在裡面，那聲納波就會偏離方向。但也可能已經悄悄溜走了，航行了兩三海里，上面的船員正在嘲笑那兩艘驅逐艦，在永遠找不到的地方兜圈子。

「經過200，經過190，經過180。」

他們又要轉一圈了。這樣的搜尋是否有用？克勞斯會在晚上禱告前，用無情但精確的態度，重新檢視自己白天的行動。放棄搜尋是否代表軟弱、猶豫不決、過於輕率？他也注意到了自己的疲勞，是否會因此而影響了自己的判斷力？他想去洗手間，也想要吃點喝點什麼。是否要讓人類的這些弱點動搖決心？這是克勞斯唯一會的自我分析方法。內心像在觀察蠕動的蟲子般，審視著自己。那軟弱又罪惡的生物就是指揮官克勞斯；在誘惑前變得沒有骨氣，在目前這種容易犯錯的情況下，變得無法信任。但最後他還是不情願地得出了結論，那隻軟弱的生物這次是對的。

「經過120，經過110。」

「穩舵，航向080。」他下令，然後走到艦間傳話系統那裡，「我要往東去，趕到船隊前方。我的航向是080。」

「080，是的，長官。」

「巡完最後一次，就去保護脫隊的船隻。」

「保護脫隊的船隻，是的，長官。」

「穩舵，航向080，長官。」

「很好。」

他不記得追獵了多久，但至少有七個小時。現在他放棄了。心裡感到遺憾的同時也感到自我懷疑。一般情況來看，對潛艦的獵捕會在更早之前就取消了，但這並不能減輕他的挫敗感。往基林左側看過去，從船艏前方到橫梁、還有斜角方位的海平面上，船隊幾乎快看不到了。由於魚雷的襲擊，船隊在晚上時就散開了，形狀像煙囪冒出來的煙那樣，愈到後面愈淡。維克多會掩護脆弱的側邊，讓脫隊的船隻重新排好隊。克勞斯疲憊地走到凳子那，身體的重量沉在上面，大腿和小腿的肌肉，膝關節和髖關節都十分疼痛，就在剛坐下的幾秒內，隨著血液循環的恢復，痛得反而更劇烈。身體上的疲憊跟不適，分散了注意力，他不再感到失望和挫敗。幾個小時前，他跟詹姆士說會派維克多去協助；也告訴道奇，他會指揮基林去幫它。如此輕易給出承諾，這些承諾是有前提的──「只要時間趕得及的話」「在我協助完維克多之後」──完全沒想過這追逐戰會持續多久，以及最後的結果竟是一場空。他用艦間傳話系統聯絡了詹姆士和道奇，並挺直身體，專心聽取他們的報告。道奇在右舷艏方向七海里外──晚上的纏鬥把它帶到了那麼遠的地方──在敵人跑掉之後，目前正在回到陣隊位置的路上。透過雙筒望遠鏡看過去還能看得到，朦朧的海平面上有一個確實的小黑點。詹姆士在船隊的左側，看不到，但很靠近它護衛的位置。

「請稍候一下，長官。」艦間傳話系統裡說道，透過這麼遠的距離，聽到這樣的措辭，覺得奇怪，尤其對方還講得一口標準的英語。

聽在克勞斯的耳裡感到格外突出。

「這裡是羅德少校，長官。」

「早安，艦長。」這麼正式，往往代表有不好的事情發生。

「等到我們進入視線範圍後，有事要跟您報告，長官。想先在這裡提醒您一下。」

「你不能現在就講嗎？」克勞斯問。

「不行，長官。傑瑞的聲音不止一次出現在這頻道上。他是個沒有位階的水手，會講英語，不時還會粗魯插嘴，我不希望他聽到我報告的內容。」

「好吧，艦長，我會等候您的報告。」

當然，它可能不是什麼好消息。燃料消耗問題幾乎是一定會有；深水炸彈不夠的可能性也很大；但此時他有更重要的私人問題要解決，他想下去上廁所，這件事已經延遲了好幾個小時，現在想到了，連半分鐘都不能延。此時查理・柯爾正進入操舵室。

「等我一下，查理，」克勞斯說，「請接替指揮，卡林先生。」

「是的，長官。」

他身子十分沉重地走下階梯。一得知柯爾在艦橋上就感到欣慰，連指揮權都放心交給了卡林。克勞斯再次沉重地踩著階梯而下。他本該對這艘船瞭若指掌，但此刻卻感到陌生。所有他熟知的景象、聲音、氣味，似乎都成了威脅，就像一艘小船在狹小未知的礁石水域裡緩慢航行。他在艦橋上待太久了，過分專注讓這個世界變得不怎麼真實；但他必須把真實拋諸腦後，以免干擾自己連續不間斷的思考。

爬到樓梯最後一階，耗費克勞斯不少體力，柯爾還在艦橋上等他，爬完後，他不顧形象地癱坐在凳子上。

「我點了些東西給你吃，長官。我想你應該沒空到上官廳。」

「是沒有。」克勞斯說。他的頭腦仍十分忙碌，盡可能蒐集所有細節，讓自己下令時保持很高的效率。他看著柯爾，那張曬黑的臉顯得有些疲勞。

臉頰也長滿了鬍碴，這並不尋常，因為柯爾向來對自己儀容十分在意。

「你整晚都在海圖室。」克勞斯語帶責備。

「大部分是，長官。」

「你自己吃過了嗎？」

「沒吃很多，長官。我正要去吃。」

「你最好快點去，我要你好好吃頓早餐，查理。」

「是的，長官。我會先繞到船艉看一下——」

「不，我不要你這樣，查理。我要你好好吃頓早餐，至少要吃兩個小時以上。這是命令，查理。」

「是的，長官。」

「至少兩個小時，很好，查理。」

「是的，長官。」

查理．柯爾的行禮遲疑了半秒。他不想把自己的艦長留在艦橋上；克勞斯現在臉色蒼白、兩頰凹陷，睜著圓眼。但是命令一旦下達，就沒有爭論的空間。海軍紀律讓他們的關係處在僵硬的下令與服從當中，而迫在眉梢的戰況只是讓它變得更嚴格。基林正面對敵人，本該在艦橋上的克勞斯，怎麼可以離開崗位。海軍法規和美國聯邦海軍條約對此規定得相當明確。當然規定是死的，但總是有各種光怪陸離的方式可以去做。克勞斯可以把船醫叫到艦橋上，開出不適合執行任務的證明，然後自己就能離開崗位休息一下。但也只有瘋了的軍官才會願意接受這樣的屈辱，尤其是像克勞斯這種嚴以律己，自願扛起重責大任的人更不可能。當然，克勞斯從沒有過類似的念頭。這是一種失職的行為，根本不應該存在。

來了一位傳訊員，手上拿著托盤。

「有執行官叫我先把這個拿來，不用等其他餐點備好，長官。」他說。

一定是咖啡；還有他從來不加的奶精跟糖也不可避免地放在一旁，他就像加拉哈德看到聖杯一樣[55]。克勞斯扯下手套，抓住了它。麻木的手，微微顫抖地把咖啡倒出。然後把它一飲而盡，又再倒了一杯。溫暖的咖啡滑落喉嚨，他意識到自己身體相當冷；不盡然是身體的冷，而是一種麻木，徹底地麻木，好像再也沒有東西能讓他暖起來的那種麻木。

「再給我一壺。」他把東西放回盤子上說道。

「是的，長官。」

那傳訊員轉身離去，菲律賓籍的服務生同時出現，也端著一個托盤站在剛才傳訊員的位置，盤子上蓋了一張餐巾布，看它隆起的高度，下面應該放了不少東西。克勞斯掀開布的時候，像是看到了神蹟，培根、雞蛋、火腿配馬鈴薯泥！烤吐司、果醬，以及更多的咖啡！查理．柯爾真是個好人，一個了不起的人。克勞斯呆坐在凳子上，看著眼前不可思議的景象，想著該在哪裡用餐，這時更顯得他的雙腿早已疲憊不堪。他坐著的凳子太高，他沒辦法用膝蓋撐著盤子在上面吃；或者可以把盤子放在桌上站著吃。克勞斯猶豫了一會兒才下決定。

「放在桌上。」他說，然後跛著腳走在服務員後。

但當他面對餐盤時，又喃喃地猶豫了。好像突然不餓了一樣；差點叫服務生把餐盤端走。不過他吃下第一口後，那感覺便消失了。克勞斯狼吞虎嚥，寒風從破掉的窗戶吹進來。他站在晃個不停的甲板上，此時要吃煎蛋是最不容易的，但他並不在意，就讓蛋黃汁液滴在羊皮大衣上。用勺子拚命地把馬鈴薯泥往嘴裡鏟。一把還沾有蛋汁的刀，在吐司上塗果醬。最後用剩下一小口的

---

[55] 加拉哈德是英國中世紀亞瑟王朝時，負責尋找聖杯的騎士。

吐司把盤子擦拭一遍，順便一起吃下肚。接著又喝了第三杯咖啡，已不像前兩杯那樣牛飲，變得悠閒許多，像個真正咖啡成癮的人那樣慢慢品嚐，心裡感到高興，因為他知道還有第四杯可以喝。此時就算想起自己仍職責在身，那種高興也沒被破壞。他低下頭一會兒。

「主啊，感謝祢的仁慈——」

曾經有位善良體貼的父親。克勞斯在這回憶中是幸福的；父親雖然對自己要求像聖徒般嚴格，但總是能微笑地原諒那調皮的小男孩。克勞斯不會因忘了餐前禱告而產生罪惡感，他是吃完後才補的。這是可以被諒解的。因為那字句是叫人死，聖靈是叫人活[56]。對克勞斯最嚴厲的判官就是他自己，最害怕的人也是他自己，但這位判官從未因克勞斯少做了什麼儀式而責怪他。

他喝完第三杯，倒了第四杯，然後把咖啡壺放在托盤上，轉身看到一旁傳訊員又端來一壺。這一定是在餐盤端來前，事先吩咐好的，但考慮到真把它全喝完的後果，克勞斯止住了。

「現在不用了。」他環顧四周，看有誰可以幫忙，「卡林先生，你要喝杯咖啡嗎？」

「我應該會需要，長官。」

卡林在寒冷的艦橋上待了兩個小時。他替自己倒了一杯，果不其然，他是那種會加奶精和砂糖的人。

「謝謝你，長官。」卡林啜了一口。

當下那幸福的狀態，克勞斯本可以安心和他相視而笑。閃、閃、閃，他從眼角看到一盞信號燈，在北方的海平面有東西閃著。是詹姆士，之前就報告過，說到了視線範圍內會再跟他回報情況；趁著還有心情，他把第四杯咖啡一飲而盡。重新戴上手套，保護那冰冷的手，叫服務員把盤子撤下，然後又跛行回到凳子上。這頓餐點減輕他一些疲勞，他馬上坐好，免得又產生不必要的勞累。整整一天的戰鬥，讓克勞斯變得像個老兵。

才剛坐下，信號橋就把解讀完的訊息傳給他。

詹姆士致護衛隊。歸因於昨晚夜裡的行動……

果然如克勞斯所料，詹姆士的燃油存量已經十分危急。剩下不到九枚深水炸彈。快速航行一天或是戰鬥半個小時，都會顯得捉襟見肘。這封訊息只是點出這赤裸裸的事實；沒有提出自己的意見，唯一的意見，就是它的開場白。要是他現在讓詹姆士離開隊伍，還能用省油的航行方式抵達倫敦德里。不過硬要把它留在隊伍裡就難講了。克勞斯想像著沒有防備能力的船隻，漂浮在愛爾蘭北部的海岸，會引來多少敵人——只會多不會少——從空中、水裡或是水面都有。而且要是留在護衛隊裡，還是有價值在。仍有炮可用，但也只能攻擊浮到水面的潛艦。九枚深水炸彈，只要在正確的時機點，單獨一枚一枚投下，還是能讓潛艦不敢輕舉妄動，安全個幾小時。聲納也還堪用，可以引導基林或維克多進攻；光是讓潛艦聽到乒乒乒的聲音就可以產生威懾。

要是能撐過今晚，說不定明天會有空中掩護，到時要把它拖著航行也不是問題——可以請一艘商船幫忙。他計算著各種利弊得失。詹姆士艦長請求指揮官留意自己船隻的狀況，此舉動完全正確；要是他不這樣做的話，就是疏忽。現在它是克勞斯的責任了。他拿起寫字板和鉛筆，開始

56 出自聖經《哥林多後書》第二章。

寫下回覆訊息。雖然他喝下的咖啡很熱，但帶來的溫暖也只夠讓手把字寫清楚。

護衛隊指揮官致詹姆士。請最大限度地節約燃油和彈藥。

一旦決定方針後，接下來該怎麼辦就容易多了。最好還是加幾句鼓勵的話；奇怪的是，他有辦法留意和處理各項細節，但面對人事卻又頑固得像驢一樣，對提出請求會感到彆扭。他寫下了：我們不能失去詹姆士號，然後又想了想，用三條槓劃掉，確保它不會傳送出去。這樣寫並沒有錯，但過度敏感地解讀，會認為這是一種暗示。以為要解除護送職務；當然，要是克勞斯自己收到這種訊息，並不會覺得它在暗示什麼。可是克勞斯不想傷害任何人的感情，除非它在戰鬥中會有類似激勵般正向的效果，但傷害詹姆士艦長的感情，在此來看絕非好事。他拿著鉛筆在海上保持身體平衡，想著該怎麼措辭。

一點靈感都沒有。因為頭腦拒絕去想更好的詞語，所以他寫下的是：

祝你好運。

正要把它交給傳訊員時，又想到一句：

我們都很需要。

這會緩和冷冰冰的官方措辭。克勞斯在認知上也知道，人總是需要點溫度，雖然他自認自己並不需要。就算上級口氣很差地對他下令，他也會赴湯蹈火執行，不會因為措辭不禮貌而生氣。現在他倒是對詹姆士艦長有種微微的嫉妒：除了盡力和服從外，不用做其他事，不用背負責任。克勞斯把寫字板交給傳訊員。你務要至死忠心[57]——他差點就把它唸出口了。傳訊員看到他張口欲言的樣子，愣著不動，等看看是不是有其他指示。

「送去信號台。」克勞斯厲聲地說。

「是的，長官。」

隨著傳訊員離去，克勞斯有一種奇怪的感覺。此刻他並沒有被逼著做任何事。這超過二十四個小時以來，第一次沒有什麼迫在眉梢的東西要處理。到是有累積成堆的小事情，他可以選擇要先做哪件。他處在疲憊的精神狀態，發現有種奇怪的感受，自己好像在夢中一樣——但不是惡夢——克勞斯在想著這新奇的體驗。

就算卡林跑來行禮，也沒讓他從這夢的感覺醒來。

「下次改道在五分鐘後，長官。」卡林說。

「很好。」

這是一次例行的轉向，卡林只是按照克勞斯規定提前回報。不用克勞斯煩心，船隊自己知道要轉。但也許——也許他應該要干預。隊伍混亂不堪，轉向只會讓它變得更亂。不轉也許還比較好。克勞斯在內心想著要怎麼下令給船隊的內容，「取消轉向，保持目前航道」，不！還是讓它轉，船隊的人預期要轉向，要是沒轉，可能會困惑。而且下一次例行性轉向時，一定會產生混亂，會不知道這次該轉左還是右，是否要執行上次沒執行的內容，還是跳過執行下一個，「不要朝令夕改」，在安納波利斯的課上已不止一次提過，二十年的服役過程，不下十次的驗證，說明了它的真實性，他會讓例行公事繼續。

---

[57] 出自聖經《啟示錄》第二章。

「准將已發出改變航向的信號。」卡林說。

「很好。」

那是什麼？好像有些東西不一樣了。在黯淡的操舵室裡，出現一道不真實的光芒。早晨灰濛濛的景象居然在消退，太難以置信了。在右舷橫梁處的天空，有一輪慘白的太陽，感覺很像月亮，但太陽到哪裡都是太陽，只是被高空薄雲遮住。有五秒鐘的時間，它照射出太陽應有的光亮，甲板上終於有東西能投射出微弱的陰影。陰影持續了一陣，船隻也在這期間隨著浪起伏了一次，讓這影子從左舷移到右舷，然後又慢慢消失；天空蒼白的圓盤又消失在雲層後面。美好的陽光，能夠親眼見到真是太好了。

「執行轉向，長官。」卡林說。

「很好。」

克勞斯聽著舵手重複下達舵令。下一刻，他似乎感到自己在下墜，從凳子上摔了下來，身子往前晃過去，落入無盡的深淵，像在惡夢裡一樣。但他實際上只落下超過一兩吋，便馬上抬起身子。這不是錯覺，克勞斯是真的睡著了，差點從凳子上摔下來。他挺直身子，對自己的行為感到震驚。好睡覺的，必穿破爛衣服[58]。他竟然不知不覺讓自己睡著了，真是丟臉。這輩子從來沒這樣過。在昨天進入例行總動員前，他好好地睡了兩個小時，從那時算起已經有三十個小時沒睡了。這也不是他打瞌睡的藉口。克勞斯已有了警覺，現在發現要克服的「另一種敵人」及其陰險之處。不能讓這事情再次發生。他從凳子上下來，站直身體。腿部肌肉的抗議跟痛苦會使自己保持清醒，腳已經很痛了，現在又要站著。腳上的鞋子對他來講似乎太緊了，腳像在一夜之間大了一點。很想把它脫掉——這雙鞋已經不知道陪自己多少歲月——然後到艦長船艙拿拖鞋來穿。才剛冒出這念頭就被他甩開。艦長應該要樹立榜樣，不該在執勤時穿著拖鞋出現；不管是身體還是道德上的放縱，都是一種危險的行為，得好好檢討——剛才的事就是一例，坐在凳子上最後差點睡著。要是他站得再久一點，等腳麻了，就不會感覺痛了。

「卡林先生，我們最好往120航向走，然後再繞到船隊前方守護。」

「120，是的，長官。」

幾分鐘前，聲納的乒乒乒單調得像搖籃曲，讓克勞斯陷入昏迷。現在它變成一種提醒，告訴自己肩上仍背負的職責。我不容我的眼睛睡覺，也不容我的眼目打盹[59]。他的眼睛沒有乾澀，也沒有腫脹，要張開眼皮一點也不費勁。是那頓餐點造成的，吃飽就會想睡，又驗證自我放縱的危險。

身旁傳聲筒鈴響，他把剛才的事拋到腦後。大步走到話筒邊時，腳並沒有感到疼痛。

「這裡是艦長。」

「艦長，長官。雷達上出現一個光點。至少我判斷是有，長官。這螢幕顯示得很不清楚。方位092，距離九海里，長官。它現在又不見了。不是很確定，長官。」

是要轉向過去，還是維持航向？他們現在剛好在那光點跟船隊之間，最好穩舵直航。

---

58 出自聖經《箴言》第二十三章。
59 出自聖經《詩篇》第一百三十二章。

「我想它又開始閃了，長官。真希望我有辦法確認。」

這台雷達並不是什麼瑕疵品，它跟其他所有雷達一樣，只要連續運作好幾天後就會開始出現小毛病。關於那個距離——克勞斯知道那是怎麼回事，他在腦中自動把它開根號，再乘以一個常數——一艘潛艦會讓自己調整到很難被雷達掃到的方向。但總之目前這航向在接下來的幾分鐘內仍是有利的。

「那光點在道奇的什麼方位？」他透過傳聲筒問下面的人。克勞斯可以心算出一個近似值，然後依照那數字行動，但現在時間還很充裕。

「070，距離十三海里半，長官。」海圖室的人回答。

那艘小船的雷達搭得沒有像基林這麼高；沒有辦法探測到那光點，也沒辦法做交互對照。

「很好。」他說，「如果那個光點真的是敵人，長官。」下面的人說，「那它方向和距離都沒改變。大概真的是螢幕問題。」

「很好。」

可能是雷達的毛病。他又走到艦橋的右側，看了看斜角處。船隊裡冒出一大串濃煙。這就是為了趕回隊伍，再多出一兩節速度的結果。隨著風勢減弱，這濃煙上升得比昨天更高，讓五十海里外的敵人知道這裡有一隊船隊。要是潛水艇迂迴前進的話，那麼它就很容易被基林搜到，能直接知道潛艦的方位跟距離。但要是船隊自己就對雷達範圍之外的敵人宣告了位置，那要雷達還有什麼用？

克勞斯自問自答，並沒有什麼負面的情緒。他已經超越那個階段了，就像超越了新手獵人的狂喜一樣。經過昨天的洗禮已經成長。童年良好的教育；安納波利斯的精良訓練；長期海上經驗，都比不上二十四小時和敵人的搏鬥。他注意到自己放在欄杆的手套上沾了一層薄冰，欄杆最低處有一排水滴落。氣候正快速變暖，冰正在融解。長旒旗也解凍了，開始在空中飄揚。他內心平和，就算在大炮距離不遠處躲著一艘潛水艇也處變不驚；跟昨天第一次發現敵人的興奮程度形成鮮明對比，這不是因為疲勞而變得麻木。

操舵室裡，傳聲筒鈴聲再次響起。

「我沒再看到那光點了，長官。」

「很好。」

他們繼續搖搖晃晃，斜斜地經過船隊前面。道奇在右舷方向，清晰可見。

「批准請求。」卡林正對著話筒說。他看到克勞斯在旁疑惑地看向自己，於是解釋說：「我剛才批准了更換轉向鋼索，長官。」

「很好。」

克勞斯把這類普通決定權下放給值更官，所以卡林可以越過艦長下達這些命令。但如果在雷達範圍外剛好有艘潛艦，這麼做就不會是個好時機。可是這類維護每天都應該要做，加上目前也沒真的發現敵人。

卡林盡責地下達命令是值得讚許的；可能過去二十四小時裡，他也有所成長。基林目前位置很容易看到船隊右舷處的船隻；現在能見度是九海里。克勞斯拿著雙筒望遠鏡，看到各式各樣的油漆和船體設計，還有很多船隻落後；再往它們後方看，還可以看得到維克多獨特的前桅，它正受命守護後方的落單羊群。在它們慢慢集中的時候保護安全。

看完後，克勞斯滿意地下了命令。

「該回去陣隊位置了，卡林先生。」他說。

「是的，長官。」

克勞斯裝作沒有留意；但他其實一直在觀察卡林。

「左標準舵，航向060。」卡林說。

這不是個嚴格的測試，讓基林橫越船隊前方，再回到陣隊位置，卡林明快的反應，通過了這個測試。要是海軍還是像現在一樣，以驚人的速度擴張。那麼只要卡林能存活下來，他有機會在六個月後開始指揮一艘驅逐艦投入戰鬥。

「穩舵，航向060。」舵手重複。

克勞斯突然想小解，喝完四杯咖啡後也過了一小時了。

「潛望鏡！潛望鏡！」右舷瞭望員大喊，「在右舷橫梁！」

克勞斯衝了出來，用望遠鏡在右舷橫梁的海域掃視。

「還在那裡，長官！」

瞭望員激動地指著那裡，同時也用雙筒望遠鏡望過去。

「099！三到四海里！」

克勞斯慢慢地把搜尋區域往外移，那望遠鏡8字形的觀看範圍，離船隻愈來愈遠。他看到了——然後又沒看到——現在又看到了，他在搖晃的船上保持平衡。一根細長灰色的圓柱體滑過水面，底部一道白色的波紋，像帶著滿是惡意的毒蛇。

「右滿舵！」他吼道，但同時突然有個奇想，「撤銷命令！穩舵直航！」

卡林站在他身邊。

「確認那是哪個方位！」克勞斯拍了他的肩膀。

那潛望鏡像是帶著自信的嘲笑般，慢慢地沉進水裡。經風一吹，便歸無有；他的原處也不再認識他[60]。

「160，長官。」卡林說，然後又老實地表示，「我不是很確定，長官。」

「很好。」

克勞斯透過望遠鏡凝視著。他想確定它不會又立即出現，不會想再升上來多看幾眼；克勞斯在心裡慢慢數到二十。

「你來指揮，卡林先生。」他說，「讓船航向170。」

「170，是的，長官。」

在這期間內，潛望鏡已經看到基林和自己是往反方向走。克勞斯馬上撤除舵令，是想讓潛艦以為自己沒被發現。就潛水艇的角度來看：基林仍平靜地航行在沒有威脅性的區域；可能還不知道自己的無知，竊喜著想從基林和道奇之間神不知鬼不覺地溜過去，成功後就能毫無障礙地隨意對船隊側面發射魚雷。

[60] 出自聖經《詩篇》第一百零三章。

「喬治呼叫迪奇！喬治呼叫迪奇！」克勞斯對著艦間傳話系統說，「有聽到嗎？」

「迪奇呼叫喬治。我聽到了，訊號強度四。」

「我一分鐘前看到一個潛望鏡，離我有三四海里，方位大約160。」

「三到四海里，160，是的，長官。」帶著加拿大腔調的人平和地說。

「它似乎正朝著270的方向，往船隊側翼前進。」

「270，是的，長官。」

「我現在要前往170方向去攔截。」

「170，是的，長官。這裡是艦長，長官。」

話筒突然換了一個聲音，語調較為刺耳。

「現在說話的是康普敦—克洛斯。」這位加拿大艦長的名字，寫法上有個罕見的連字號，「我執勤的軍官收到您的資料了，長官。我正要轉向020去攔截。」

「很好。」

從克勞斯站著的地方，可以看到那艘小船在轉向的過程中，上層構造的剪影在變窄。克勞斯在想，不知道直接航向剛才看到潛艦的位置，會不會更有利？康普敦—克洛斯顯然覺得用攔截的會更安全，他很可能是對的。首要目標是把潛艦趕走；摧毀潛艦也很重要，但不是唯一目標。尤其是——克勞斯早料到康普敦—克洛斯要講什麼。

「如果我們就定戰鬥位置，長官，」康普敦—克洛斯說，「我一次只能發射一枚深水炸彈，我的存量不足。」

「我的也是。」克勞斯說。

之前那綁手綁腳的閉眼獵人比喻又更進一步了。現在一次只能發一枚深水炸彈，就像那獵人因為之前的限制，現在只得放棄使用霰彈槍，而換成來福槍——一種單發的滑膛槍。

「我們得把它趕出去。」克勞斯說，「在船隊通過前不要讓它有機會浮上來。」

「是的，長官。中午的燃料狀況等下就會跟您報告了。」

「情況很糟嗎？」克勞斯問。

「是需要留意的地步，長官，但我想還不到很糟。」

凡任何事聽到「需要留意」，都只是客氣說法。

「很好，艦長。」克勞斯說。

此時他意識到他們的對話有多麼不切實際，這兩艘軍艦正朝著一艘躲起來的潛艦前進，結果他們還若無其事地談一些無關緊要的瑣事。像是兩個銀行家在討論貨幣市場的狀況，不像兩個正要提槍開炮的軍人。痛苦的現實被推得太遠就會變成虛幻；沒什麼能讓他們感到驚訝或驚慌，就像瘋子早就不會被自己的幻想嚇到。克勞斯身體上的不適和疼痛也在這方面有點作用——而康普敦—克洛斯很可能情況也跟他一樣——但重要的是心智上的判斷力仍然充足。

克勞斯正在想一些開場動作，有點像是某種儀式；藉此幫助一些年輕人更能進入狀況，特別是那種本身執行任務能力沒有問題，只是對任務內容提不起勁的年輕人，「祝我們倆都好運，長官。」康普敦—克洛斯說。

「謝謝你。」克勞斯說，「通話結束。」

他拿起傳聲筒對著海圖室問：

「我們多久會經過潛艦的航線？」

「十二分鐘，長官。」

又是查理．柯爾。他不是命令柯爾休息兩個小時嗎？難道兩小時已經過去了？最好不要追究。不管柯爾在甲板下睡得再死，他都能聽得到發現潛望鏡的消息，那時要把他拉離海圖室就沒那麼容易了。

星期四．下午更：1200-1600

看來的確過了兩個小時，換班時間到了。卡林進行了換班儀式，並報告下班。還有件事必須立即完成。

「你來指揮，奈史東先生。」

「是的，長官。」

他拖著疲憊的雙腿，移動到廣播器那兒。

「這裡是艦長，你們剛上崗位的人員最好知道，我們十分鐘前發現了潛望鏡，現在正在追趕它，隨時保持警惕。」

他很慶幸自己昨天解除了總動員警報。否則，船上所有人都會像現在的他一樣，從昨天早上開始就一直待在崗位上疲累不堪。

克勞斯知道，有的人一累了就會怠惰，不願盡力。他站在艦橋外的露台評估情況。等到要追逐時，道奇所在的位置，離最右縱隊的第一艘船隻前方不會太遠。基林離那也不遠。時間也會加速。一開始會很悠閒，操作會愈來愈頻繁，空間會縮小，然後時間就會過得飛快。

「聲納報告，有探測反應，方位160，長官。」通訊員突如其來地報告著。

這麼快？潛水艇沒有如他所料想的，選擇最佳路徑航行。

「聲納又有反應，在我左舷艄十度。」克勞斯對著艦間傳話系統說。

「是的，長官。」

「我來指揮，奈史東先生。」

「是的，長官。」

他似乎在和潛水艇會相撞的航向上。這是跟新對手的第一次兵戎相見。過去劍擊比賽第一次交鋒時，透過面罩看到眼前對手的花劍劍頭，那顫動從手腕一路傳到手臂的感覺，他得不斷持續地打量對手，去評估對手的力量，動作和反應的速度有多快。克勞斯現在也在做同樣的事，記下潛望鏡伸上來多久，還有考慮對方並沒有採取最佳航向這件事。這艘新碰到的潛艦艦長，跟早前把基林和維克多甩掉的那個不一樣。他沒那麼精明也不太謹慎。也許是沒經驗，也許粗枝大葉，也或是因為疲勞。

「聲納報告，遠處有探測反應，方位161。」通訊員說。

還不需要下新的舵令，方位沒什麼改變。最好再等等。諾斯站在他身邊。

「一次只要發射一枚深水炸彈，長官？」諾斯說。

上揚的語氣代表他心中有所疑問。諾斯可以提出他的意見，但決定權和責任仍在克勞斯身上。現在這綁手綁腳的獵人遇到一個選擇，到底是一槍一發，還是一槍六發？克勞斯想到之前基林投了那麼多炸彈最後都落空。眼前首要目的，是在船隊通過期間內，讓這艘U型潛艦無法作為，弄不清楚方向，間接變得無害。好的一波投彈也許能徹底毀了它，而且這是目前遇過最好的機會，這誘惑不小。但克勞斯又想了想，要是他的深水炸彈又都沒中，那會落入什麼樣的情況？基本上就一點用都沒了。於是決定了，首要目的沒變。

「是的，一次一枚。」克勞斯說。

他一時忘了雙腳的疼痛；這次緊張感攀升得沒那麼快，他需要一點壓力讓自己能快速做出決定。

「聲納報告——」

「潛望鏡！」另一名通訊員打斷了它，在操舵室裡同一時間聽到了船隻前面也有人在喊。

「前方瞭望員回報，正前方看到潛望鏡。」

克勞斯把望遠鏡放在眼前，左舷側的四十毫米口徑大炮突然轟、轟、轟地發射。然後什麼也沒有。克勞斯看著大炮濺起的水花。此時多名通訊員同時開口。

「聲納的先報告。」克勞斯說。

「聲納報告，方位160，距離2000碼。」

「瞭望員報告，潛望鏡消失了。」

「四十毫米口徑大炮對正前方的潛望鏡開火。沒有命中。」

這位潛艦艦長的指揮風格跟之前的不一樣。他不相信艦上的聲納設備。仍會忍不住想浮上來用潛望鏡偷看一眼。要是他看到基林船艄正對著他，他會作何反應？很可能是轉向。但會往哪轉？會橫越基林的船艄，還是聽從本能反應往後撤？等下次聲納報告後就能知道。那它會下潛，還是停留在潛望鏡能伸出來的深度？最有可能是潛得更深。

「設定炸彈爆炸深度為深，諾斯先生。」

「是的，長官。」

「聲納報告，正前方有探測反應，距離1500碼。」

它從基林前方橫越。那它很可能是往左轉。

「右舵，急轉，航向180。」

「右舵，急轉，航向180。穩舵，航向180。」

「聲納報告，正前方有反應，距離1300碼。」

他猜對了U型潛艦的行動，基林的急轉轉對了。最好再多轉個十度。

「右舵，急轉，航向190。」下完舵令便到艦間傳話系統那裡，「聲納在我正前方1300碼處有反應。我正在往右舷轉。」

「是的，長官。」

「穩舵，航向190。」

「很好。」

「聲納報告，方位180，距離1100碼。」

偏左舷十度？有點可疑。要是聲納同時回報有都卜勒效應的話，就更可疑了。等等看，再等一下。

「聲納報告，有探測反應，方位175，距離1200碼。」

是了。潛艦正在往右轉。基林上一個彎轉得非但不必要，反而讓情況更糟，增加了距離也浪費時間。克勞斯對自己感到一陣惱火。但潛艦會轉多遠？要跑到它前方，還是跟在它後面？

「左標準舵，航向175。」然後又對著艦間傳話系統，「對方在轉圈圈，我要轉回左舷。」

「是的，長官。」

道奇正在場邊，隨時準備加入戰局。而船隊正慢慢接近。要記在腦中的各種因素有很多。

「探測反應，方位174，距離1200碼。」

等等看，等等、再等一下。

「探測反應，方位166，距離固定在1200碼。」

它以一個極緩慢的速度在右轉。

「左滿舵，航向155。」然後對著艦間傳話系統，「我還在往左舷轉。」

「是的，長官。」

「聲納報告，正前方有探測反應，距離1000。」

這次換克勞斯先馳得點。他拉近了兩百碼的距離，而且潛艦仍在自己正前方。克勞斯必須利用這優勢再次預測。

「左滿舵，航向140。」

他們轉一個彎，然後不偏不倚地愈來愈靠近。

「迪奇呼叫喬治！迪奇呼叫喬治！有探測反應，長官。方位064，距離1000。」

「那就，加入戰局吧。」

那隻鼠輩從一隻獵犬跑開，跑到了另一隻獵犬的下巴。可惜這兩隻獵犬都快沒牙了。克勞斯看著道奇穩穩轉向它的新航線，左擺右弄地，讓那艘潛艦沒辦法逃出它的圈子。得快點做出判斷。在一百八十秒的時間內，兩艘船隻會匯聚——這時間對追一艘潛艦來講也夠長；但看著另一艘和自己航向呈九十度的船隻漸漸靠近，也感到十分驚險。要是道奇攻擊失敗，它就得先退後，這樣才能重新調整位置，重新開始追逐。

「右滿舵，航向085。過來吧，迪奇。我正在往右舷轉。」

「是的，長官。」

又是漫長的一秒，觀察這老鼠是否會撞到第二隻獵犬的下顎，還是會躲開；等著聲納的回報來決定該往哪個方向轉。道奇仍在往右舷轉。是時候該往左舵了嗎？

「穩舵，航向085。」

「有魚雷發射了！」通訊員說。

一秒鐘的思考時間，U型潛艦的船艉正對著基林左舷橫梁；它的船艏正面迎上道奇。道奇在遠處，基林在近處。U型潛艦一定知道基林在靠近，但不見得發現道奇。兩把花劍的雙刃對峙；一秒鐘——不，十分之一秒就要做出判斷。魚雷的目標一定是基林。

「右滿舵，航向170。」

接近直角的轉彎。魚雷瞄準的應該會是基林目前位置的前方，就他判斷，基林仍有機會轉向，使自己航線和魚雷平行。

「所有引擎，戰鬥速率！」

「魚雷來了！」通訊員說。

克勞斯厲聲責備，「學校是教你這麼報告的嗎？重來。」

「聲納回報，魚雷正在接近。」通訊員結結巴巴地說。

通訊員必須按照標準方式傳話，不然一定會造成混亂。

「穩舵，航向170。」舵手回報。

「很好。」

「機艙回報，所有引擎，戰鬥速率，長官。」

「很好。」

還有時間接通話系統，剛好它正在呼叫。

「有魚雷往你開火，長官！」裡面的加拿大腔調十分著急擔憂，「我看到你已經轉向了。」

「是的。」

「祝好運，長官。」

祝那個可能在十秒鐘後死去的人好運，祝這艘可能會沉下或變成火柱的船艦好運。他已經採取了最好的行動，把船隻的航向和魚雷軌跡平行。引擎以戰鬥速率在驅動這艘大笨船。基林底下瘋狂攪動的螺旋槳也可能影響魚雷的軌跡，尤其是對著驅逐艦發射的魚雷，深度一定很淺。不管怎樣，螺旋槳的高速轉動，把基林推離被瞄準的位置，哪怕是多一碼多一呎都行。英寸之間可能就攸關生死，但生死不是最要緊的，任務的成敗才是。

「聲納回報，嚴重回音干擾，長官。」通訊員說。

「很好。」

「魚雷往右舷過來！」

「船艉瞭望員報告——」

「魚雷往左舷過來！」

在通訊員回報時，瞭望員也同時大喊。克勞斯立刻衝到右舷艦橋外側的看台。沿著基林不到十碼的距離，有一條充滿惡意的軌跡，筆直地從船身旁邊經過。好險是一枚老式魚雷，沒有傳言裡德國最新生產的追蹤裝置。

「另一枚從那邊過去了，長官。」左舷的瞭望員指著遠方大概的方向。

「離船多近？」

「兩百英尺，長官。」

「很好。」

回到操舵室。

「所有引擎，標準速度前進。左滿舵，航向085。」

魚雷警報發出已過了四十秒。這漫長的四十秒內，他不在戰局裡。沒有看到道奇是否碰上對方，只看到它又多轉了一次。它的迴轉半徑明顯較小，比維克多還靈巧，跟基林比更是不用說了。這些居住舒適度低到不能再低的小型艦，天生就是反潛船隻，但也只需要一發魚雷就能把它炸成碎片。它又轉回來了——真是艘能把U型潛艦耍得團團轉的船，指揮著那樣的一艘船隻一定很好玩。

現在該是航向攔截點的時候了。

「左標準舵，航向020。」

他迴避魚雷的轉向，還有引擎全力運轉，使自己離它們更遠了。

「迪奇呼叫喬治，它就在我們船艏右前方，我們正要開火攻擊。」

「很好。」

「謝謝你。」

「很高興它沒打中你，長官，真的很高興。」

「我們現在又要往右舷轉了。」

「很好。」

克勞斯轉向舵手。

「左滿舵，方位330。」

船隊此時也不太妙地愈來愈近，再過不久，聲納又會開始回報出現干擾。到時候這位新的敵人會變得很危險，隨時可以發射魚雷。克勞斯得看緊它，盡可能減少對方從側面攻擊的機會，這意味著自己得非常小心地繞著它轉。而且它已經發射了兩枚魚雷，它對船隊的致命性少了百分之十。要是這位潛艦艦長能活著回去洛里昂，鄧尼茨恐怕會為了浪費的那兩發魚雷而責備他。也許會問為什麼沒有魚雷齊射；也可能會問，為什麼要對一艘吃水淺、機動力完好，而且早已知道潛艦存在的軍艦發射魚雷。對驅逐艦發射魚雷到底划不划算，這個對德國人來講是個很難回答的問題。克勞斯有個浪費時間又很蠢的念頭，但他有點興趣，想看能不能引誘潛艦把它所有魚雷都浪費掉。但潛艦不可能十八枚魚雷都射出去卻一發都沒命中。他一定是瘋了才會有這念頭，可能是太累了。

「迪奇呼叫喬治，正在開火。」

「很好。我要加入了。右標準舵，航向110。」

道奇後方升起單一一根水柱。雖然只有一枚，但也足以震聾道奇的聲納。

「聲納報告，聽到爆炸，長官。」

「很好。」

「聲納報告，受到干擾。」

「很好。」

從道奇的接近到投下炸彈的三分鐘內，潛艦艦長會怎麼應對？往右舷轉？還是左邊？基林的聲納也沒辦法判斷。基林聲納被震聾的期間內潛艦又在幹嘛？

「聲納報告，有探測反應，方位075，距離1400碼。」

所以他猜錯了，轉到它後面。

「左滿舵，航向065，喬治呼叫迪奇，我這裡方位075，距離1400碼，聲納有反應。」

「075，是的，長官。我正要往右舷方向轉。」

跟在它後面再轉一次。讓道奇對付它。基林衝到定位，投下一枚深水炸彈；不要想多投。記住，這傢伙有可能會發射多枚魚雷。保持頭腦警覺，還有快速思考。不要去想雙腿的疲憊和疼痛，它們還沒真的麻木。不要再想那些無關緊要的事，還有那急迫的尿意，雖然每一輪的攻擊都可能會有事情發生。

結果事情真的發生了。基林在一邊航行，道奇在另一邊，兩者都投下了一枚深水炸彈。不能指望這樣的攻擊能帶來什麼結果。

「船艉瞭望員報告，潛艦在正後方。」

克勞斯跑到艦橋露台。四分之一海里外有個灰色的東西，可以看到它完整的艦橋和船身。船艉的大炮開始開火。砰、砰。

「右滿舵！」

下一刻它已經消失，猛地潛到下面。

「壓舵，穩舵直航！」

「聲納報告，正前方近距離有探測反應。」

「諾斯先生！」

「潛艦在旁邊！潛艦在旁邊！」

左舷的瞭望員大喊。不到十英尺的距離，幾乎快刮到了。要是有石頭的話，克勞斯丟個石頭就可以砸到它，但沒有東西可扔。左舷的K型炮沒有深水炸彈；五吋炮的角度也壓得不夠低。

轟、轟、轟，左舷四十米口徑的大炮發射；克勞斯只看到水花四濺，炮口也壓得不夠低。U型潛艦一側的船體上畫了一位金髮天使，騎著白馬揮舞著一把劍，身著飄逸長袍。U型潛艦的船艏再次猛地下潛，然後艦橋再次沉入水中。答答答答，現在才用五十口徑的機槍已經太遲。

「左滿舵！」

在基林的尾跡，一團水花出現，U型潛艦的艦橋又從水面伸出，隨即又消失，同樣的出現消失又重複了一遍。照這來看，它艏翼的控制翼板，一定是卡在上浮的位置。應該是機械故障，也可能是有一枚深水炸彈奇蹟地炸到它，影響了功能。

「右滿舵！」克勞斯吼道，他的聲音足以讓船隻的兩端都聽見。

道奇正往他們這裡過來；看到潛艦出現在旁邊的興奮，讓他把道奇的存在忘得一乾二淨。兩艘船隻的距離不超過一根纜繩的長度，彼此航向同一個交匯點，將在那個地方相撞，這後果對兩艘來講都相當致命。本能的反應和最合理的轉向救了他們。慢慢地，兩艘都停止往內側擺動；本來慢慢靠近的兩艘笨重船隻，千鈞一髮地閃過；螺旋槳的動力反應到正在轉向的舵輪上，對抗完水的阻力後，兩艘船隻又慢慢地遠離。道奇經過基林左舷，不到一分鐘前那裡還是一艘潛艦。有人在道奇的艦橋上向克勞斯揮手致意，然後兩艘以同樣的速度擦肩而過。克勞斯發現自己在發抖，但就跟平常一樣沒時間去想這個；他得快點讓基林就位，等道奇發動完攻擊後就輪到他了。

「壓舵！」他大吼，「左滿舵！」

克勞斯回到操舵室，強逼自己冷靜；聽到通訊員的單調報告也能讓他靜下來。

「聲納報告，有探測反應，但不清楚。」

下面的聲納一如往常在工作，不知道上面或者也不理會上面到底發生了什麼事。

「壓舵！穩舵直航！」

他用眼睛判斷道奇的航向，預測潛艦下一步的行動。

「迪奇呼叫喬治！迪奇呼叫喬治！」

「喬治呼叫迪奇。請說。」

「我們沒有探測反應，長官。一定是太近了。」

要是昨天碰到這種情況，馬上發射完整的一組深水炸彈；而現在潛艦十之八九就位在三百碼的範圍內，卻不能浪費道奇剩餘的彈藥。

「穩舵目前航向，我會跟在你船艉後面。」

「是的，長官。」

「左標準舵！壓舵！穩舵直航！」

「穩舵直航，航向方位——」舵手正在回報；克勞斯無心確認；他計畫跟在道奇的尾跡上，利用自己的聲納找到潛艦所在位置；同時道奇用潛艦兩倍速度航行，讓出搜尋區域。控制翼板卡住的潛水艇一定會調整沉浮箱，讓自己不要浮上來，他們一定正在想辦法——

「喬治！它在這裡！」

克勞斯從右舷艄的方向看著道奇。只看到那艘船隻緩緩噴著煙在航行外，什麼也沒看到。

「太近了！」艦間傳話系統裡的聲音說。同時裡面傳來槍聲，一秒鐘過後槍聲也從前方海上傳來。道奇正快速往左舷方向轉。有槍在射；水面上傳來小口徑的機槍掃射聲。道奇轉身讓出空間。看到那灰色的船身後面，還有另一個灰色的東西，就是那艘浮出水面的U型潛艦。船艄接船艉，船艉接船艄，相互追逐著彼此尾巴。當道奇舷側轉到克勞斯視線內時，紅色的閃光，像眨眼般眨了一下。在閃光中間的海水裡，升起了一根根小水柱，有個黑黑的東西以驚人的速度在旋轉，還有東西彈到克勞斯視線內，從他頭頂呼嘯而過，像快速列車從頭上經過一樣。那是道奇的四吋口徑機槍子彈，它瞄得極低，擊到水面時被水面回彈，還好它回彈的高度夠，足以越過基林。不能怪槍手；道奇轉得太快，而基林又在它後面，形勢瞬息萬變，根本沒料到基林會出現在子彈射擊範圍內。

然後又是其他的砰砰聲，還有轉向時的嘎吱聲響。潛艦艦長對自己船隻的故障八成是放棄了，直接浮出水面用子彈開戰。它盡可能貼在道奇船側，在浮出水面時，裡面的人一定都拿好槍擠在甲板上。而且潛艦的機槍更低，可以對準道奇上面的船體，但道奇機槍的角度還壓不下來。如此一來那四英寸口徑的機槍又能起什麼作用？

不久，他們似乎轉了半個圓，道奇的船艄和潛艦的船艉都出現在克勞斯眼前；然後潛艦又被道奇的船身擋住。

「右滿舵！」克勞斯說。眼前的景象讓他看得出神，基林不知不覺離開了戰場，「壓舵！穩舵直航！」

「穩舵，航向方位——」

「很好，艦長呼叫炮塔。待命，等能看清楚後就開火。」

突然道奇有火光出現；濃煙從它艦橋下竄出。這潛艦至少命中了一發。那艘潛艦又轉了一圈，而道奇往反方向跑，像公園裡遛狗的老太太，看到自己的狗跟其他狗打架，往外繞行想拉開距離。

「炮塔控制回覆，是的，長官。」

他必須先看清楚再轉向，之後是切入；憑藉冷靜的判斷力抓準時機，就能闖入戰局。得把潛艦從道奇身邊趕走，就像在抓蝨子一樣。這還滿棘手的。一個不小心基林船底就會破個大洞，但仍值得一試。它們正在逆時針旋轉，他最好也逆時針轉，這樣切入的機會會更多。

「左標準舵！壓舵！穩舵直航！」

基林從戰鬥中抽身不過幾秒鐘，卻感覺是很久以前的事。他有足夠的距離決定介入時機。克勞斯看著愈來愈遠的距離。克勞斯舉起望遠鏡，兩艘船隻又轉了一圈，看到潛艦上有兩個人影被子彈擊中落水，在水裡一點掙扎都沒有。

「左滿舵！」等著基林轉向的那幾秒讓人急躁難耐。

「壓舵！」

克勞斯準備好要介入時，戰況轉瞬即變。他急切地透過望遠鏡看著，並計算自己動作的時機，看到道奇被煙霧包圍，船艄有點晃動。它不再往左舷方向轉了。康普敦—克洛斯把舵輪轉往反方向。觀察到此變化後，克勞斯立刻下了一連串的指令。

「右標準舵！艦長呼叫炮塔，左舷橫梁待命。壓舵！穩舵直航！穩舵直航！」

基林往右舷轉，整個左舷面對著道奇和潛艦。轉完後，船側的五吋炮炮口都轉過來；與此同時，潛艦也在急速轉向，因為道奇突然改變方向讓潛艦嚇一跳。十碼——二十碼——五十碼……

兩艘船隻分開了，中間騰出一片明顯的水域。潛艦正努力想往道奇身上靠，利用它的船身來掩護自己，可是五吋炮已經開火了，聲音像雷鳴一樣，基林整艘船也跟著在震，就跟人狂咳一陣後，身體會跟著顫動一樣。海水突然在灰色的潛艦身邊堆積，水花飛濺在四周綿延不絕，像海面突然出現小水丘一樣。隱約還是看得到潛艦的艦橋，只是被半透明的玻璃紙罩著。此時，就在某一瞬間，炮彈炸裂，發出了橙色的閃光。艦橋中心也有一瞬間閃出紅色圓形光芒，只有一次。

在槍炮反作用力的震動下，克勞斯聽到撞擊聲，然後有一波衝擊傳進操舵室，基林艦橋上的每個人都晃了一下。人們還沒站穩，大炮突然熄火，半刻不自然的沉默，克勞斯一度擔心是不是大炮故障了。但他定睛一看，放心了。U型潛艦不見了，那裡除了泡沫外什麼也沒有。他舉起望遠鏡，睫毛拂觸鏡片，強逼自己手不要抖。什麼都沒有？應該要有些什麼浮在水面上才對。然後那東西就出現了，但很快又消失。看到的不是潛艦殘骸，而是兩波巨大的氣泡，出現後又破掉。

就在那一刻，沉默被打破，克勞斯身邊傳出各種乒乒砰砰的聲音。他低頭看向艦橋露台下方，在濃煙下隱約可以看到一些殘骸，像是扭曲的鳥巢，只是它是鐵做的。他努力回想，裡面本來放了什麼東西。左舷艉一座二十毫米的大炮不見了。底下的甲板被撕裂扭曲，還有盤旋而上的黑煙，蒼白的陰天下仍能清楚看到煙的底部正發著微光，在它後面有四座魚雷發射器，裡面有黃銅彈頭的魚雷。克勞斯的腦子浮現大量回憶，戰爭前達爾格倫實驗得到了讓人滿意的結果——除了被炸死的人之外——它證明了TNT穩定加熱是會爆炸的。

損害管制官佩帝帽子都沒戴，就跟著一群人出現在現場。他不應該離開損害管制中心。看到很多人在拉水管。克勞斯突然想起裡面放了些什麼。

「把水管收起來！」他吼道，「那裡是汽油！要用泡沫！」

基林艦上配的汽艇，有兩個五十加侖的油箱，裡面滿滿的汽油。克勞斯心中沮喪地發了一個誓，要是以後要買船的話，一定會挑柴油船，不然寧可不要，無論如何都不要吃汽油的。

油桶一定是爆炸了，裡面的火在蔓延，正急速往魚雷方向延燒。

「拋棄魚雷！」克勞斯大喊。

「是的，長官。」佩帝抬頭回應，但克勞斯覺得他應該沒聽懂。火焰燒得劇烈。弗林特是從後備隊召回的小組長，看起來比較聰明。

此時船隊也很危險地靠近了。他不敢把魚雷發射出去。克勞斯在他軍人生涯中，大部分時間都是在驅逐艦上；多年來一直和魚雷生活在一起，有想過各種使用魚雷的情況，卻獨漏了這種。以前總想著會對敵方軍艦發射魚雷，但這期望並沒實現。至少克勞斯對怎麼發射魚雷的步驟細節都很熟悉。

「弗林特！」他喊道，弗林特抬頭看他，「拋棄魚雷！把它們丟掉！從前方發射出去！先把魚雷發射管的閂鎖打開！」

弗林特聽懂了。他不會主動思考，但只要有人下令時就會行動。他在火焰的邊緣跳進跳出，帶著命令，穩穩地走在魚雷發射管上。閂鎖打開後就可以操作魚雷發射，然後……轟！低沉的爆炸，一陣煙霧，第一枚魚雷像游泳選手一樣跳入水中開始比賽。轟！第二枚發射出去；接著是第三、第四……全都射出去了。價值五萬美元的魚雷，就這樣丟棄在大西洋底部。

「幹得好！」克勞斯說。

火焰從甲板的洞裡竄出，一名穿著防寒衣的年輕水手衝過來，克勞斯不知道他跑多快，但認得出他是誰；兩手各拿一只泡沫滅火器，對著火焰邊緣噴。一只滅火器用完了換了另一只。他確定火都熄滅了。然後心裡在想三號彈藥庫。不，那裡不會有事，還有其他更重要的。炮火才停止三分半鐘，佩帝沒有善盡損害管制的職責跑到第一線。克勞斯環顧道奇和船隊，然後跑進操舵室。

「迪奇在艦間傳話系統上，長官。」奈史東說。

他還花了些時間留意奈史東，包括他像大力水手的眼睛和其他細節。他的行為舉止總帶著一種歉意，這或許是他個人特點，但此時反而讓克勞斯不耐煩。

「喬治呼叫迪奇，請說。」

「請允許我們營救敵方生還者，長官。」艦間傳話系統裡說。

「很好，批准了。你那邊損失如何？」

「我們失去一管大炮，長官。四英寸炮。七人死亡，有一些人受傷。他們正好擊中我們的炮塔上。」

「還有什麼損失？」

「沒有嚴重損失，長官。大部分的炮彈都從右邊錯身飛走了。」

二十碼距離內開炮，那些德國四英寸大炮，基本上以剛離開炮口的速度在飛行。除非擊中像炮架一樣堅硬的東西，不然大多直接貫穿。

「火勢已經控制住了，長官。」艦間傳話系統裡又說，「我想我可以更確定地說，火已經撲滅。」

「船還能航行嗎？」

「喔，是的，長官。在這種緩和的氣候下，航行是沒問題的。我們會在短時間內補完這些破洞。」

「能航行，但不適合戰鬥。」克勞斯說。

如果這些話不是用克勞斯那種死板的語氣說出，那聽起來會十分有戲劇性。

「喔，我們還有大炮，波弗斯高射炮，以及兩枚深水炸彈。」

「很好。」

「我們要在油裡航行了，長官。我想不久後，你那邊也會漂來很多油。長官。」

「是的，我看出來了。」他的確看得到，有一個圓形光滑的區域，那裡沒有白色的波浪。

「有殘骸嗎？」

「有人在裡面游泳，長官。我們要去把人撈上來。是的，長官，有殘骸。從這裡看不太清楚那是什麼，長官。這些都是擊沉的證據，長官。我們擊沉它了。」

「我們確實是。」

「有什麼命令嗎，長官？」

命令。一場戰鬥後，他得為後續的事情下一連串命令。接下來的十秒內，他可能又在另一個行動中。

「我想命令你回航。」克勞斯說。

「長官！」艦間傳話系統裡有責難的語氣。

就算沒有最近的戰鬥經驗；康普敦—克洛斯對護航行動的了解，也不會比克勞斯少，說不定更多。任何東西都可能派得上用場，哪怕是一艘快被擊沉的小船，但它仍備有波弗斯高射炮和兩枚深水炸彈。

「好吧，等你蒐集完證據，就把生還者都綁起來先做安檢。」

「是的，長官。我們正在讓那些生還者排隊，長官。」

「很好。你知道流程。」

「是的，長官。」

關於該怎麼處理U型潛艦上的戰犯，海軍情報局從蒐集到的每一條情報中，理出結論並給了明確的指示。先確保戰犯口袋裡的每一張紙條，在被敵人銷毀前就要搜走。任何敵方自願提供的資訊，都要詳細記錄。

「通話完畢。」克勞斯說。

現在油已經擴散到基林這裡了。每個人都能聞到它那原始的氣味。毫無疑問，那艘U型潛艦徹底被擊毀了。它的毀壞，同時也帶走了四五十個德國人的性命。那位納粹艦長像個男子漢般赴死，即使它無法下潛的原因很可能只是機械故障，當然了，作為艦長的他對故障也有責任。可是也盡了全力，戰到最後一刻。克勞斯腦中閃過一個不切實際的希望，如果自己非死不可，他希望自己能以同樣的方式死去，但希望會是比機械故障更好的理由；他沒有讓自己沉溺在這種不切實際的想法太久。那艘U型潛艦在水上表現得比在水底出色得多。這也許能證明海軍情報處的調查——敵人很可能從軍艦艦長中，挑出人選來當潛艦艦長，在水底經驗不足的情況下被派去指揮潛艦。U型潛艦到最後依然保持紀律。打中基林的那發子彈，是由一位頭腦冷靜，精神強韌的人射出。可能因為齒輪卡住，在被無盡炮彈包圍的情況下轉向，突然看到了基林，並在自己死前發動最後一擊，對著基林踩下機槍的發射踏板。臨死前殺死的人，比之前的人生都還多。

這些被殺死的人，包含了基林艦上的船員；克勞斯呆站了幾秒，一時之間有太多事要做。從艦橋露台看著下方受損的情況。火撲滅了，仍可以看到甲板上有一片一片的泡沫在流動。佩帝也還在那兒。

「回到你該在的位置，佩帝先生，等會過來跟我報告。」

「是的，長官。」

船上目前的損害管制系統，經不住戰爭的考驗；他得做出修正。兩名水手正抬著擔架從受損的甲板上經過；擔架上的人奄奄一息，海軍三等兵，梅爾。克勞斯走到廣播旁。

「這裡是艦長，我們擊沉了那艘潛艦，現在它的油包圍在我們四周。道奇抓到一些戰俘。我們用五吋炮攻擊它十幾次。我們也被擊中，失去了幾位同袍，有些人受了重傷……」他話語停滯了，很難想到該用什麼措辭，「他們盡了自己的職責。這筆帳我們會算到下一艘潛艦上。之後還有很長的路要走。保持警惕。」

這不是什麼好的演說。克勞斯不是演說家，陷在極度緊張的戰爭裡，加上自身的疲勞，讓這樣的痛苦加劇了。穿著厚衣的他雖然很冷，但身體卻在流汗。他知道，要是自己一放鬆，身體就會不受控制地顫抖。廣播旁邊有一個小鏡子，代表著以前和平時期。他沒有認出鏡中的那張臉，不自覺又多看了一眼。

圓睜的大眼布滿血絲。防風帽沒有扣好，垂在兩側，臉上也長滿鬍碴。一直到他在鼻孔下方看到一處早已乾了很久的蛋汁，才發現鏡中人是自己，下巴上也沾有蛋黃。他戴著手套，用手擦了嘴巴四周的污垢。他需要洗漱，洗個澡、刮個鬍子，也需要——他需要太多東西了，光是想也沒用。他拖著身子回到操舵室，沉甸甸地坐回凳子上；命令自己疲憊的身體不要發抖。然後呢？他還是得繼續，聲納仍發出刺耳的聲音；大西洋盡是充滿惡意的敵人。

「奈史東先生，接替指揮。」

「是的，長官。」

「到船隊前方護衛。」

「是的，長官。」

佩帝過來跟他報告損害情況。他集中注意看著佩帝的臉。這是佩帝第一次的戰爭考驗，要以此對他做出評價是不公平的；他得告誡一下，但也要小心措辭，要假設操舵室裡所有人都聽得到。

「謝謝你，佩帝先生。現在有機會看到災害控管實際運行的效果，我想你應該知道要採取哪些步驟來改善。」

「是的，長官。」

「很好，佩帝先生。」

菲普勒也來報告炮彈發射的情況，他射了五十幾發子彈，命中了七次。

「我以為會命中更多。」

「是有可能，長官。也許有未觀察到的命中。」

「但還是射得好，菲普勒，幹得不錯。」

「謝謝你，長官。四號炮口還有一發在膛，請求卸載許可。」

這表示要把炮彈發射出去。在炙熱的炮管留下炮彈太危險了，不能用普通的方式卸載，裡面的火藥因熱度的關係，下次要擊發時會很不可靠。

克勞斯環顧四周，要是突然開炮，船隊可能會覺得奇怪，但也沒有能事先警告的方法。

「批准了，菲普勒先生。」想想看還有什麼，集中注意力不要遺漏任何一個細節，「先廣播一下，通知大家這件事。」

「是的，長官。謝謝，長官。」

也許這會讓船隊嚇一跳，突如其來的炮火也許會讓人困惑，這樣的假警報應盡量避免，以免削弱人們的警覺心。

現在他終於可以去解手了。不曉得多少個小時以來，不斷在提醒著自己要防患未然；而現在正是危急時刻。克勞斯下樓梯時，耳邊響起菲普勒發射警告的廣播，但他專注在想著別的問題，沒有注意聽內容。專注思考是否應該打破無線電靜默的限制，通知倫敦這裡已經愈來愈難護航下去了。這決定得多作考量，克勞斯太過專心沒留意四周，結果忘了剛才和菲普勒的對話，當自己還沉浸在思考時，被炮火聲嚇到。突如其來的巨響，他立刻繃緊神經。此時才想起是怎麼回事，於是感到懊惱——怎麼才一下就把它忘得一乾二淨——對自己如此健忘，又再次覺得驚訝。他故意先離開艦橋兩分鐘，去洗臉洗手，用肥皂大力搓著。現在感覺好多了。自己疲累地爬梯子回艦橋上，也沒忘了戴上剛脫下的防風帽。

星期四・暮更：1600-2000

爬梯子時雙腳疼痛，此時正在換班；梯子上擠滿了爬上爬下的人。像小學生下課一樣，喋喋不休，激動地交談；也許是最近發生的事讓他們興奮起來，絲毫沒有疲倦的樣子。

「你聽到那德國佬[61]的話了嗎？」一個年輕的海兵大聲問道，「他說——」

另一人在梯子邊看到克勞斯，他們站開替自己的艦長讓路，正在說話的人也立刻閉嘴。

「謝謝。」克勞斯從他們身邊擠過。

在這之前已知道自己被甲板下面的人稱為「德國佬」，但現在他親耳聽到了。會有這綽號是難免的。

只有軍官層級，才會知道他以前在安納波利斯的綽號——方頭[62]克勞斯。操舵室裡有兩個人轉過來向他行禮，查理・柯爾和船醫泰米。

---

61 克勞斯（Krause）的名字和德國佬（Kraut）發音相近，而克勞斯（Krause）也是常見的德國名。

62 源自19世紀晚期對德國和斯堪地那維亞移民的負面形容。字面意思是對顱骨特徵的貶低，通常僅用作針對這些群體的通用負面形容。

「你擊沉它了，長官。」柯爾說。

「我們擊沉它了，不是嗎？」克勞斯說。

「回報傷亡人員，長官。」泰米說，然後低頭看著手中的名單，「三名人員殉職：槍炮兵三等兵，皮薩尼、水手二等兵，馬克思、餐飲人員二等兵，懷特，遺體被炸得破碎。兩人受傷：水手二等兵，邦納跟水手三等兵，梅爾，兩名人員正在接受治療。梅爾雙腿受傷嚴重。」

「很好，醫生。」克勞斯轉身，奈史東走過來行禮，並報告換班後的值更官是哈伯特，「很好，奈史東先生。」

「我幫你點了些東西，艦長，」柯爾說，「我也跟醫生商量過了。」

克勞斯不解地看著他，「我是說放在餐盤裡的東西，長官。」柯爾說。

「謝謝。」克勞斯感激地說，一想到咖啡，就像心中升起太陽一樣。但顯然他們似乎有什麼事，醫生也在等著科爾先開口。

「是有關葬禮的事，長官。」柯爾說。

當然，克勞斯的腦中並沒想過這類事情。

「醫生是覺得——」柯爾說到一半，用手比了一下泰米讓他接著講。

「我們愈早處理愈好，長官。」泰米說，「下面沒地方放屍體，我有四個床位，但你知道的長官，之前從沉船中救出來的人也有燒傷。」

「我們也隨時會再次碰到敵人，長官。」柯爾說。

他們的話都很正確。一艘滿載人員的驅逐艦，沒有多餘空間來存放屍體，就像雞蛋裡面放不下肉一樣。泰米不得不預想之後還可能有幾十名傷兵要收容。」

「執行官告訴我，我們到達港口還需要三天以上的時間，長官。」泰米說。

「沒錯。」克勞斯說。

「傳訊員，這個放在桌上。」柯爾說。

之前點的東西送來了，他們三人走到桌邊。柯爾揮一揮手支開了傳訊員。克勞斯掀開餐巾布，裡面是豐盛的餐點。咖啡壺旁有精緻的冷盤，麵包已抹上奶油，還有馬鈴薯沙拉，以及一碟冰淇淋。克勞斯眼裡除了咖啡外，對其他的並不特別留心。

「拜託，長官。」柯爾說，「趁有時間快吃吧。拜託。」

克勞斯倒了杯咖啡喝下，然後習慣性拿起刀叉開始用餐。

「我可以負責安排葬禮嗎？長官。」柯爾問。

葬禮。克勞斯聽聞皮薩尼、馬克思和懷特的死訊時，並沒有什麼情緒；他的心思全在其他事情上，這一趟下來送命的也不只他們。雖然沒什麼心思，但現在正和別人討論。他記得很清楚，皮薩尼，皮膚黝黑、英俊、年輕有活力。即使如此，船隊還是得繼續航行。

「離太陽下山差不多還有兩小時的時間，長官。」柯爾說，「在您用餐的十分鐘內，我就能安排完一切，不然可能沒其他時間舉行了。」

克勞斯一邊咀嚼著冷肉一邊盯著他看。克勞斯在成為艦長之前，是某個船上單位的負責人，他會盡自己責任，敦促拖拖拉拉的艦長下達必要命令。現在換他被催促了。以目前的情況，他對此的感觸，比死者的逝去更大。這會讓克勞斯振作起來。

「我理應要參與。」他不帶情感地說。

「當然了，長官。」柯爾同意。

船上在舉行葬禮時，艦長不能夠待在操舵室的凳子上。要給予那些不幸為國捐軀的人基本尊重。

「很好，那就這樣吧，查理。」克勞斯說。這句話說得很制式，也讓他重新勒緊韁繩，不要讓柯爾以為他還在狀況外，「你就負責下達必要的命令。謝謝你，醫生。」

「是的，長官。」

克勞斯手裡拿著刀叉沒有辦法行禮，只對著斜側方點了個頭。此刻，食物更重要。他餓得要命。吃完了冷肉、麵包還有沙拉，正要吃冰淇淋時，廣播裡傳來柯爾的聲音，告訴所有人員，屍體將被放置在船上後甲板，還詳述了各部門有哪些人員應參加葬禮，並發表了一段演說，死者未盡的任務將由船上其他人共同完成，讓事情更為莊重。克勞斯還想再喝一壺咖啡，這些人死了，是他手下第一批死去的人。戰爭中會有人死，會有船沉。

但現實中，克勞斯太累了，太多困擾著他的問題，對於其他人的生離死別沒有任何情緒，自己也做好戰死沙場的準備。在這一瞬間，克勞斯覺得自己冷酷無情，他的冷酷一定傷了心地善良的伊芙琳。

「一切就緒了，長官。」柯爾行禮。

「謝謝你，查理。我到下面的時候，你在這裡看著。」

又要走下梯子，克勞斯把伊芙琳從腦中甩開，忽略自己雙腳的疼痛，逼自己暫時別去想要不要通知倫敦，現在得全心投入致詞上。甲板邊有三個擔架，覆蓋著旗幟，隨著太陽落下，一抹淡淡夕陽從西邊的海平面射出。聲納仍發出單調的乒乒聲。此時也發現柯爾的組織能力十分優秀。士兵彎腰抬起船上擔架，螺旋槳停止轉動幾秒，同時擔架傾斜，國旗下面包裹好的遺體滑入海中——柯爾一定在艦橋上看好時間點再下令。他脫帽讓風吹著頭上的短髮，席維斯崔尼一聲令下，三名士兵拿著步槍往前走，對著無邊無際的大海射了三發空包彈。然後克勞斯又回去，踩上那折騰人的樓梯，一階橫檔一階橫檔地拖著雙腳回到操舵室。

「謝謝你，查理，幹得好。」

他馬上把雙筒望遠鏡放到眼前，看看四周，注意目前的情況。他所做的一切都是在履行職責，但會讓他不安的，是不知道自己是否盡力，是否能做得更好。望遠鏡掃過了船艉，能見度已經提高。整個船隊恢復秩序，雖然准將給出的指令一直都是「少冒點煙」。道奇和詹姆士也在另一側回到了陣隊位置。維克多在後面某個地方，中間隔著船隊不可能看得到它，但心裡總感覺能在蒼白的日光下看到它獨特的前桅。天氣預報非常準確，西南方的三級風。這對燃料缺乏的護衛艦來講，意義重大。明天要是運氣好的話，說不定會有空中支援，要是護衛範圍能把整個船隊包住就太好了。他希望倫敦那裡能充分理解這樣的必要性。

因為雲層稀薄的關係，夜晚的時間比白天還長，克勞斯希望明天早晨的太陽能早點來。晚上必說，巴不得到早晨才好[63]。西邊天空兩點微弱的光點不是星星，那是——

[63] 出自聖經《申命記》第二十八章。

「船隊發出兩枚信號彈！」瞭望員大喊，「船艉正後方，有魚雷！」

本來放鬆的心情，突然嚇到不能動彈。除非有船長過度緊張，發出假警報，不然這信號彈就意味著出事了：兩枚信號彈代表有魚雷。這一時刻彷彿十分漫長，克勞斯希望只是虛驚一場。維克多就在出事地方的附近。他現在得決定是否要過去協助；但無疑地，不管是哪艘船隻，都處於燃料不足的窘境。

「准將發出警報，長官。」信號台的人表示。

「很好。」

另一個有力的理由反對回頭，就是等他到達時，天都黑了。他又會落在船隊後方，等再次回到陣隊又不知會花多少時間，而且船隊隊形又會再次打亂。不管那艘U型潛艦發動什麼樣的攻擊，已成定局也無法補救。更不可能用所剩無幾的深水炸彈來反擊。他只可能去救救生還者，卡德娜和維克多已經在那裡了，基林過去會花超過半小時。但要是船隊裡的人看到他悠哉地在前面航行，而後面同伴卻死傷成一片，又會作何感想？他走到艦間傳話系統，道奇和詹姆士很快就回應了；他們知道船隊有麻煩，並請求指揮官下令；他只下令要他們留在原位。卻聽不到維克多的回答。他說：「喬治呼叫老鷹。喬治呼叫老鷹。有聽到嗎？」沒有答覆。維克多離這裡有十海里遠——也許更遠，說不定超過通訊範圍。也可能是手邊事情多到忙不過來應答，但這幾乎不太可能。克勞斯站在那裡，拿著話筒，一種難以言喻的渴望，希望能聽到回應，哪怕是冷漠的英國腔。准將在閃著訊號，光線直對著基林，一定是有事情要說。而且一定很緊急，因為現在天色開始變黑，這時傳摩斯密碼並不安全。會有被敵人解讀到的風險；准將不是這麼愛賭一把的人。

有人拿著板子從信號台上衝下來。

船隊致護衛隊，卡德娜回報，維克多被擊中。

「很好。」

沒什麼好猶豫的了。

「我來指揮，哈伯特先生。」

「是的，長官。」

「現在是什麼航向？」

「093，長官。」

「右滿舵，航向273。哈伯特先生，准將傳來的消息，維克多在後面某個地方被擊中了。我要到後面去。」

「穩舵，航向273，長官。」

「很好。所有引擎，全速前進。」

「所有引擎，全速前進。機艙回報，所有引擎，全速前進，長官。」

「很好。」

該去艦間傳話系統發個話，告訴道奇和詹姆士他要做什麼。

「你現在得同時留意側面和前方的安全。」他補充道，「這樣不會太耗燃油。」

「是的，長官。」

船隊和基林的航向面對面地拉近。西邊的天光仍夠把船隊輪廓勾勒出；但船艉的天空已經很暗，他們可能看不到基林正在接近。船隊陷入了混亂，有的船隻離開了位置，現在不管要往哪個航向都有機會撞上。因為船隻的動向已無法預測，有可能閃避，也可能會回到位置。但他必須往前，維克多被擊中了。一想到這個就萬分悲痛，雖然身子一直保持平衡地站著，內心卻十分緊張。這劇烈的悲痛只持續了幾秒，立刻被眼前緊急的事推到一邊。

很久以前，拿破崙在戰爭中失去一位他喜愛的士兵，他自問：「我怎麼沒為他掉過一滴淚？」克勞斯至少還難過了十五秒，然後——

「右舵，壓舵，左舵，壓舵。」

基林從准將的船隻旁邊找空間鑽。他只能選擇走這裡溜過。船隻之間的空隙正在拉大。

「右滿舵！」

緊急轉向避開後面的船隻，快速計算那黑色形狀的物體有多遠。基林轉彎時，船身也跟著傾斜。

「壓舵！穩舵直航！左舵，微角度。壓舵。左舵，壓舵。」

基林快速穿梭在兩艘船隻的船艏和船艉之間，對著下一個黑色的物體前進。最後終於穿越船隊了。

「所有引擎標準速度前進。」

「所有引擎標準速度前進。機艙回報，所有引擎標準速度前進，長官。」

「很好。」

每一分鐘都很寶貴，他得讓基林夠慢才行，這樣聲納才能工作。

「恢復聲納搜索。」

「右舷艄有東西！正在靠近！」

有東西？潛望鏡？克勞斯衝出去拿起望遠鏡。天空仍有一絲暮色。那是一艘救生艇的殘骸，三到四英尺的破碎船艄，其他幾乎都沉沒了。有一個人仰著頭躺在那裡，雙臂大開仍沒斷氣；克勞斯看到他正試圖抬起頭，看看是什麼東西在靠近。但下一秒，基林翻起的浪花就擊中殘骸，把他淹沒在海水下。基林經過時，克勞斯又看到那救生艇，再次被海浪蓋過。昏暗的遠處有個船形，一定是卡德娜。忘掉剛才那張被海浪覆蓋的臉。

「老鷹正在線上，長官。」哈伯特說。

老鷹？維克多現在還能用艦間傳話系統？克勞斯燃起一絲微弱的希望拿起話筒。

「喬治呼叫老鷹，喬治呼叫老鷹，請說。」

「我們機艙室被擊中了，長官。」懶洋洋的英國腔，「卡德娜已經準備好了。它會把我們拖走。」

「我看到卡德娜了。」克勞斯說。

「嗯，就在它旁邊，長官。機艙被水淹沒，動力盡失。剛剛才裝配好通話的臨時電力。」

「等一下。哈伯特先生！卡德娜現在正拖著維克多。指揮基林，以半海里的距離，圍繞著它們。」

「是的，長官。」

他又回到通訊系統。

「我會在半海里的範圍巡邏。」

「謝謝你，長官，我們正盡力搶救這艘船。」

「這我相信。」

「艙壁還挺得住，長官，我們正在補強它。問題是其他艙房有很多漏水。這個我們也正在處理。」

「好的。」

「卡德娜已經接走了我們船上其他人。低階水手已經先上去了。機艙裡少了三十人。」

「好的。」

「船身往右傾斜五度，船艉下沉，但被拖行還是沒問題的，長官。」

「好的，卡德娜拖行的纜繩已經繫上了嗎？」

「是的，長官。應該說，再過十五分鐘，就要開始拖了。」

「很好。」

「我們可以手動操舵，長官，在一定程度上還是可以自己控制。」

「很好。」

「艦長讓我向您報告，長官，孔古斯塔夫號在我們之前就先被攻擊了。他們認為是短距的三發魚雷。一定是近距離的魚雷齊射。」

「看來是這樣沒錯。」

「不到五分鐘就沉沒了。卡德娜救了上面的艦長和一些船員，長官。」

「好的。」

「它沉下後，就換我們被擊中了，長官。潛艦探測器沒有聽到發射的聲音。這裡干擾太多。」

「很好。」

「我們只剩下一枚深水炸彈，長官。出於安全考量，已經把它投射出去。」

「很好。」

深水炸彈如果在沉船時爆炸，會炸死不少等待救援的生還者。

「艦長要我跟您說謝謝，長官，感謝您所做的一切。他很榮幸能一起作戰。」

「我希望還能一起並肩作戰。」克勞斯說。

這像是刻在墓誌銘上的句子。

「艦長還要我跟你道別，以防再也見不到你。」

「很好。」他第一次發現海軍制式的回應可以如此恰當。但仍覺不夠——於是臨時拉長對話，「告訴他，我期待跟他在倫敦德里見面。」

「是的，長官。纜繩拉到頭了。很快就要開始拖了。」

「很好。要回報結果。通話結束。」

現在太陽已經下山了。天很黑，但不是全然無光的黑。在右舷的橫梁上，還能看到卡德娜和維克多兩艘船隻的形狀。基林在它們附近巡邏，聲納在水深處搜索，雷達在掃描水面。克勞斯腦子又在做心算。直徑一海里，圓周長超過三海里；基林要花二十分鐘才能繞完這個橢圓。潛艦只要離兩海里遠，就會超出聲納搜索範圍；在這兩海里外，它會以六節的速度悄聲航行，如果要躲過基林，就得在這二十分鐘內跑到半海里的魚雷射程範圍。他正在盡力保護那兩艘船隻。這也是他必須要做的。驅逐艦很珍貴。要是維克多能回到港口就好了，克勞斯正打算這麼做，只需花不到十分之一的建造時間就能修好它，上面的配備也十分珍貴。卡德娜上面已經人滿為患了。這次航行中，它救了許多人的命；像這樣的大型遠洋拖曳船也很寶貴，幾乎和驅逐艦一樣難得。很明顯，克勞斯現在的職責是掩護維克多和卡德娜，其餘船隻的護衛則留給另外兩艘船艦。他不禁冷冷地想到，面對自己要優先守護誰這件事，心中居然沒有絲毫地糾結。此時，傳話系統響鈴。

「我們正要出發，長官。三節速度，最多可以到五節，但艦長擔心艙壁承受不了。船正在轉向——轉得有點勉強，長官。」

「很好。航向085。」

「085，是的，長官。」

星期四・頭更： 2000-2400

哈伯特在黑暗中行禮。

「報告，已到換班時間，長官。」之後的交班儀式照常，「卡林先生已到甲板，長官。」

「很好，哈伯特先生。晚安。」

然後是艦間傳話系統。

「我們最多只能到四節速度，長官。要是再快一點點，那情況會更糟。我想有片船板破了洞，海水一直湧進，這對後面的艙壁非常不利。」

「我明白了。」

「我們正在試著怎麼駕駛這艘船，長官。」

「我明白。」

在基林這裡，靜得像墓地一樣。漆黑中另一端的人們正拚命在工作。他們在漆黑中支撐著艙壁，只有手電筒微弱的光線陪伴。不停修補漏洞，四周充斥著致命的流水聲。他們也試著控制船的航向，透過口耳相傳的方式，傳達艦橋那邊的舵令，並掙扎著用手動裝置轉向，船隻依然激烈地左搖右晃，像要把拖曳的纜繩扯斷一樣。

「卡林先生！」

「長官！」

他把目前情況、卡德娜的航向和速度告訴他，還有交代他一定要保持聲納警戒。在維克多以四節速度掙扎前進的同時，基林要在它四周繞行，每一圈都微微地更靠近，但那接近的程度真的微不足道。基林以十二節速度去繞行四節速度的卡德娜，這任務可說是輕而易舉。

其他事情就沒那麼容易了。每過一小時，跟船隊的距離就會被拉開四五海里遠。維克多要進到港口，還要花很長一段時間。基林燃料不足的問題不久後會變得更麻煩。他不得不向倫敦求助，克勞斯得打破無線電靜默的規定。這是一個不得已的決定。他必須這麼做。但是德國有無線電測向站，海裡也到處都是潛艦。鄧尼茨會知道船隊位置、航向，甚至組成。這些訊息都會被潛艦回報給這位德軍元帥。可是這樣的航行速度，似乎也沒有什麼理由反對打破禁令。不，其實有。當德國監控系統一通知鄧尼茨，他就會推測敵方船隻為什麼要傳無線電，不久就會發現原因：沒有足夠武力，急需幫助。這就足以讓鄧尼茨下令，把所有可調動的潛艦都圍過來。之前對著維克多發射魚雷的艦長會知道他擊中要害，維克多會再次被盯上。要是船隊默不吭聲前行，鄧尼茨還有潛艦艦長就不會知道這些，船隊現有戰力的資訊非常重要。

船隊現在幾乎沒有防備力，維克多又離這麼遠，目前情況急需幫助。道奇和詹姆士的燃料也令人擔心。基林也早就沒有武力能擊退攻擊維克多和卡德娜的敵人。他得尋求幫助，顧不了自尊，也不得不冒這個險。自尊早已無關緊要，但得把風險降到最低。要是現在發出訊息，鄧尼茨會有一整晚的時間指揮潛艦發動攻擊。夜晚還要七八個小時才會過去，在這段時間裡，倫敦幾乎沒辦法幫忙。最好再等等，凌晨一兩點再送出消息。這樣海軍部門有足夠時間準備，在黎明時派飛機掩護，並盡可能縮短鄧尼茨集中火力攻擊的時間。他知道凌晨兩點夠早了，自己的訊息會直接傳到最高層。只要花半小時就能傳到；再半小時等海軍命令發布；一小時做準備；然後兩個小時的飛行時間；到了黎明就會有飛機掩護。凌晨兩點發出無線電——也許一點半發出也行。

克勞斯站在操舵室心中暗自做出決定，此時卡林正在甲板上指揮基林對卡德娜繞行。克勞斯之所以站著，是因為知道自己一旦坐下就會睡著。他已經有過一次差點睡著的經驗。克勞斯曾聽過，一九一七年代，動盪的墨西哥，有個地方惡霸用某種恐怖手段統治。他把敵人一個個吊在路邊的電線杆上，雙手綁在身後，脖子繞著一圈繩子，繩子另一端繫在電線杆頂。每個人都站著，站立就等於活著。反倒是累了、腳滑倒了，繩索就會勒死他。有一些人會站上數日，被吊著的人都死命地站著。克勞斯也是這樣。要是他坐下，就會睡著，如果像現在這樣站著，那雙腿的疼痛會難以忍受。腳、肌肉和關節都痛得不得了。難以忍受？他不得不忍。這沒什麼好商議的。但那等候耶和華的必從新得力[64]。

他絕不能睡，繼續站著，逼自己去想無線電的措辭。這訊息內容得提到重要的事情；要說到維克多現在已經無法作戰，船隊沒半點防護力，自己遠遠落後船隊，還有燃料不足的問題……夠了，真要講的話，他碰到的問題一個晚上都說不完。他只要說自己「情況嚴重急需支援」就好。倫敦當局會懂的，其他什麼都不用講，他們猜得出來怎麼回事。要是這樣的話，那「情況嚴重」也沒必要了，如果不急也不會發無線電。那又何必說「急需」呢？單說「支援」就好，光是發訊出去就能說明事態嚴重。這麼短的消息，說不定有機會躲過鄧尼茨的監控系統。不，更大膽一點來想，說不定這麼短的訊息，會讓德國破解密碼的專家無從破解。不對，他都忘了——真是愈來愈蠢了。根據加密原則，就算是短訊息，也得用其他字「填充」到最小長度，這狀況道森最清楚了。這是加密專家的意見，不是他能決定的。但是他的判斷還算合理。他必須尋求救助；明天凌晨一點四十五分，克勞斯會用「支援」二字，其他怎麼填滿訊息，就留給道森去想。

克勞斯做完決定後，便不再想它，然後發現自己又站得搖搖晃晃。這真的是太可笑了，已經清醒了四十八小時，之前睡覺時間只有兩三個鐘頭。現在他又虛弱又萎靡。不僅要站著，還得持續思考，不然會意識不清。諷刺的是，克勞斯發現自己很想要有事做，這樣就有專注的目標，刺激自己醒著；但現在胡亂動作都可能引發災難。他不會有更進一步的命令。待在狹小的操舵室

[64] 出自聖經《以賽亞書》第四十章。

裡，用疲憊的雙腳隨著船上下顛簸。很想叫人再送更多咖啡來，但又提醒自己不要沉溺在癮頭上，得採取其他必要方式保持自己清醒。現在不得不去上個廁所；他戴上有助夜視的紅色眼鏡爬下梯子。在圍欄那絆了一下，就像種田的農夫第一次出海般地笨拙，雖然感覺拖不動這樣的身體，但最後還是辦到了。他不能被疲憊擊倒。然後又回到操舵室，在裡面走動。抬頭縮下巴，挺胸，肩往後拉，就像在安納波利斯遊行時一樣。在他重新振作起來前，不會再喝咖啡。

此時聽到通訊系統有呼叫，心裡鬆了口氣。

「老鷹呼叫喬治。聽到請回答。」

「喬治呼叫老鷹，聽到呼叫，請說。」

「我們不得不棄船了，長官。」一向冷冷的英國腔這次不再用那種事不干己的語調說話。而是十分沉重；在繼續說下去前，有一小段的沉默，「非常抱歉，長官。」

「別無選擇了嗎？」克勞斯問。

「堵漏墊不夠大，長官。移動式幫浦的抽水速度也不夠。水持續沖進來——我們無法把它壓住，灌得非常快。」

隨著船體愈是無助地下沉，底下的破洞也會愈嚴重，進來的水壓也會隨之加大。

「我們現在有十五度的傾斜，艦橋後面的主甲板已經被淹沒，長官。」

「我相信你們已經盡力了。允許棄船。」克勞斯說，「替我跟艦長說，我相信他對這船已盡力搶救了。我對這樣的不幸感到遺憾。」

逼自己疲累的大腦思考，挑選適合的詞句。

「是的，長官。」英國人說，又回到了那冷漠的語調，「好的，目前就這樣了，長官，感謝您體貼陪伴。」

克勞斯遺憾地離開傳話系統。第一次聽到那冷冰冰的英國腔時，從來沒想過自己會對說話的人產生某種情誼。

星期五．午夜更： 2400-0400

操舵室的光線還夠，看得出換班時間已到，通訊員交班時把耳麥拿下給對方，卡林也敬了禮。

「奈史東先生已報到，長官。」

「很好，卡林先生。」

「晚安，長官。」

「晚安，卡林先生。我來指揮，奈史東先生。」

「好的，長官。」

隨著幾個舵令，基林在黑暗中慢慢接近卡德娜還有維克多。某個瞬間，他在風中清楚聽到從海的另一邊傳來隻字片語——擴音器聲音傳了過來。

「聲納報告，聽到很大的破裂聲，長官。」一名通訊員說。

「很好。」

那是艘英勇軍艦的安魂曲。兩年半前，維克多不畏德軍的武力，從格地尼亞逃走，躲避納粹海軍的爪牙，逃離波羅的海。兩年半以來，船上的人死命戰鬥；這艘船是失去家園的船員們唯一歸處，現在它也走了。

卡德娜拉響四聲汽笛，在夜裡格外響亮。四聲，表示救援已完成。

「右舵，微角度。保持右舵。壓舵。」

他小心地讓基林往卡德娜靠近，近到大喊能聽得到的距離——瞪大了眼看著它轉過來——然後走到擴音器旁。

「卡德娜！這裡是護衛隊。」

停了一下，擴音器又再次響起。

「所有人都救到了嗎？」克勞斯問。

「是的，我們都救到了。」

心裡大石放下。克勞斯腦中瞬間浮現一個畫面，一名英國傳令官表情冷漠地沉沒海中，落在兩艘船殼中間被夾個粉碎，然後又被海水淹沒。

「航向087。」克勞斯對著卡德娜大喊。

「087。」對面擴音器重複一遍。

「以最快的速度，回到船隊位置。」

「我們最快是十二節，會試試十二節速度。」傳話的擴音器回報。

「我會在你前方掩護。」克勞斯喊著，「換一種之字形移動。用第七號。」

「更換之字航行路線？但——」

「這是命令。」克勞斯說，「更換之字路線，第七號。從現在開始計時。」

「那麼，好的。」擴音器的聲音變小。幾乎每艘商船都很意外地討厭之字形航線。直覺上會認為愈危險的地方最好愈快通過；然而要是拿出圖並舉幾個相似的例子，只要五分鐘的時間就能說服，誰都看得出這種之字形移動，才是讓潛艦更難攻擊的方法，瞄準的時間也更長。發射的那一刻，會因無法預期航線而失手。曲折前進會大大減少被擊中的機會；克勞斯以前上反潛課時有在潛艦司令塔模擬要怎麼攻擊過，但要理解這回事不需有他以前的上課經驗，一分鐘都不需要。

「有聽到對話嗎，奈史東先生？」

「是的，長官。」

「那你來接替指揮吧。航行在卡德娜前方五百碼，替它開路。」

「是的，長官。」

「傳訊員！給我一壺咖啡。」

既然維克多已被擊沉，有必要再重新考慮一下是否要求救的決定。快到黎明時，他和卡德娜會接近船隊，到時候情況又會有所不同。但詹姆士的燃料和彈藥問題仍未解決。就算不會因為維克多而脫隊，但明天依然會是漫長的一天，如果有飛機支援的話就會不同——非常大的不同。而且倫敦當局無論如何都會盡力協助。是否有需要干犯之前考慮過的風險，打破無線電靜默的規矩？要嗎？克勞斯試圖在操舵室裡慢慢地踱步。在步行時，不得不壓抑雙腳的疼痛。他並不是耐不住性子；而是為了逼自己思考。他要權衡利弊得失。此時喝點咖啡會有幫助。

「傳訊員，放在桌上。」

黑暗中他沒辦法看清楚，只能摸黑替自己倒咖啡。就跟平常一樣，第一杯喝起來如同瓊漿玉液，第一杯的最後一口又更勝第一口，因為知道還有第二杯可以喝。喝完第二杯的最後一口，就像跟戀人分離時一樣，難分難捨。就盡情吃喝吧——為了明天，在一個小時內，他就得做出決定。

「傳訊員，把盤子送回上官廳。」他說。

得把個人因素排除在外。不要考慮華盛頓和倫敦那裡的人在想什麼。他的職責只有考慮船隊，考慮戰況。也不須考慮會不會被說成軟弱、理由不充足就隨意呼救。名聲當然重要，也更勝過財富；而他的名聲就跟他的生命一樣，是為國家服務。高昇不是從東面來，不是從西面來——他為何要關心自己的高昇[65]？這場戰爭裡不會有放下重擔的時候。當他試著思考時，聖經的文句再次在他腦中浮現。他無法忽視它們。

又來了，會是因他個人的軟弱，所以才會想求援嗎？他是不是潛意識裡想要放下重擔，免除自己的責任？抬頭，肩膀往後。克勞斯在短暫無情的自省後，勉強替自己打了個及格的分數。同時，他也只能放過自己，不再內疚於是否想卸責；他打破無線電靜默的規則是逼不得已，何況它對自己的職業生涯也有不利影響。「適合留任現職」這幾個字對他來講，就跟伊芙琳的回憶一樣讓他難過；它不顧克勞斯的意願而浮現。內心一陣該死的咒罵，他絕不會讓這參與並影響自己的決策。

傳聲筒響了，克勞斯丟下是否要用無線電的想法，也忘了腳的疼痛，立刻跑過去接起。

「艦長。」

「艦長，前方有光點。」

「光點？」

「也許是一個，長官。這螢幕愈來愈不清楚了。距離一直在閃，數量也不確定。」

「所以你到底看到了什麼？」

「就一些東西，長官。本來以為是兩個點，現在不太確定。但就在正前方，大約084，或是088之間。」

「不是船隊？」

「不是，長官。不在這個距離。那光點差不多剛好在雷達掃描極限。」

「很好。」

當然一點也不好，一個光點。正前方有東西在水面上，會不會是全速追趕的潛艦？很有可能。還是一艘落隊的船隻？也有可能。這得處理一下，「我來指揮，奈史東先生。」

「是的，長官。卡德娜已經以十二節全速前進了，長官。」

「謝謝你。右標準舵。航向240。」

「右標準舵，航向240，長官。」舵手在安靜的操舵室裡回應。基林在轉向時停頓了一下；

---

[65] 出自聖經《詩篇》第七十五章。本書一般採用較通用的「和合本」譯文，為了符合「高昇」的雙關，此處採取了「新譯本」的版本。

這片刻停頓足以讓克勞斯計算出，卡德娜的之字路線現在彎到第幾個彎了，「穩舵，航向240，長官。」

「很好。」他得到艦橋右側外面的看台上，看看在黑暗中看不看得到卡德娜，「右舵，微角度。」

卡德娜下一個轉彎時機就要到了。基林靠近時，克勞斯緊張地觀察它，在它把舵轉到底時，克勞斯也看著它在黑暗中改變的輪廓，「壓舵。右舵。壓舵。穩舵直航。」

在黑暗中，要跟一艘之字前進的船隻並行，得要十分小心。這兩艘船隻愈來愈近了。對方閃了一下燈號。他們愈來愈緊張，無法猜到基林想幹什麼。有人打開探照燈對著它。

「左舷瞭望員回報，卡德娜有閃燈，長官。」通訊員說。

「很好，右舵。壓舵。」

他剛走到擴音器前，還沒說話，對面的喇叭就先響了。

「基林！」

「這裡是護衛隊，我要到你們前面。前方幾海里處可能有東西，方位大約是086。」

「是什麼東西？」

「我不知道，但會去察看。保持現在的路線，並多注意正前方海面的情況。」他思考了幾秒，「要是有危險，我會警告你。要是看到我炮擊，就改變航向到042。」

「好的。」

「保持現在航向半個小時，要是沒聽到我這裡有什麼聲音，就回到087。」

「好的。」

他希望卡德娜聽明白了，此刻突然想起卡德娜的艦長是波蘭人，而聯絡官是英國人。他們聽了他的話，會讓卡德娜穩舵直航。

「再會。右滿舵，航向086，船艏正前方，全速前進。」

克勞斯的命令很快在操舵室裡被重複了一遍，每個人都知道現在在幹嘛。但在機艙下面，他們對情況一無所知。他們可能會知道基林在繞圈；但他們不會知道基林加速的原因是什麼。他們的問題是小問題，只要服從命令就好。克勞斯不去想機艙裡的人員，因為心裡感到嫉妒，就像船沉沒時留下的漩渦一樣。接下來航向不確定的幾分鐘裡，又重新在思考打破無線電靜默的規則。

「請允許調整時差，長官？」奈史東悄悄出現在身邊。

時差？克勞斯克制自己不去重複奈史東的話，這會顯得很蠢。有些事他得忘記，但有些事他應該要記住。基林剛從一個時區跨到另一個；時間會往前一個小時。

「華森先生的命令？」他問。

「是的，長官。」

導航員華森，在克勞斯的指揮下，負責調整船上時間。

「准許。」克勞斯說。

奈史東不會知道自己打斷艦長的思考，但奈史東的提問跟克勞斯在想的事情有強烈相關。他本來設定好的決定期限現在已經成為過去。他真是個傻瓜，怎麼會沒想到；雖然只是名義上的數字改變，並不是真的加快時間，但在心理層面的影響卻很大。而且克勞斯也被提醒，目前航向是往日出的方向前進，那麼夜晚會比以為的要短得多。不管怎樣，他們不僅是往日出方向前進，而且朝著一個可疑目標全速前進。他又拿起傳聲筒。

「現在那個光點還在嗎？」他問。

「還在那裡，長官。」

「目標是大還是小？有辦法猜一下嗎？」

「我覺得可能是大的，長官。但也或許是兩個點，長官。而且我覺得它在移動，長官。跟我們一樣的航向。」

「有慢慢追上它嗎？」

「就我所知，是有的，長官。」

在採取任何行動前，得先辨視它是什麼，但在黑暗中並不是這麼容易。十之八九只是艘落隊的船隻。他試圖跟道奇和詹姆士取得聯繫，但失敗幾次後感到惱火。看來是超過艦間傳話系統的有效距離，不然……不然就是，有糟糕的事發生了。他無論如何都得把這念頭先放一邊。它們不可能一起沉沒，卻又沒有半點火光反射在夜裡的雲朵上，不然瞭望員一定會看到。

「有辦法估計那個光點有多遠嗎？」

「嗯，沒辦法，長官。我沒辦法確定。」

聽到這不盡如人意的回答後，另一個聲音馬上從話筒傳來。是查理．柯爾。克勞斯不覺得他有睡；也許是在巡視四周。

「方位一直不變，長官。」柯爾說，「我確定那裡是兩個點。」

「謝謝你，查理。」

「而且我們很快就要追上他們。」

「很好。」

能夠很快趕上，也許只是落隊的兩艘船隻。要是這樣的話就沒什麼好著急的。克勞斯安慰自己；一秒鐘後他開始左搖右晃，精神渙散。當他放鬆警惕，睡意就像一頭沒有完全馴服的猛獸隨時要撲來。第二天快結束了，他完全沒睡；兩天下來幾乎都在緊張中度過。還有一點他也沒忘，這兩天他幾乎都是站著。克勞斯很高興自己差點睡著時，話筒鈴聲又響起。

「我剛才調整了一下，長官，確定是兩個點。距離四海里——應該不會錯，方位086。」

「很好。」

最好別接近得太快。也要讓聲納能正常運作。等個五分鐘。

「所有引擎標準速度前進，恢復聲納搜索。」

「機艙回報，所有引擎標準速度前進，長官。」

感覺到船體震動突然減弱，光是由行經水面音量變弱，就能分辨出現在是什麼情況，此時聲納也開始發出運作聲音。

「聲納報告，底下聲音混亂，長官。」

等基林確實降到十二節後，情況會開始好轉。

「瞭望員回報，船艏正前方有東西，長官。」

「很好。」

要是柯爾估得夠準的話，離那東西應該有三海里的距離。晚上那樣的距離，瞭望員還能看得到東西，看來這瞭望員能力不錯。

「艦長傳達船艏瞭望員：繼續報告你所看到的。」

星期五：晨更：0400-0800

克勞斯站著盯向前方。以目前來看，他只看到一片漆黑。奈史東在他身旁，也注視著前方，克勞斯眼角餘光瞥見有另一人站在他身旁。到了換班時間了。

「船艏瞭望員回報，正前方的東西似乎是兩艘船，長官。」

「很好。」

「當然了，是船隻，長官。」哈伯特說。

現在克勞斯看得到了，它比夜的黑還要再更黑一點。只是船隻，從船隊裡落隊的幾艘零星船隻。就因為他們，結果白緊張一場，他感到惱火。

「船艏瞭望員回報，正前方有兩艘商船，大約兩海里，正在靠近，長官。」

「很好。艦長傳達船艏瞭望員：從艦橋這裡也看到了。」

「回報，換班時間已到，長官。」

「很好，奈史東先生。」

「長官，」哈伯特說，「今天早上總動員有需要下什麼命令嗎？」

他好像忘了一些事。還有一個小時總動員的警報就會響起，除非他下了跟昨天一樣的命令，不然整艘船隻的人都會被喚醒。昨天他取消警報的理由現在也還在。他的船員每四小時輪一次班，他們需要充分的休息。他應該還記得之前說過的話：「要是此時拉起總動員警報，表示真的進入緊急狀態。」

「打開廣播。」

「是的，長官。」

他們離黑暗中的船隻愈來愈近，然後聽到廣播裡傳出。

「各單位注意，現在將不會有——」

山姆叔叔[66]有某艘船隻，被人戲稱叫「不准船」，那是因為上面的廣播系統，三不五時就會發出各式各樣禁令通知；大多是在警示船員，告知下午自由時間被取消之類的負面消息。和這裡相當不同。

他們愈來愈接近其中一艘船了，能夠看到它的尾跡。

「左舵。壓舵。穩舵直航。」

現在能認出來了。一艘有著艦橋的油輪，引擎配置在船艉。那是亨德力森。他們在艦橋上用擴音器大喊了。克勞斯走到擴音器旁；還沒走到，突然有個人影衝出來，撞到他的手肘。

「海軍部門有消息，長官。」那個人說，是道森的聲音。

[66] 這裡意指「美國」。

「給我一分鐘。」克勞斯說，但這些話讓他麻木的神經重新受到刺激。他對著擴音器大喊：「這裡是護衛隊，你們怎麼會這麼後面？」

「窩悶，那個混蛋，撞，」一個聲音說，「船艄，板子，凹。你，救我們。他，混蛋，我們老闆索賠。」

「你看起來沒什麼大礙，你對他做了什麼？」

「我希望，能對他，做更多。」

「你能維持航向和速度嗎？」

「可以。」

基林快速從亨德力森旁邊掠過；就快超過擴音器能聽到的距離了。

「航線現在改成七號，七號之字形航線。小心，卡德娜正從後方追上來。」

「好的。」

「哈伯特先生，接替指揮。用擴音器叫一下前面另一艘同伴，問問他們有什麼損失。要是沒大礙的話，帶他們回到油輪縱隊的後方，幫他們掃描前方海域開路。」

「是的，長官。」

「好了，道森先生。」

道森手裡拿著寫字板；他拿了海圖桌上的紅色手電筒，照著寫字板。克勞斯把寫字板和手電筒都拿走。

「有些地方糊得很嚴重，長官。」道森道歉，「我已經盡力了。」

克勞斯用手電筒微弱的紅光照在上面，有些只是雜亂無章的字母，而另一些則是讓人吃驚的字句。

加強武力，派遣。一堆雜亂的字母。護衛隊，指揮官白即[67]來自班夫SNO……然後又是一堆看不懂的字。預計飛行器，作戰指揮278－42，附錄，HYPO……更多看不懂的東西。

「我記得還有一張，長官。」道森用手戳了戳上面的作戰指揮，「就是這裡。」

在寫字板上，還夾了另一張附錄訊息：他對華盛頓，意見，你的回應。

「還是一樣。」克勞斯說，「傳訊員！」

「是的，長官。」

「請執行官到艦橋來。」他在開口前停頓一下。此時腦袋跳出句子──容我向執行官致意，要是他能移駕到艦橋上，我會十分高興──這樣的句子，誇張得可笑，那是和平時期也是舊時代軍艦上的用語，為了符合現代戰時用語，他得想個更貼切的說法。

他仔細看了下寫字板上的訊息。差不多是十二小時前的訊息，傳來這裡的時間，比一般重要的海軍訊息還要久。通訊管道有限，海軍部門一定是費盡心力才把消息送到他手上，讓他及時做出反應。讓人感到振奮的是，增援部隊就要來了。SNO對照英國那裡的用法，表示「資深海軍官員」，不是那種奇怪的修飾用字母。而且SNO也代表了「指揮官」。這意味著，他的位置會被取代。他對船隊的責任會結束。克勞斯發現自己感到懊悔──這懊悔中沒有半點輕鬆。他本來希望

[67]「白即」是因為字體模糊的關係。

自己能完成任務。他一身毛茸茸的工作服裡面，包裹了混雜又憤慨的情緒。

「我不敢妄自猜測這些加密文字的意思，長官。」道森說，「裡面還包含了數字——」

「很好，道森先生。」

有點奇怪（雖然英國人本來就很怪），英國海軍部發出要班夫的白即來代替指揮，但這資訊發得好像有問題。克勞斯想到了加拿大落磯山脈還有路易士湖；但也許英國也有地方叫班夫的，同樣的地名在波士頓和紐波特也有。但在這情況下，為什麼要特別提到？白即一定是加拿大人，才會特別提到。有個有趣的東西在克勞斯腦中閃過，緩和了他的怨憤。這一定是出自某個英國貴族之手——指揮官，來自班夫的「白即」，駕著英國的「飛行器」，這種英國彆扭的用詞。

「報到，艦長？」柯爾來了。

「讀一下這個。」克勞斯說，把手上的寫字板和手電筒給他。柯爾彎著腰看，手電筒離紙張不到兩英寸的地方。

克勞斯有責任把這樣重要的消息讓副手知道。

「太好了，長官。」柯爾說，「您可以休息一下了。」

他在黑暗中看不到克勞斯的表情，不然柯爾就不會措辭不當了。

「是啊。」克勞斯不悅地回。

「格林威治民用時⑱18:00時候發的，」柯爾評論道，「而且上面說已經派出去了，那我們不久就會遇到他們，他們不需要彎曲前行，高速直接過來。好吧，其實也不會太早。」

「不會。」克勞斯說。

「您知道這位白即艦長嗎，長官。」柯爾問道。

「那不是他的名字。」克勞斯說，這輩子第一次有種優越感產生，「那是他的領地，來自班夫的『伯爵』。」

「一位伯爵？你有跟他說過話嗎，先生？」

「不。」克勞斯說，「記不得了。我是說，我確定沒有。」

最後一句是因為他微微良心不安又補的。克勞斯見過許多英國海軍軍官，要是他有見過班夫的伯爵他一定會記得，說「記不得」是謊話。

「你沒有試著猜一下這些東西的意思，道森？」柯爾問。

「沒有，長官。我是跟艦長說，這裡面還有數字，會變得更難猜。」

「當然了，數字。」柯爾說道，「決策會議沒註明時間，也沒有地點。但那架飛機會在日出後一小時內到達，長官。這點可以確定。」

「我想是的。」克勞斯說。

「這是我這輩子聽過最好的消息了，長官。」柯爾說，「謝謝你讓我知道。」

顯然，柯爾一點也不覺得克勞斯會有被取代的失落感。

「艦長。」哈伯特說。

上次聽到他聲音，是拿著擴音器在指揮另一艘船隻告知航向，並不時夾雜髒話在裡面。

---

68 格林威治民用時把00:00設在子夜，當作一天的開始；1952年之前是把00:00設為正午時間。

「是的，哈伯特先生？」

「另一艘叫南國號的貨輪，他們回報，右舷斜角的船殼凹了下去。但大部分的損傷都高於水線，漏水情況還能處理。亨德力森的損壞也都在水線之上，我已經安排他們排成一列，由南國號帶頭。他們說可以用十節半的速度航行，亨德力森則是十一節。卡德娜還在船艉正後方，長官。」

「離船隊還有多遠？」

「以雷達估計，差不多是四海里，長官，還看不見他們。」

「很好，哈伯特先生。讓卡德娜也加入船隊，我們在前方巡邏。」

「是的，長官。」

哈伯特離開後，柯爾對道森說。

「有確認過應答口令了嗎？」他問。

「一如我平常的工作一樣，十分肯定，先生。」道森說。

是有必要考量道森的能力和心理狀態。他沒有誇大自信，也沒有膽怯。

「一如以往。」柯爾說，「我們兩個小時後就能遇到他們。」

「你怎麼知道的，查理？」克勞斯問。在那瞬間，他壓抑了心中的驚訝。

「現在是使用格林威治民用時，長官。」柯爾回答，「今天早上的日出會是六點三十五分。現在是五點二十五分。已經可以看到天色微亮了，長官。」

原來是這樣，確實如此。可以隱約看到柯爾和道森白皙的五官，而不再是黑漆漆的人影。兩個小時！有點太難以置信了。

「如期進行。」克勞斯說。

「往他們預計我們的所在處航行，長官。」柯爾補充道。

就兩天前的資訊來看，英國海軍部門並不確切知道護衛隊的位置——兩天？怎麼感覺像過了兩個星期——一直在改變航向，也一直發現大量的潛艦出現在各方位，但這也是理所當然的，他們可能會以為船隊目前位置落後本來進度。但事實上，他們依然穩穩地在航行，幾乎沒有延遲。

「道奇和詹姆士必須知道這件事，」克勞斯說，戴著手套的手拍打著寫字板，「我會通知他們，我昨晚還聯絡不到他們。看來是離得太遠了。」

「我們也許不需要這麼費心，長官。」道森站出來說，語氣裡帶著謹慎的遺憾，「他們也許已經——」

道森的話音漸弱到聽不清楚，克勞斯走到了傳話系統。道森知道通訊官的工作流程，也知道指揮官要做什麼；同樣的，克勞斯也都知道。英國海軍部要傳訊息給護衛隊，道奇和詹姆士同時也很可能接到了訊息，並且已經把內容解碼了，但這樣做其實是違反規則的。軍中的紀律在這情況下很難抵擋住好奇心。

克勞斯開始對兩艘船艦講話，他接到了道森帶著歉意的口氣回應，就算是在傳話系統的不良通話品質下，很多語氣細節都被過濾掉，也一樣聽得出來。

「是的，長官。」迪奇遲疑了一會兒說，「我們也接到了訊息。」

「我想也是。」克勞斯說，「所以你已經知道了口令？」

「是的，長官。」

「你把裡面的數字解開了嗎？」

「那不是數字，長官。」迪奇回答，「上面寫的是『T點』我們理解為那是『估計雙方會合處，T點』。」

「我們現在快要到T點了。」克勞斯說。

「是的，長官。」

也就是說，很快就要跟援軍會合了，但這並不是他發出的要求。

「我們還解開了另一段，長官。」哈利說，「『回報位置，可能在北緯五十七度。』」

他們現在在北緯五十七度以南。

「謝謝你，」克勞斯說，他不會對這小小的違規往上報。若是他在前天晚上的航行中被炸死，那他們也不得不對這密令解密。他們並不知道他是否被炸死。這又讓克勞斯開始想另一件事了。很難把所有事情都記在心裡，就算現在想到的事情並不怎麼開心。

「有件事不曉得你們知不知道，」他說，「維克多已經沉了。」

「不知道！」傳話系統中震驚地回應。

「已經沉了。」克勞斯說，「它在傍晚被擊中，到了半夜才沉下去。」

「有人獲救嗎，長官？」傳話系統裡的聲音不安地問。

「我想，除了在爆炸當下被炸死的人外，其他人都獲救了。」

「老圖比沒事吧，長官？」

「那位英國聯絡官？」

「是的，長官。」

「我想應該沒事。」

「很高興知道他還活著，」一個聲音說，另一個聲音插話，「想要淹死老圖比沒那麼容易，他身上的肥肉會浮在水面上。」

克勞斯一直以為那發出死氣無力聲音的主人，是個又高又瘦的人；顯然並非如此。

「好吧，各位，」克勞斯說；疲倦的頭腦得重新理出頭緒來，因為他得正式和盟軍打交道，「就快了。」

「不會很久的，長官。」

「很快我就不負責指揮了。」他板起臉來，回復以往冷漠的口吻。話筒裡面一陣同情沉默，然後他繼續說：「我得謝謝你們所做的一切。」

「謝謝你，長官。」話筒又傳來聲音。

「是的，」另一個聲音說，「我們也要謝謝你，長官。」

「不客氣，」克勞斯木訥笨拙地回，「但我要說的就只有這個，先這樣吧。」

「再見，長官，再見。」

他離開傳話系統，感到惆悵。

「現在換你了，長官，」柯爾說，「您上次用餐是什麼時候？」

克勞斯被突如其來的問題嚇了一跳。他是吃過一些冷盤和沙拉，記不得是什麼時候吃的。現在回想起來，只知道一次又一次地換班，讓他困惑到不知道到底是何時。

「我有喝咖啡。」他有點心虛地說。

「長官，自從我上次幫您點的餐點外就沒吃其他東西了嗎？」

「沒有。」克勞斯說。就算這位執行官是他一輩子的朋友，但也不想讓他來監督自己的生活，「我不餓。」

「離你上次吃東西已經過了十四小時了，長官。」柯爾說。

「我現在唯一要做的，」克勞斯維護自己的獨立性，「是去解手，不是吃東西。」

他覺得自己像個鬧脾氣的小孩，而柯爾則像是有耐心的照顧者，自己的藉口十分幼稚。

「好的，長官。在您下去的時候，我會幫您準備早餐。我想在飛機出現之前，您應該是不會休息的，長官？」

「當然不會。」克勞斯說。

這是克勞斯的第一場戰役；此後他會記取教訓，把握戰爭中的每一分鐘。但他仍鬧了孩子氣，這是為了自己的尊嚴。

「我想也是，長官。」柯爾說，「傳訊員！」

柯爾叫傳訊員找來餐廳的服務生，替艦長準備培根和雞蛋。克勞斯發現他現在得像個男人一樣，兌現隨意說出來的藉口。既然都說了要去解手，現在對此感到非常焦慮，變得非去不可，一分鐘也不能等。但就算這樣，他發現自己很難下樓梯。他才把腳踩在梯子的橫檔，馬上就想起自己忘了戴紅色的夜視眼鏡，然後又鬆了口氣，因為現在天光漸亮，可以不用它了。他痛苦地走下梯子，靜靜地走向海風和寒冷光線的艦橋外面。他頭在暈，全身都很難過。後腦勺持續隱隱作痛，讓雙腳交替下樓梯時更是痛苦。他搖搖晃晃走進廁所，也沒真的要上，然後再搖搖晃晃走回去。艦橋看似遠得遙不可及，他已筋疲力盡，但想到不久後就可以上岸，使馬上打起精神繼續走。甚至帶了某種不知從何而來的活力，登上梯子。柯爾在操舵室向他行禮。

「我要去巡一下炮塔和瞭望員，長官。」他說。

「很好，查理。謝謝你。」

他現在非坐下不可，需要休息。他走到凳子前，坐了下來。輕鬆了，而且也沒在內急，整個人輕鬆很多；除了雙腳。腳上像是有火在燒一樣。克勞斯浮起邪惡的想法，之前早把這念頭丟棄了，結果它又回來，而且揮之不去，就像海裡的沉屍在腐敗後再次浮起：把鞋脫掉。大可不用管體不體面，可以大膽一點。對船員來講，看到自己艦長穿得體面很重要，但對此刻的他來說，沒有什麼比這個更重要。他被折磨得像印第安的俘虜，他得要——不，是必須要這麼做。這也許是他在紀律上做出的第一個讓步，但就算是這樣，他也沒辦法忍住。他痛苦地彎下腰，解開鞋帶，鬆開孔眼，他彎得更低，手放在腳後跟，想把鞋子脫下。儘管有頑固地想阻止自己的想法，但才一瞬間，那種煎熬和解放融合在一起，那是種難以形容的感覺；那瞬間也讓他想起了伊芙琳，他也曾跟她有過類似的感覺。他馬上把伊芙琳甩出腦海。

克勞斯動動腳趾伸伸腳，生命力從厚厚的防寒襪裡爬回身上。脫下另一隻鞋子的衝動一秒也阻止不了。兩隻腳都自由了；十根腳趾歡喜地蠕動著。他把脫下的鞋子放在冰冷的鋼鐵甲板上，寒意透過厚厚的襪子傳來，這感覺十分奇妙，克勞斯沒作多想，伸直了雙腿，讓肌肉再次舒通血液循環。他舒展著四肢，就在那之後——或是不知過了多久後——他發現自己睡著了，上半身往下墜。要是再遲一秒，他的鼻子就會撞到甲板。

幸福的時刻結束了。他回到戰爭的鋼鐵世界，站在灰色的甲板上隨著大海搖曳；而這艘大鐵船隨時會被炸碎、被火海包圍、海水會從破了洞的鋼鐵灌入，蒸汽爐炸毀，人們還來不及弄清怎麼回事就會被淹死。聲納的乒乒聲提醒了他，經過一次又一次的換班，自己之所以沒睡，就是為了防備海底深處的敵人。在船艄正前方，還能在海平面依稀看到模模糊糊的影子，那些是沒半點防護力的船隻，正受他的保護；再往後看，又會看到另外三艘船隻。

「傳話系統，長官。」哈伯特說，「是哈利。」

他忘了自己脫下鞋子，穿著襪子走在地上還嚇了一跳，但現在也只能這樣了。

「喬治呼叫哈利，聽到呼叫，請回答。」

羅德少校謹慎且咬字精準的語調在他耳邊響起。

「我們螢幕上出現一架飛機，長官。距離六十海里，方位090。」

「謝謝你，艦長，這可能是我們在等的飛機。」

「是有可能，長官。」這語氣聽得出來羅德常常被飛機轟炸，對他來講什麼都有可能，接下來的話更是印證了這語氣背後的擔憂，「我曾在這麼遠的距離發現過德國禿鷹式飛機，長官。不過我們很快就會知道了。」

「這我不懷疑。」

「等我確定後，會再回報，長官。」

「很好，艦長，謝謝你。」

克勞斯放下話筒，心跳明顯加快了。不管是敵是友，都表示已經距歐陸那裡不遠了。

「艦長，長官，您的早餐。」

一個托盤，上面的東西被白色餐巾蓋住，隆起成了白色的小山丘。他意興闌珊地看著它。要是飛機離詹姆士六十海里，那它離基林就是七十五海里。再二十幾分，就會進入視線範圍；再半小時可能就飛到頭頂上了。就常理來講，他應該抓緊時間趁熱吃。但混著疲倦和緊張的心情，讓他一點胃口都沒有。

「喔，很好，把它放在海圖桌上。」

他又忘記自己現在只穿著襪子，腳上的鞋正不怎麼光彩地躺在甲板上。現在這一分鐘裡，感覺之前脫下鞋子的欣喜，讓他付出了十倍羞恥的代價。

「傳訊員！把我的拖鞋找給我。」

「是的，長官。」

傳訊員眉頭皺都沒皺地接下了奴僕般的命令；但克勞斯卻產生了疙瘩。他對手下軍人的尊嚴十分敏感，現在只能說是自作自受；還變得有點過度在意傳訊員的內心感受。要命令傳訊員做有生命危險的事，都比拎鞋來得容易。一下子就忘了脫鞋前的痛苦，但心裡發誓再也不要沉溺在這種快感。這又讓他變得更沒胃口了。克勞斯跛著腳走到桌邊，冷漠地把餐巾掀開。金黃色的蛋黃和蛋白，在餐盤裡跟他對望；香噴噴的培根香味鑽進鼻孔。還有咖啡。咖啡！倒出來時，香氣十分誘人。克勞斯喝完咖啡後便開始進食。

「您的拖鞋，長官。」傳訊員把它們放在甲板上。

「謝謝。」克勞斯滿嘴食物地回答。

查理．柯爾剛進到操舵室，傳話系統又響了。

「看到PBY卡特琳娜戰機了[69]，長官。」

「很好。」克勞斯回應。在聽到這回報之前，他一直擔心會不會是德國禿鷹式飛機，「它有通過口令嗎？」

「有的，長官，我已經得到答覆了。」

「看到飛機！船艏正前方！」

基林的瞭望員大聲叫喊。

「很好，謝謝你，艦長。」克勞斯說。

「是PBY，長官。」柯爾拿著雙筒望遠鏡在看，對著逐漸明亮的東方海面，然後又大聲喊道：「幹得好啊，大家，是我們的人。」

二十毫米炮塔的人員已經把炮口對向前方。只看到在船隊上方有個黑點，正快速靠近。它開始閃著燈號短——短——長——短——長——長。

「飛機傳了『UW』的訊號，長官。」信號台回報。

「很好。回應對方『BD』。」

UWUW——那飛行員不斷對著其他船隻閃著訊號，確保自己有被認出。現在飛機的外觀已經清楚可見，看到PBY那外觀笨重的機身，心裡感到寬慰。

「是我們的人，不是英國人，長官。」柯爾說。

機翼上畫的是星星。它從頭頂呼嘯而過；四十毫米口徑炮塔上的人員歡呼起來，對著天空揮舞手臂。飛機從船艉離去時，克勞斯和柯爾轉頭去看，快要看不見了。然後又看到它往左轉，往南邊飛去。

「它在確認我們的船隻有多分散。」克勞斯說。

「我也是這麼想，長官。看起來是這樣。但同時，三十海里內的所有潛艦都會發現它，長官。」

這也是當然的。在這樣光線充足的日光下，發現飛機在頭上盤旋，沒有潛艦會冒險浮上來。待在水底下的潛艦可以說是半盲；除非航線上正好有潛艦在，不然對船隻來講，會變得沒威脅性。PBY在空中轉了一圈，往東邊的航線飛過，經過船隊右側。他們看著它的外形逐漸縮小。

「它不是要掩護我們嗎，長官？」柯爾問。

「我知道它在幹嘛，」克勞斯說，「它要回去替新加入的護衛艦隊引路。」

空中的鳥必傳揚這聲音，有翅膀的也必述說這事[70]。班夫來的伯爵和他的護衛艦隊在更遠的海域，PBY要回報通知他們航向。

「它的航向沒有那麼東南方，長官，」柯爾用雙筒望遠鏡在看，「他們應該很接近我們的正

[69] 卡特琳娜是美國所研發的一款軍用水上飛機，英國、加拿大軍隊也配備此款飛機。

[70] 出自聖經《傳道書》第十章。

前方。」

接近正前方，而且差不多以十四節速度在前進。救援船和船隊以至少二十三節的速度在相互靠近。一兩個小時後就能看到彼此。說不定還更快。克勞斯往前看，船隊最後一排已經進入視線範圍；基林成功把落後的船隻帶回來了。

「飛出視線外了，長官。」柯爾把望遠鏡拿下。

還不知道PBY會飛多遠。

「長官，早餐吃得如何？」柯爾問。

克勞斯不願承認，他其實忘了自己用餐用到一半就離開托盤了。他走回去那裡，盤子上的蛋已經冷了，還有一條凝固的培根。

「我再請人送一些過來，長官。」柯爾說。

「不用了，謝謝。」克勞斯回答，「我已經吃夠了。」

「但你一定還會想喝咖啡，長官，這壺冷了。」

「好吧——」

「傳訊員！幫艦長拿一壺新的咖啡。」

「謝謝。」克勞斯說。

「該換班了，長官，我該下去海圖室了。」

「很好，查理。」

柯爾走後，克勞斯再次低頭看著托盤。手不由自主地伸出，拿起吐司便開始咬。像是在嚼冰冷的皮革，但很快就被他吞下肚了。克勞斯在另一片吐司上塗了奶油和果醬，然後也吃下肚。不知不覺，連結凍的培根也在嘴裡，他全吃完了。

星期五．上午更：0800-1200

哈伯特向他行禮，並報告換班時間已到。

「很好，哈伯特先生，卡林先生！叫機艙回報目前燃料狀況。」

「是的，長官。」

克勞斯再次看著前方船隊，又看了跟在船艉的三艘船隻。在救援到達後，仍希望能擔任行動的指揮這件事，是否太感情用事了？

「打擾了，長官。」傳訊員把放了熱咖啡的托盤放在他眼前。

「給我訊號板和筆。」克勞斯說。

他寫下了一段訊息：

護衛隊致後方三艘船隻，現在請回到你們所在的船隊位置。

「拿到信號台。」他命令道，「叫他們訊號傳慢一點。」

「是的，長官。」

「傳話系統，長官。」卡林說。

打來的是詹姆士。

「卡特琳娜戰機在三十五海里處飛過我們的航線，長官。支援的護船艦隊已經不遠了。我猜你會想知道，長官。」

「當然了，非常感謝。」克勞斯說。

他走向咖啡時，傳訊員對他行了個禮。

「艉後船隻已接收到訊息，長官。」

「很好。」

機艙室的伊普森少校上來報告燃料情況。在節省燃油的航行狀況下，可以航行五十七小時。足夠了。

「謝謝你，艙長。很好。」

「謝謝你，長官。」

船艏前方的船隊排得相當整齊。他可以安全從船隊中間鑽過去，走在隊伍中間的航道。

「卡林先生，我來指揮。」

「是的，長官。」

基林離開船隊後方，從中間航道鑽進去。現在四周都是船隻。受損的船、全新的船，各種顏色的油漆，不同的構造風格。他接下任務後，有三十七艘要護衛。現在只有三十艘，失去了七艘。很明顯，這損失不小，但目前仍在航行的船隻比這些沉下的更重要。他護衛了三十艘船隻通過。護衛隊也失去一艘驅逐艦；確實損失慘重。此時克勞斯已經避開差點撞上的兩艘船，和預防另一艘撞上的可能。就是你被稱在天平裡[71]——天平——他立刻振作起來。在他開始指揮時，整船的責任都在他身上，航行在四處危機的船隊中間，一度站著睡著。我默想的時候，火就燒起[72]。他以前從不知道原來可以這麼累。

咖啡也許會有用。此時他才想起剛才端來的那壺東西。幾乎冷了，但還是喝下去，終於穿越船隊，跑到前面時他喝了第二杯。

「卡林先生！接替指揮。」

「是的，長官。」

「航行到旗艦前方三海里處。」

「是的，長官。」

「船艏瞭望員回報，正前方看到飛機。」

PBY又飛回來了。克勞斯看著它曲折飛行，在船隊兩側輕鬆來回巡邏。但願我有翅膀像鴿子[73]。能見度極佳，海面風平浪靜。

「船艏瞭望員回報，正前方發現不明物。長官。」

克勞斯舉起雙筒望遠鏡，什麼都沒看到。沒有？什麼都沒？有一個小到容易被忽視的小點，在遠方的海平面上。

「船艏瞭望員回報，前方物體是船隻。」

就在此時，閃閃、閃閃閃。已經有燈在閃回去了。他聽到基林上面有閃燈的百葉在開關。閃閃。他不由得心跳加速，手忍不住顫抖，微小地顫抖。

「嗯，我們成功了，長官。」柯爾站在他身旁。

[71] 出自聖經《但以理書》第五章。
[72] 出自聖經《詩篇》第三十九章。
[73] 出自聖經《詩篇》第五十五章。

「的確是。」克勞斯回答。此時意識到自己喉嚨的乾澀，影響了他講話的聲音。

傳訊員此時跑來。

SNO致護衛隊，歡迎，請口頭向戴蒙報告。

接著是告知電波頻率。克勞斯把訊息板交給柯爾，然後走向傳話系統。以他現在的狀況來說，很難再走更快。

「喬治呼叫戴蒙。聽到請回答。」

「戴蒙呼叫喬治，我聽到了。」另一個英國腔，「看來這一路上很艱辛。」

「也沒這麼艱辛，長官。船隊中損失七艘船隻，還有兩艘有輕微損傷。」

「只有七艘？」

「是的，長官。國王蘭利號、亨利埃塔——」

「現在什麼名字不重要。」

聽到他這麼說克勞斯鬆了口氣，因為已記不太起來這些船名。

「我們也失去了老鷹，長官。」

「老鷹？真是不幸。」

「是的，長官。它昨晚機艙被擊中。」——昨晚？幾乎難以置信，居然只是昨晚的事。克勞斯內心不如外表那樣站得穩穩的——「在半夜時間沉沒，已經盡一切努力。」

「這我不懷疑，艦長。那在你指揮下的這船隻情況怎麼樣？」

「目前這艘船，省燃料的航行速度可以航行五十六小時，長官。船艉主甲板有四英寸的輕微撞擊，這損壞可以忽略。三人死亡，兩人受傷，長官。」

「四英寸？」

「一艘潛艦浮上水面戰鬥，長官，我們擊沉了它。除此之外，至少還有兩艘以上的潛艦被擊沉。護衛隊其他的船艦表現都非常好，長官。」

「三艘潛艦？幹得好！我想你應該沒有剩下深水炸彈。」

「我們還有兩枚，長官。」

「嗯嗯。」透過傳話系統，似乎聽到對方像是在沉思，「那你另外兩艘船的船長呢？他們的代號是什麼？」

「哈利和迪奇，長官。」

「我會請他們直接向我匯報。」

克勞斯聽了他們的匯報。道奇的炮塔故障，沒有深水炸彈，船艄受到的損害已經妥善修理，燃料剩下三十七小時。詹姆士還有三枚深水炸彈，三十一小時的燃料。

「這樣子航行到倫敦德里，對你來講會十分困難。」戴蒙說。他一定就是班夫來的伯爵。

「也許剛好夠，長官。」詹姆士說。

「這我沒那麼肯定。」戴蒙說。

克勞斯聽到這，又一陣睡意湧上心頭；就像漲潮一樣，想睡的感覺愈來愈強，隨著每一波來襲，他失神的時間就愈來愈久。他穩住自己。新來的戰力出現在海平面上，四艘軍艦排成一列，戴蒙的驅逐艦在最前方，後面另外跟著三艘。

「我要讓你們返港，」戴蒙說，「這樣才有辦法用最省燃料的方式去倫敦德里。」

「長官。」克勞斯說，刺激自己頭腦想適當的措辭，「這裡是喬治，請允許我跟隨船隊。我的燃料還夠。」

「不，恐怕不行。」戴蒙說，「我要你好好看著另外兩位大男孩安全回家。它們狀況不適合獨自出航。」

雖然只是輕描淡寫，但每個字表達得十分清楚；克勞斯對這種感覺也不陌生，他的劍和對手對峙時，也有過這感覺，那細微震動傳到他的手腕上，能感覺得出對手的長處和弱點。

「是的，長官。」他說。

「從船隊左翼離開，」戴蒙說，「我會從右翼那裡過來。」

「是的，長官。」

「這次任務表現十分出色，艦長。」戴蒙說，「我們都很擔心你。」

「謝謝你，長官。」克勞斯說。

「再見，祝好運。」戴蒙說。

「謝謝你，長官。」克勞斯說，「再見，喬治呼叫哈利，喬治呼叫迪奇。跟在我船艉排成一列。速度十三節。航向087。」

因為疲勞的關係，心情也跟著憂鬱。好像有什麼結束了。戴蒙最後那句帶有溫度的話也許讓人欣慰。明顯地他已經把後面的責任交給英國，交給救援部隊，完成了任務。那美好的仗我已經打過了，當跑的路我已經跑盡了[74]。他能這麼說嗎？也許。但當他像機械般下達舵令離開自己守護許久的船隻，這種無法言喻的悲傷仍籠罩著他。他回頭看著它們。他知道眼前還有一場漫長的戰爭。他還會有戰鬥，也會經歷苦難涉入危險；但他知道，就算自己能活下來，也不太可能再看到這些船隻。克勞斯仍有最後的職責要履行，這是在國與國合作間的最後一個責任。

「傳訊員！拿信號板和筆。」

寫第一個字時，還猶豫了一下。但他就算多想幾秒，也仍會選這個用詞。護衛隊致船隊，再見了，非常感謝你們出色的配合，祝一路順風。

「拿給信號台。」他說，「卡林先生，請指揮到航向087。」

他耳邊聽到操舵手重複卡林的舵令。

「右舵，航向087，長官。穩舵，航向087。」

百葉扇正打出訊息，在上方發出咔嚓咔嚓的聲音。詹姆士和道奇改變航向跟在他後方。救援武力在護衛陣隊位置上就位，英國的白色軍旗在飛揚。震懾力如一流的軍隊。他又開始站不穩了。在加拿大軍旗和白色軍旗前面的是美軍的星星和條紋旗，唯獨少了波蘭的旗幟。准將正對著他在閃訊息，他又打起精神，等著。

傳訊員把信號板拿下來。船隊致護衛隊，該感謝的是我們，謝謝你出色的表現，我們全體由衷地祝福，祝好運。

目前就這樣了，所有事情都完成了。

「很好。」他對傳訊員說，「卡林先生，要找我的話我會在艦長船艙裡。」

「是的，長官。」

查理·柯爾在旁邊很近距離地看著他，但他連說話的力氣都沒有。睡一下就好，一下下，兩手交疊地睡著。他茫然無知覺地回到了船艙。

74 出自聖經《提摩太後書》第四章。

第三章

四周在搖晃。克勞斯摸索著頭上的防風帽，一直戴在頭上但沒扣好，隨手一拉便拉了下來。指尖摸到羊皮大衣的鈕釦，卻沒成功解開。他睏得不行。跪在床鋪邊，雙手放在眼前。

「親愛的耶穌。」

這是克勞斯兒時的口吻和禱告詞，在記憶中身影已經模糊的母親曾教過他，當他有困難時，就向聖靈祈禱。

童年時的陽光圍繞在他身邊，就像小時候一樣，總是照耀著他。他被愛包圍著。親愛的母親從生命中離開後，摯愛的父親仍愛著克勞斯，以兩倍的愛補足母親離開所空下的部分，雖然父親話不多，但總是不吝對他微笑。親愛的父親；他們曾一起搭火車去卡奎內茲海峽釣鱸魚，陽光照耀著他的幸福快樂；偶爾，父子倆也會搭渡輪穿過海灣，經過金門大橋，在金色陽光的籠罩中，航行在波光粼粼的大海。他為此努力學習經文，研讀聖經，因為只有在學習完後他們才能去釣魚，父親只有在他沒完成學習時，會露出悲傷的神情。

克勞斯忘記了陽光，膝蓋在冷硬的甲板上跪得不舒服，臉埋在雙手中。在知覺回到現實的瞬間，他向前爬去，趴在床上，臉側向一邊。四肢大開，滿是鬍碴的臉龐讓他顯得十分狼狽。克勞斯微張著嘴，睡著了。

他在高中學習數學，在家中學習聖經，更學會了責任和榮譽是不可分割的。克勞斯學會施捨，學會了仁慈，學會善待每一個人，但卻嚴以律己，就算陽光照耀著他也一樣。在他父親去世時，陽光停止照耀，當時美國加入戰爭[75]，他也從高中畢業，成了一名孤兒。這位備受牧師喜愛的孤兒，被參議員選中送去安納波利斯，這樣的挑選有點莫名其妙，因為沒有任何政治上的益處，不會形成政治聯盟，雖然很老套，因為連是否適合培養或是聰明與否都沒考慮。

三百美元。那是父親去世時留給他的遺產，而且是把書和家具都變賣後得到的金額。這筆錢支付了克勞斯去安納波利斯的交通費；就算沒有剩餘，也能憑著軍校的津貼生活。他本該在一九二二年畢業，不過在一九二一年就以第二名的成績完成學業。除了意外發現他有擊劍的天分外，可說沒有特別引人注目的地方。除了童年學會的事物外，克勞斯還學到紀律、服從跟自我控制。這位參議員的挑選，巨大而深遠地影響了克勞斯，開啟了他永遠不會主動走上的人生道路。甚至可說，參議員當時的選擇，有可能改變和影響國家的命運。如果沒有安納波利斯的訓練，克勞斯將會像一般人一樣，而不會被無情現實主義僵化人性。另一方面，嚴苛和合乎邏輯的紀律加在他身上，產生奇妙的反應，強化了克勞斯不妥協的基督徒精神。

美國海軍是他的家，這麼多年來，克勞斯沒有海軍軍官以外的人際關係。他在這世界上沒有家庭，沒有親戚。服役期間，倘若有機會回到他童年曾待過的地方，那感覺就像自己的過去和現實被刀切斷似的。奧克蘭變得吵雜喧囂，柏克萊的山丘上蓋滿了建築。卡奎內茲海峽充滿許多快樂的回憶，現在卻被可怕的鋼鐵大橋橫越，交通擁擠不堪，車水馬龍，海灣上的渡輪被其他橋梁取代，快速往返的車流量和他記憶有所出入。太陽不像以往那樣溫暖地照耀著；善良和仁慈也不復存在。

[75] 這裡指的是第一次世界大戰。

這些都轉變得太突然，彷彿他從來沒在這裡生活過。那曾經的小男孩也變得很不一樣，那個多年前住在這裡，曾牽著媽媽的手走進雜貨店，也曾陶醉地看著馬戲團表演，繞過這裡的街角，走路上學的小男孩。那已經不是克勞斯了。他沒有過去，他沒有根。他所知道的家，就是個四面鋼板的船艙；所知道的家庭生活，就是跟上官廳裡的軍官交際，或是執行海軍軍法。後來升到了中尉，又到上尉，然後少校，歷練愈來愈多，責任也愈來愈大。十八歲到三十五歲，這十七年來，他的人生只有職責。這也是為什麼升遷不順時，那該死的「適合留任現職」會讓他有如此大的打擊——雖然他也知道，十名少校裡，只有一名能升為中校。

那是發生在他遇見伊芙琳之後；他對伊芙琳的愛，反而加深了升遷不順的打擊。克勞斯對她，幾乎是感情專一的男人所能給予的全部；她也是這位三十五歲男子的初戀。伊芙琳才二十出頭，在他眼中，既聰明又漂亮，克勞斯認為這些都是她的重要特質。然而，以伊芙琳的聰明才智也無法理解「適合留任現職」評價所帶給他的打擊。克勞斯不相信她如此漠不關心，更不覺得她愚蠢，所以唯一的結論就只有他確實能力不足，這加重了內心的挫折感。

最初，克勞斯瘋狂地愛著她。他知道有一種不尋常的狀態，一種他沒經歷過的積極和幸福，這種非比尋常的陶醉，排除了他過去的疑惑——他曾懷疑自己是不是不配擁有太多幸福，才會有這樣孤獨的人生——但這也讓他感到不安，從沒想過自己會這麼地難以自制。那是他的人生巔峰。在嘉拿多有了間房子；幾個禮拜裡，他的根開始發芽。在陽光普照的南加州，炙熱的海灘和光禿禿的山丘上，有個叫「家」的地方出現。

然後就是「適合留任現職」。伊芙琳無法理解克勞斯那微不足道的自我懷疑，克勞斯覺得不被肯定，而伊芙琳不了解，也無法體諒和同情他。她的反應更加深克勞斯的懷疑——懷疑自己負起軍人職責的決心不夠堅定，影響了他的表現。於是，這決心恰好被強化了，就在他提到「適合留任現職」的評價，並表達要為國服務的想法時。爭吵開始，讓人難過的爭吵，每件事都刺激他，讓他發怒；消氣後，又是深深的自責，怎麼會對伊芙琳出言不遜，他從來不會對任何女性說的話竟脫口而出。對於失去自我控制到如此地步，克勞斯也感到害怕。除了入睡時，克勞斯從來沒有忘記要自制。

當伊芙琳跟克勞斯提起那位黑髮律師時，自責和悔恨都沒辦法減輕他的痛苦。他從來不知道人能承受如此這般悲苦。在伊芙琳告訴他這椎心的消息時，自尊和驕傲完全幫不了他，不幸一點也沒減輕。辦理必要手續時，強烈的苦痛依然存在，在簽字當下，達到了新的高峰。在那瞬間，他清楚意識到，自己已無法回頭，不能停止法律程序，無法撤回已做過的事；那些無法說出口的話，也將永遠被埋葬。到了伊芙琳婚禮那天，新婚之夜，克勞斯的心碎難過又再創新高。

他身上還有責任，也還有日子要過。這一切並沒有影響克勞斯向海軍人事處要求調去大西洋海岸為國盡忠的決定。克勞斯遠離南加州和嘉拿多，好不容易生根的芽，變得支離破碎；如今，人生唯一陪伴他的，只剩他的職責了。

因緣際會下，一位偏執狂成為了德國最高權力者，日本也形成了軍國主義，接著是夢寐以求但為時已晚的升遷，他終於成為中校——如果這些能稱之為「因緣際會」的話。因緣際會讓他成了孤兒；因緣際會被參議員選中；因緣際會擔任護衛船隊的指揮。因緣際會讓克勞斯成為現在的自己，因緣際會更賦予他必須履行的職責。

現在他睡著了。此時的克勞斯才能算得上「快樂」——呈大字形趴在臥鋪上，沉入深深夢鄉。

完

國家圖書館出版品預行編目(CIP)資料

怒海戰艦 / C.S.福里斯特作；牛世竣譯. -- 初版. -- 臺北市：春天出版國際, 2020.07
面　；　公分
譯自：The Good Shepherd
ISBN 978-957-741-282-9(平裝)

873.57　109008770

春天文學 21

怒海戰艦 The Good Shepherd

作　　者　C.S. 福里斯特
譯　　者　牛世竣
總 編 輯　莊宜勳
主　　編　鍾靈
出 版 者　春天出版國際文化有限公司
地　　址　台北市大安區忠孝東路四段303號4樓之1
電　　話　02-7733-4070
傳　　眞　02-7733-4069
E－mail　frank.spring@msa.hinet.net
網　　址　http://www.bookspring.com.tw
部 落 格　http://blog.pixnet.net/bookspring
郵政帳號　19705538
戶　　名　春天出版國際文化有限公司
法律顧問　蕭顯忠律師事務所
出版日期　二〇二〇年七月初版
定　　價　299元

總 經 銷　槙德圖書事業有限公司
地　　址　新北市新店區中興路二段196號8樓
電　　話　02-8919-3186
傳　　眞　02-8914-5524
香港總代理　一代匯集
地　　址　九龍旺角塘尾道64號 龍駒企業大廈10 B&D室
電　　話　852-2783-8102
傳　　眞　852-2396-0050

ISBN 978-957-741-282-9　Printed in Taiwan

Published by arrangement with Cassette Production Ltd in care of Peters, Fraser and Dunlop Ltd. through Andrew Nurnberg Associates International Limited.